Journal de Voyage en 1811 Stendhal

イタリア日記（1811）

スタンダール

臼田 紘 訳

新評論

●イタリア日記（1811）／**目次**

訳者まえがき 3

イタリア日記（1811） 7

訳註 165

訳者解説 179

付録Ⅰ　イタリア日記（1811）詳細日程と内容 190

付録Ⅱ－1　スタンダール＝アンリ・ベール年譜（1）――一八一四年七月までの詳細年譜 194

付録Ⅱ－2　スタンダール＝アンリ・ベール年譜（2）――一八一四年八月以降の略年譜 202

付録Ⅲ　アンリ・ベールの主要な血縁図 205

事項索引 213

人名索引 222

凡例

*翻訳の底本には *Œuvres intimes de Stendhal*, texte établi et annoté par Henri Martineau, Bibliothèque de la Pléiade, Librairie Gallimard（1955）所載の *Journal* を用いたが、諸版を参照のうえ、訳者がわずかながら変更を加えた。

*原著のイタリック体で記された部分やギュメで挟まれた部分は、傍点を付したり、『 』や「 」で括るようにしたが、厳密に対応させることはしていない。

*原著には、引用文のみならず、本文にフランス語以外の英語やイタリア語などの外国語が混ざっているが、すべて日本語に訳し、原語を提示したり、わざわざ断ったりしていない。

*原著に添えられているスタンダールのスケッチは、本訳書でもそのまま本文中に挿入した。

*原註は和数字を付して、註解を各章などの最後に置いた。

*訳註は算用数字を付して、註解を巻末にまとめた以外に、〔 〕によって割註とした。

訳者まえがき

フランスの作家スタンダール（本名アンリ・ベール）は、まだ作家となる前の一八一一年二十八歳のときに、休暇を得てはじめてイタリアへ観光旅行をした。彼がイタリアへ赴くのは、一八〇〇年にナポレオンの第二次イタリア遠征に従軍して以来二度目のことだった。彼は軍人としてミラノ滞在中の一八〇一年から断続的に日記を付けはじめていて、一八一一年のイタリア旅行の際にも、日々日記を付けることを心がけている。本書はその旅行のときのプライヴェートな日記である。

しかし読者は、本書を開いてみると、序文が付され、日付以外に「章」によって本文が区切られているのに気づき、一瞬、これがそのプライヴェートな日記なのかと疑問を覚えることだろう。アンリ・ベールは、一八一三年になって、その一八一一年のイタリア旅行の日記を「旅行記」に直して出版しようと思いつき、序文を付けたり、章に分けたりして、読者の目に供するために手を加えたのである。しかもその日記の筆者がアンリ・ベールであることを隠すために、レリーという軍人によって書かれたものであるという断り書きまで巻頭に付した。結局、こうして出版を目的に手を加えられたものの、これは存命中には世に出ることはなかった。

ベールはこの一八一三年に、出版を目的にして、一八一一年の旅行の際に書いた日記へいくつかの改変を加えている。それはおもに旅行中に紛失したノートと、書かずに過ごした一部分を補うための追加である。さいわいなことに、グルノーブル市立図書館の《スタンダール文庫》には日記原本のノートとその加筆した口述筆記原稿などが残されていて、それらによって、日記原本とその原稿との異同は明瞭になっているが、それによれば、原稿には追加こそあれ、原本から削られた部分はないものと推測される。

フランスで出版された原著各版では、旅行中に書いたものに対して、あとから手を加えた部分が分かるように、［ ］（ブラケット）に入れたり、註を付けたりしているが、拙訳では一つひとつ細かくその手間を取らずに、大きな加筆についてのみ訳註で指摘した。また日記では筆者ベールにとって不都合な部分を英語混じりで書き、時にはイタリア語も混じえているが、ここではそれらすべてを日本語に訳して、原語を示すことはせずに、とくに断ることもしていない。多くの読者にとって煩雑になることを努めて避けるためである。

本書は、プライヴェートな日記であるゆえに、文中の人物、またその人物と筆者ベールとの関係等々の点で読者には分かりにくい部分があるが、訳者は註や索引でそれらを可能な限り説明し、また参考として年譜や血縁図を付しているので随時参照していただきたい。

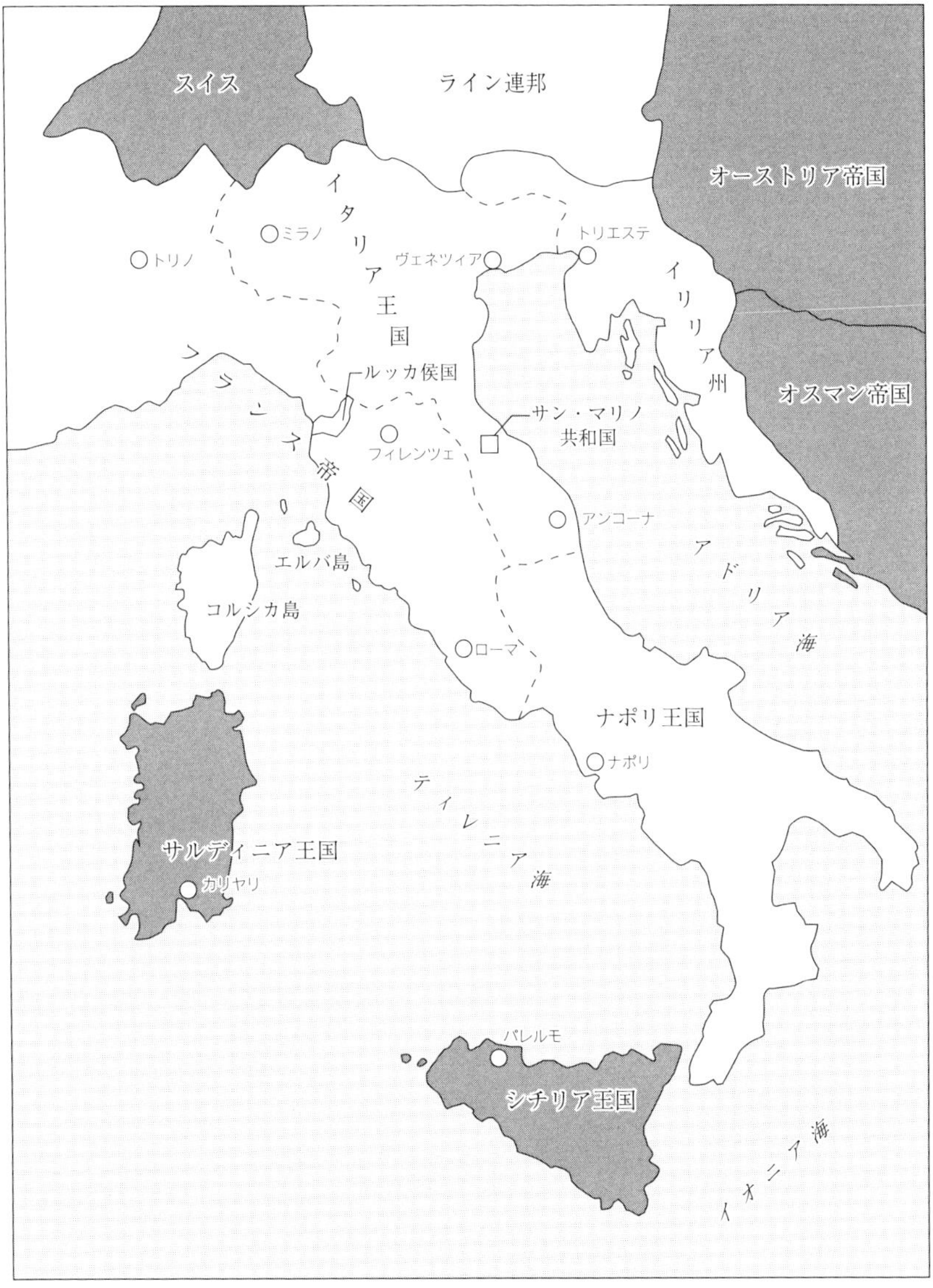

1811年当時のイタリア半島政治区分図

行程図（Ⅰ）パリからジュネーヴまで

イタリア日記（1811）

副官隊長のレリー氏が、出発する前に、彼の原稿のなかから、わたしの欲しいものを持っていってもいいと言ってくれた。わたしは一篇の文体論と彼のイタリア周遊記を筆写させてもらうことにした。[1]この後者のなかには、明らかにかれにしか解らないいくつもの部分がある。

序文[1]

私はもはやかつての私ではない。[2] 私は残念ながら一八一一年当時から遠いところにいる。したがって私の一八一一年の日記に何の訂正も加えないことにする。そんなことをすれば、私の感動に似て、もともとの明瞭さと魅力にあふれたところを失くすことだろう。私は今このうえなく完璧に平静だ。モスクワから帰ってくると、私が日々元気になれるような情熱はもはやなかった。反対にロシア退却のあいだに考えていたことは、十八日間の行軍のうち、一八一二年十月二十四日の大変な思い等が、私の魂にあらたな栄養を与えてくれるだろう、ということだった。[3]

倦怠がケーニヒスベルクで私を捉え、ダンツィヒではそれが増大した。ロシア旅行以前に毎日没頭していた関心から生じる幸福の思い出があれば、現在私が落ちこんでいる無感動は不快なものではなくなるだろう。しかしながら旅行には、セルバンテスを読んだとき以来、モチェニーゴ[4]が決して見たことのないと思われる物事を、私に見せてくれる利益がありそうだ。

私は一八一一年の日記を入れた五つ、六つの封筒をたった今開けた。私はそれを自分で筆写するか、あるいは誰かに依頼して正確に筆写させるかしよう。当時は用心のために英語で綴っていた部分をフランス語にする以外、どんな改変もしないつもりだ。私が付け加えるものは、この無感動な時期（一八一三）に記した註と日付だけになる。

イタリアから戻ったのは一八一一年（十一月二十七日）のことだ。

第一章

◆一八一一年八月二十五日〔一〕

パリでは「ルテリエ」[1]に取り組んでいる時間がない。ここではパルフィ伯爵夫人〔ダリュ夫人〕への情熱以外は何もない。[2]私は一か月前から、心楽しまず八方ふさがりのなかで金を費やしていることに、自分自身を責めていた。休暇を申請して、ナポリやローマを見に行こうという考えが浮かんだ。私はダリュ氏に申し出て、彼はきわめて快く承諾してくれた。この間にパルフィの話に関係するいくつかの出来事がある。[3]私は今月の二十日頃申請をしなおした。それは私たちのコンピエーニュ滞在中で、同じくうまくいった。[4]

昨日、一八一一年の八月二十五日、私は一六八フランで、ミラノへ通う乗合馬車に席を決めた。八月二十九日の朝八時出発で二番座席を手に入れた。十日後にミラノに着く。

私は自分の無蓋馬車で一時間十五分かけてヴェルサイユへ行った。そこでドラゴンの彫像を見た。[5]これはすべてが平凡で、ケチ臭く、退屈に思われた。パリでは完全にしあわせだった私は、それに心底うんざりした。

まず初めに水の噴きあがるのを見た。大群衆がドラゴンの噴水に面する半円形の階段に陣取っていた。その噴水の華やかさが最高潮になると、陛下一行が四輪馬車で池を一周した。私はこの光景がとても立派に見え、偉大さを覚えた。みんなが押し合いへし合いしてかれらの陛下〔ナポレオン〕を見、「皇帝万歳！」を叫んだ。私には陛下がはっきり見えたが、無帽だった。

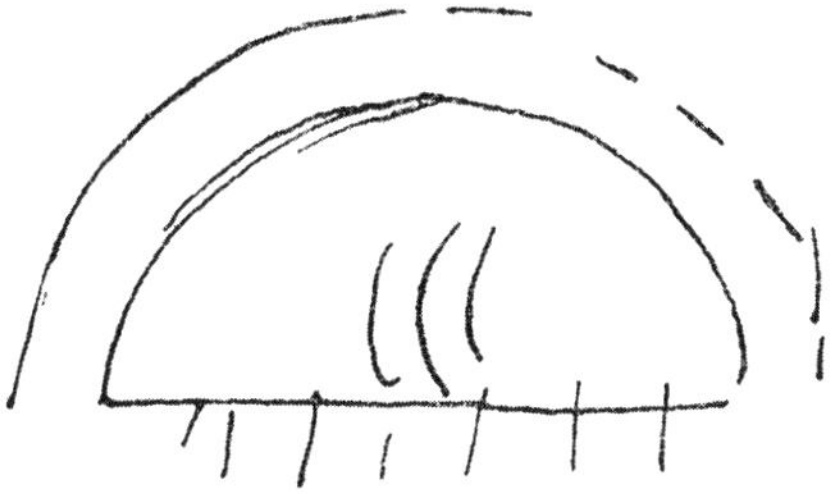

ヴェルサイユの噴水が噴きあがるのを見たのは生まれてはじめてだった。

以上はいくらかしあわせな時間だ。

（一）　A tour through Italy, 1811.（グルノーブル図書館の手稿冒頭に付された英語題名）

◆一八一一年八月二十九日

八時十五分に出発する。二八〇〇フラン、プラス四〇フラン、それに八三フランに相当するポルトガル金貨二枚を持っていた。アンジェリーヌとフォールが乗合馬車まで付いてくる。アンジェリーヌは私を熱愛している。一昨日ポン・デ・ザールの上で見せた彼女の涙。涙が橋の板を濡らした。

前日〔二十八日〕、私は午前七時にモンモランシーに行き〔6〕、そこに一時半までいて、マリー〔ダリュ夫人〕の片づけを手伝った。彼女に口づけをし（私たちだけだった）、私は彼女に言った。

「もっと分別をつけて帰ってくるから」

少しして、彼女は居間に引き返してきて、何枚かの鼻紙を取りながら、全部忘れるだろうと泣きごとを言った。私はレイディ・レシュノー〔7〕への手紙を彼女に示した。それは広げてあったが、手跡が彼女に見えるようには開けてなかった。私は彼女に言った。

「こんなものを忘れて」

「――白紙を！　大いに結構だわ。この家には山のように紙があるから！」

それはマルス嬢が『偽りの告白』〔8〕のなかでこう言うのと同じように言われた。

「お金を持っていったのね、大いに結構だわ（二）」

彼女は動揺したように見え、それで私は、手紙を開いて書いてある面を見せる気持ちになれなかった。確かに彼女の状態では、それを読みたいという気持ちに抗することができなかったはずだ。

夕方、デュブルーユ氏〔フォール〕が私に不機嫌を露わにした。私はベズィユー夫人に会いにいっていた。彼女のところには二か月来顔を出していなかった。私の訪問は彼を少しも苦しめないようだった。彼を傷つけないようにいつもより愛想よくして、あまり話さなかった。彼はほとんどアメリーにしか話しかけず、しかも多分に真面目すぎるようなことを言っていた〔9〕。

私は、パリを離れられてしあわせかどうか訊かれた。陽気な仕草で答えて、もし毎日、唯一私の運命を決める相手に手紙を届けさせ、また彼女から手紙を受け取ることができれば、私はしあわせだろうと答えた。ひとつには、実際にそう考えていたからそう言ったまでのことだった。フォールは帰りがけに、彼が私に話したことのあとで、私が手紙の話をしたのはとてもまずかったと言った。はじめ私は彼の言うことが解らなかったが、ついで私は、彼が平静でなくなっていると穏やかに言った。彼は熱をこめて答えて次のようなことを言った。「一年前から弱気になっていて、きみに軽蔑されているけど、立ち直るよ。…ぼくはまたもや喋りすぎたね。みんなはあい変わらずあまりにお喋りだけど、ぼくは改めるようにする」と。

そのことから、彼の傷ついた暗い自尊心が、すべてを悲観的方向に変えるせいで、彼は気が違うのではないかと心配しているのだ、と私は判断した。夕のあいだずっと、この風変わりな性格をじっくりと考えた。私は母親《マザー》の方のZ《ゼッド》夫人のところに行ったが〔10〕、これまで滅多に訪問しなかったことを、彼女に少し忘れさせせようと、長く留まりすぎた。

私は家に戻って、大きな署名の入った書類を読み返した。アンジェリーヌは来る気配がなかった。フォールは予定では来ないと私に言っていた。彼女はやっと午前零時半に来た。私は三時十五分前まで働いた。

〔一〕 私がこの魅力的な女性に抱いていた関心は、私の功名心不足を隠蔽する唯一のものだった。〔一八一七年十一月の付記〕

第二章

◆一八一一年八月二十九日

勲章をぶら下げたフランス軍人が、イタリアで原隊復帰するために旅仲間になることを私は恐れていた。彼らは愚かで、傲慢で、ほら吹きで、騒々しい。そんなことになったら、私は皮肉を言わざるをえなかっただろう。さいわいなことに、私はこういった連中と出くわさなかった。みんなはそのバカさ加減を少しも指摘していないが、いずれは指摘することになるだろう。

愛嬌たっぷりの一人の男に出会ったが、その顔はどこかで見たように思われた。彼は享楽主義者か、もしくは私みたいに、何を措いても幸福を求めている人だ。彼は完全に自然体で、三十六歳あまり、かなり肥っているが、完璧な品のよさがある。この点で、ほんとうに稀だ。おまけに、（＊＊＊での）夕食前に、私たちが何を食べるかを見るために鍋の蓋を開けにいくような人だ。

私はその男をミラノのブルジョワと思っていたし、私の考えを独り占めしていたのは、フランスのブルジョワとミラノのブルジョワとの大きな相違であった。フランスのブルジョワの代表にテラス氏をあげれば〔1〕、間違わないだろう。彼には少なくとも慇懃に近い態度がある。わが愛すべき旅仲間に置き代えてみたとすれば、どんなに自然さに欠けた考え方をするだろうか！　彼らフランスのブルジョワについて、昔の彼らの姿について、どんなに語りたいことか！　目の前に無味乾燥な虚栄心を見続けたとしたらどうだろう！　まず滑稽で、そのあとでは悲しい何たる光景か！　何たるおぞましさか！

◆トネール、一八一一年八月三十一日、九時半

二番目の旅仲間はいささかの才知もない。彼は目の前で、私が書きものをしている箪笥鞄の脇に寝ている。その人、スコッティ氏はジェノヴァの人で、六年前に祖国を出た。ナポリの海軍で旗手だった。英国軍の捕虜になり、四年監獄にいたが、この前の八月十四日、髯を剃ってもらうときに逃走した。元気がなく、すっかり失意に沈んだ顔をしている。彼は、『人生の悲惨』（ベルタンとかいう人による翻訳書）の口絵の版画に似ている。〔2〕彼はまったく才知がないが、それがなくても、彼は好奇心をそそる事柄を話すことができるだろう。しかし、フィルターを備えていて、興味深いものが入るのを妨げている入口があるとなれば、海や河を一本の瓶に流しこませることは無駄だ。〔3〕

私たちには小女の木綿商人が一緒で、最初の日、気持ちについて不正確な言葉をいくつか口に出そうとして、顔を赤らめていた。二日目には、彼女はおとなしくなり、その晩、私たちは馬車のなかで夜を過ごしたが、彼女の隣のスコッティ氏に向かって二度「やめて、やめて」と言うのを、私は聞いたように思った。

他に、息子をかなり立派に育てている裕福なプチ・ブルジョワの女がいたが、不作法で、貪欲で、大女だった。眠らずに、ほとんどずっと平坦な土地を見るために、夜でなければ最良の席になる屋根席で、〔4〕私は二、三の宿駅をやり過ごした。そこで、私はメアリ・ウルストンクラフト・ゴドウィンによる誰かとの対話集を見つけた。メアリがこのうえなく暗い絶望にすぐにも陥りそうになり、結局は精神錯乱になる数ページにざっと目を通した。〔5〕しかしこの本が私たちの遠征部隊にまで浸透していたとは面白い。

土地はジョワニーまでまったく平坦に思われた。橋と川岸がこの町にかなり特別な様子を与えている。

私たちはサン＝フロランタンで夕食を取ったが、そこにはほとんど野育ちの宿女中がいた。私は年金生活者のロマンタン親父がどうしているか消息を訊ねた。〔6〕女中たちはバカにされるのではないかと心配している。とても若いスペイン人の捕虜たちに会った。一人がフランス語を話し、疥癬にかかっていた。私は彼らに施しをした。

サン＝フロランタンからトネールへ、土地は平坦でなくなっていく。葡萄畑は美しいが、斜面は草木がなく石ころだらけだ。

愛嬌たっぷりのわが旅仲間が、土壌は悪いにちがいないと観察を述べたのはもっともなことだった。

私は危うく二つの愚行をやるところだった。最初のは、昨日夕食のとき、スコッティ氏に英国の監獄から逃げたのかどうかを訊ねた馭者に、私がそうだと言って、冗談半分に答えたことだ。私は二重に不謹慎をするところだった。というのは、とても驚いたことに、スコッティ氏は、逃げたことを否定し、交換されたと言った。しかし彼の目には嘘が見られた。その誠実さから、話を違えたと言うのを恥に思っているようだ。

二番目のへまは、同行しているミラノの人と、十年前にミラノを華やかにしていた美人たちのことを話しながら、ゲラルディ夫人の名前を出したことだ。かくもきれいな夫人の死を嘆きながら、私はプチエ氏と夫人の関係について冗談を言おうとしたところだった。その時、ブレッシャのレーキ一族の消息について訊ねると、私の道連れは優しく、そして少しメランコリーを湛えてほほえみ、将軍のことを話す際に、私に言った。

「それはわたしの兄です〔7〕」

第三章

この邂逅は、いつもこの一族の目に惚れこんでいただけに、ひときわしあわせだった。ミラノでは彼らの顔に夢中になっていた。私はせっかちに質問しなかったが、この人はおそらくあんなにも魅力にあふれた若い陸軍少佐たちの一人だった。

その名前は、フランスのブルジョワの典型であるテラス氏と、ミラノのブルジョワとの比較を少しぶち壊す。

しかしレーキ氏は、自然さが自国の美質であるとよく分かっている。今晩、私たちは田園の小浴場に水浴に行った。そこもまた自然さにあふれていて、トネールの麓にある雑草地の彼方にあった。帰路に、レーキ氏は私にカステルバルコ伯爵のことを話した。伯爵は二千万〔フラン〕を浪費して破滅し、もはや一五万フランの年金しか持っていない。その身辺整理やこの莫大な借金の支払いに関わった人たちは、そのことで財産を築いた、と彼は私に言った。

「大殿様でしたね」と私は言った。

「おー、少しも。彼はみんなにあなた《ヴー》と呼びかけて、いつもミラノ風に行動していました。わたしたちの方は、少しもこんな態度を取りません（一）」

その言い方はものの見事だった。

わがレーキはかすかに享楽的でありながら、いつも愛嬌たっぷりで、一緒に夜食をしたばかりの俗な商人に対してさえもそうだった。しかしそれは少しもフランス的な愛嬌ではなかった。フランス的なものでは、輝かしい役割をうまく演じることに、誇りと言わないまでも、喜びがつねに際立つ。ここでは、単純で、純粋な、優雅な愛嬌である。こういった人は、くつろいでいるときは、国王であろうとブルジョワであろうと、同じなのだ。

気むずかしすぎる私は、こうした愛嬌を決して持つことができない。私には目標があって、それに向かってしっかり歩いていく。したがって、昨日彼がそうしたときに、みんなは物柔らかさが何よりも好きだということを見せてしまうが、あのどっちつかずの物柔らかさには、私は少しも与しない。しかし私はこの完全なお手本を覚えておかなければならない。

感受性は、またこういった人物とテラス氏とのあいだのとても驚くべき相違のしるしである。前者は心をこめてガッフォリーニを称讃したが、しかしながら速くは話さず、自分の口調を速めない。彼の目だけが輝いていた。そして今晩、私たちのきれいな小浴場で、彼は田園生活を褒め、小幸福論を私に述べたが、これは魅力的だった。私はその情熱に突き動かされたように思われるが、それを別にしても、この理論は私によって、私のために作られたように思えた。
トネールは北向きの斜面に接している。野原には何の注目すべきものはない。
しかし私には、丘に接したフランスの小さな町の住民は、平野に位置する同じくらいの小さな町の住民より、ケチ臭くなく、愚かでないように思われる。そして、ル・アーヴルのような海辺の小さな港町は、両者よりも勝っているように思われる。海はここのブルジョワたちに少なくとも一ダースもの偉大な観念を刻みこんでいる。海の広大さ――その危険、航海――広東から来る人びとが上陸するのを見ること、――嵐に立ち向かう人びと、危険に瀕する船を救う人びとの勇気、――敵の襲来、等。

私の旅の目的は、ご覧のように、もっぱら人びとと知り合うことだ。しかし昨晩は書かないという誤りをした。レーキ氏は私に言った。イタリアのそれぞれの町では野心がぶつかり合い、ポデスタ（市長）の地位や市の他の官職を獲得するために党派が出来ていて、こういった連中に、彼らが当然受け取るはずだと思いこんでいるものを渡さないと、彼らはとても巧みに復讐する、と。私自身でそれをよく観察することが必要だろう。旅行の速度からして、私にはその機会がないにちがいない。

コントラーダ・デッラ・バグッタのラ・マリーニは信心家になった。一八〇一年に私が言い寄った一番美しい女性の一人だ〔1〕。

（一）イタリア風に大殿様ぶりを示すには、つまりルイ十四世がいなかった国ではということだが、みんなをきみ《チュ》呼ばわりして、ほとんど傲慢になることだ。（一八一七年の註）

第四章

◆サン＝セーヌ、一八一一年八月三十一日

私は大きな遊星《グラン・ピアネータ》の出現にこと細かく付き合った。私たちはたくさんの星が出ている美しい空のもと三時にトネールを出た。私は彗星をひとつ見つけたと思った（一）。

それは一種のピラミッドのような形を作っていた。光の束の先端に、いちばん輝く点となっている頂上があったが、それは大熊座のなかで、四つの星によって作られる戦車を引っぱる梶棒の先端の星と同じくらい遠くだった。

私はこの光景を注視し、東の空には際立ったものは何もないのに気がついた。数分後、地平線を斜めに断ち切る明るさを認めたと思った。ついで地平線がくっきりと描きだされ、空が青い光に充たされた。それは私に『バルデス』（ルスュウールのオペラ）の暁を思いださせた。オペラでの模倣は完璧だったのが分かった。

この青い光は、性質を変えずに長い時間をかけて増大した。最後に曙の赤銅色がやってきた。空はすっかり赤く燃えあがった。次にこの光が白くなり、正確には地平線でなく、少しその上で、まばゆいばかりになった。地平線には、霧によってだと思うが、もっとあいまいな線があった。

土地は少し変化を見せ、とうとうモンバールに到着した。

私たちは宿の女主人のところでビュフォンの肖像を見つけた。一人の宿女中が私たちをビュフォンの老庭師のところに連れていってくれた。この小柄な痩せた老人は、元気いっぱいで、明瞭に話し、彼の案内で私たちは横幅がせいぜい三十ピエ〔約十メートル。一ピエは約三十センチ〕の七つ八つの露台を歩きまわった。

やがて梯形《ていけい》をした台地Eに到達した。

この台地からは、MMの線へ伸びるとても開けた眺望がある。それは残念なことにもっぱら貧弱な森に覆われ、

見るからにあまり肥沃でない丘によって形作られている。この眺望にも庭園にも何ら逸楽を感じさせるものはない。こうした考察をレーキ氏に伝えると、彼は私に答えた。

「したがって、一人の偉人を称讃したい気持ちになるほかに、ここには何ら心を引くものはありません」

そのくらいイタリア人にとって、逸楽は美しい庭という観念と不可分をなしている。ビュフォンの庭は充分な地面があるわけではない。それがない場合、庭園は力や豪華さの観念を何とか示そうとする傾向がある。これらの壁やこれらの階段には何ら心地よさを与えるものはない。逆に、何かしら堅い、無味乾燥なものがある。それはヴェルサイユの様式にあるものだ。

ＣＣＣはあの狭すぎる露台だ。Ｅは見晴台で、三方に広がった眺望がある。Ｌは露台の扉で、地下階段でプラタナス（このきれいな木肌をした木は、ルーアンの病院に近い大通りに植えられているが）の植わった見晴台Ｆへと私たちを導いた。私たちは最後に塔Ｂの百三十八段の階段を登った。この塔はブルゴーニュ公の城の遺蹟で、国王からビュフォンに与えられ、見晴台のすべての地面を見降ろしていた。この塔の窓は、五ピエ〔約百五十センチ〕の厚さの壁に開けられ、窓の脇にベンチが付いているが、とてもゴチック的だ。

これらすべての仔細は素っ気なく神経質な庭師によるものだ。彼は私たちに、一族のなかで「われわれには九百年以上も前からこれらの塔が建っていることを証明する資格がある」と言った。そうであれば建築は紀元九〇〇年

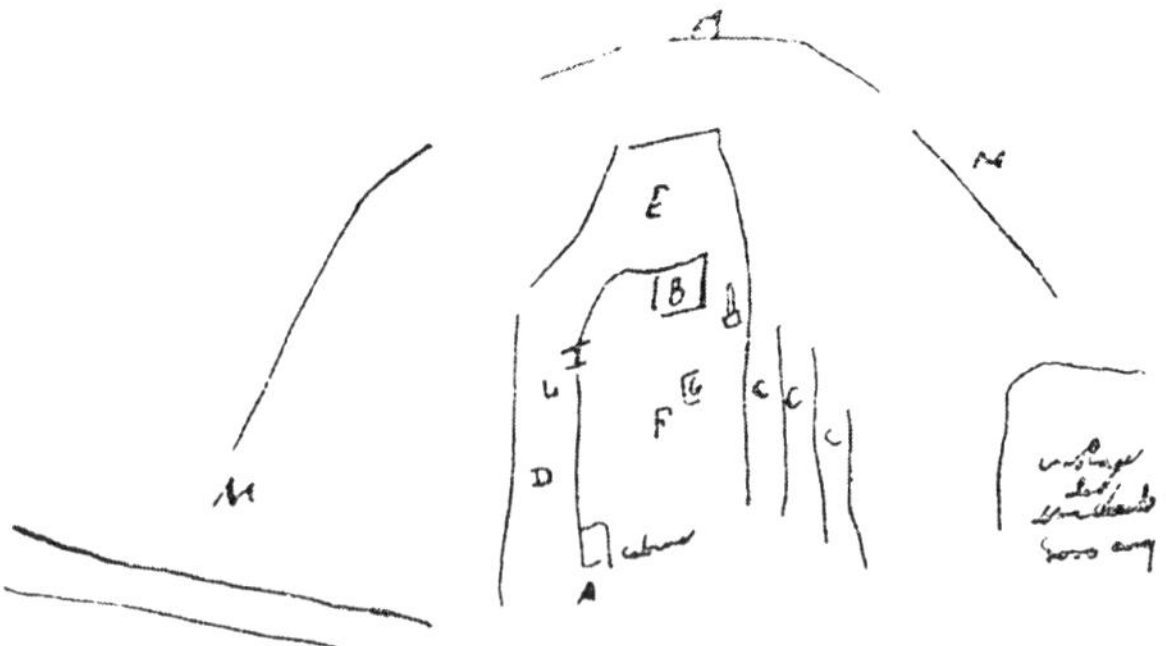

モンバールの村、人口3,000人。

のことになる。この人物はビュフォンと十七年一緒にいた。彼は、ビュフォンが静けさに包まれて仕事をしている小部屋Aの入口で、ジャン＝ジャックが跪いているのを見た。

ビュフォンは五時か遅くとも五時十五分にやって来た。十一時にパンと水差し一杯の水が届けられた。昼食をして、一時丁度に晩餐会の準備に降りてきて、会食者たちには何も言わずに、再び上がり、迎えが来るときの五時まで仕事をし、それから彼の会食者たちとお喋りして気晴らしをした。

庭師は彼の通り道の木の葉を入念に掃いた。

「その頃、わしらは六人でした」と老人は言った。「五時に部屋付き従僕が入っていき、蠟燭を新しいものに変えました」

私はビュフォンが灯火のもとでしか仕事をしなかったと何度も確信させられた。

彼が仕事場にいると分かれば、みんなはそこから離れた。それには二重の扉があり、明かり取りは露台Dの側で田園に面していた。それらは地表二十五ないし三十ピエ〔約八～十メートル〕のところにあった。この露台の近くにパリからくる街道が通っている。

ビュフォンは五月にやって来て、九月に立ち去った。モンバール近くの彼の地所は、およそ四万フランを彼にもたらした。

私は感激していた。もっと長くいられたらと思った。仕事のこういった厳しさは私自身《マイセルフ》のためのひとつの教訓だ。私は瞑想したかったし、この庭園が発散する厳めしいもの、強いものを感じたかった。私の旅仲間たちは、急いでいて、それを許してくれなかった。

プラタナスは非常に伸びていたにもかかわらず、道を覆ってはいない。直径一ピエ半〔約四十五センチ〕もあるものがあり、たった四十五年前から植わっているものだと、庭師は断言する。

私は宿の主人（ゴーティエ氏）のところで、ドルーエ息子によって描かれたビュフォンの肖像を矯めつ眇めつ眺めた。私はそこに肉体的な力を見た。フランスでは美と呼ばれているものだが、いささかの思想もなく、とりわけ少しの感受性も見られない。

（一）　それは一八一一年の彗星であった〔1〕。

第五章

モンバールから、石ころだらけの、高度のある、乾燥した平原をよじ登る。黄色い石の層の上に一ピエ〔約三十センチ〕の土があるだけだ。乗合馬車の窓越しに三本の木しか見ないこともしばしばある。登り下りが多い。セーヌ河の源流近くを通り、そしてサン゠セーヌに到着する。容姿のきれいな女中に給仕されてうまい夜食を食べたあと、十時十五分に私はこれを書いている。宿の女中に対してもともと関心があり、彼女たちに大いに注目する。

退屈だった旅路で、スコッティ氏が歌をうたった。彼は歌がうまく、しかも完全にイタリア風だ。私の獰猛なオスとしての考えが消えていくのを覚え、感動が心に湧き起こってきた。歌を聴くと、心から熱中することによって、私の魂をこのうえなく喜ばせるものが、私の気持ちに生まれてくる。フランス最良の芝居の詩句もこれほど強くは私の魂を喜ばせることができない。そこからおそらく私の音楽に対する愛、フランスの演劇から覚える退屈、そして凡庸な音楽に対する私の不服が生じている。

凡庸なものすべてはもはや私の心を引きつけない。心を喜ばせる力はなくなり、退屈が現れる。もし想像力をことごとく失ったら、おそらく同時に私は音楽に対する関心を失うだろう。その瞬間には、この関心は、私の信じるところでは、このページの上で述べた理由によって、絵画に対する関心よりももっと強い（一）。

（一）　そこからおそらく、かくかくのオペラの音楽がペルゴレージの作品であるとあらかじめ知ることは、作者の名前を知らない場合よりも、私にそのオペラをずっとよく思わせるということが起こる。私の魂は飾るように促される。

第六章

◆九月一日、午前四時十分前

今年の三月、イタリアに任務があることを当てにして、そこへセーサン〔クロゼ〕と一緒に行くつもりでいたとき、単純にもいくつかの旅行記を読むことを思いついた。それらは私にイタリアをちっぽけに見せたものだった。古いミッソンのものだけに自然さがあるように思えた。今日私はアーサー・ヤングの旅行記とデュクロの旅行記しか携行していない〔1〕。というのも両方とも著者本来のものであるからだ。

私が六か月前に読んだ旅行記のなかにクルーゼ・ド・レセール氏のものがあった〔2〕。

以下は爪切りのあたりに放置してあったメモである。

《クルーゼ氏の旅行記は、一八〇二年に書かれ、ある意味では優れている。そこには、反論しなければならない陳腐で不完全な考えばかりが見られ、阿呆なフランス人たちが抱く狭量な偏見のすべてが見られる。おそらく、その本のもともとの愚かさを増大させているのは、立法院議員である著者が、ほとんど公的な立場で書かねばならないと信じこんだからである。知事職が不幸にした人びとの一人である。彼には愚かなことを口にするような部局がなくて、退屈で死にそうなのだ》

（四ページ白紙）

その本のなかで、彼が知事さんたちに頼んでいるのは、彼らがフランスで行なった善行、そしてまだ現に行なっている善行すべてに対する彼の感謝を聞いてくれということだ（一）。

（一）　知事の職務は、長官、しかも一八一七年には立派な長官であるあの阿呆にまで成り下がった。（著者）
知事職は一八三〇年以来別な風に成り下がっている。（編者）

◆ドール、一八一一年九月一日

私は日の出を見にいった。空がまだ暁の青い光に照らされているあいだに、雲のいくつかの効果が崇高なのに気がついた。そこから私は以下のような考えに至った。

真に偉大であるものは、何の作用も及ぼさないはずだ。それはまったく単純に働くにちがいないし、そこから出てくるこのうえなく無関係な物事は、そこから将来するのが認められるときに、崇高に見えるだろうし、おのずと称讃されるのだろう。

もしヴァル・スュゾン〔スュゾン渓谷〕を登りながら私の頭に浮かんだ表現の数かずを鉛筆で記すことができたなら、これはもっとずっと人の心を打ったことだろう。

今日私たちは三つの町を見た。ディジョン、オーソンヌ、そしてドールである。フランスの二つ、三つの町を知ると、これらの町の建物くらい、あれこれの様式のごた混ぜで、多かれ少なかれケチ臭く、面白味のないものはない。とりわけ私は、人間の習俗を表すものにしか興味を覚えない。ディジョンでは、エリオット夫人のところに行ったが、彼女はいなかった。私は支離滅裂な文体で手紙を書いた。当たりまえのものだと、田舎の女性には凡庸で冷たく思えたことだろう。

ディジョンは私によれば、また月並みな表現を使えば、大きな小町だ。平べったい位置、川はなく、ウーシュとかいう名の流れがある。

普通の家はかなりうまく建てられているが、中庭はたいそう狭いので、私にはケチ以外の何ものにも感じられない。劇場は平坦な土間である。

靴磨きの少年が私にその身の上話を語ってくれる。

オーソンヌは整備され、人口も多い様子だ。バルコニー、玄関階段は入念に仕上げられている。これらの家に財産が注ぎこまれた様子が分かる。

ドールは、非常に快適な位置にある。散歩道、もしくはサン＝モーリス遊歩道からは美しい眺望だ。

三つの町のうち、どちらかと言うとこちらが私の好きな町である。その立地は趣がある。

私は眠気にすっかり降参して、寝る。

第七章

◆シャンパニョルにて、九月二日、午後三時に書く

寝る前に、私はある女性の部屋を長く窺った。その女性と向かい合って私は夜食を取ったし、彼女はとても気持ちがいい人だった。彼女の部屋の扉はなかば開いていて、私は太ももないしは胸を思いがけず見ることに何かしらの期待を抱いていた。こういった女性は、私のベッドではいかにしても、何ということもないだろうし、不意の眺めが、私に魅力的な興奮を与える。そんなとき彼女は自然であり、私は自分の役割に専念せずに、興奮に自分を委ねる。

私の恋愛は、愛想よくしていようという配慮、あるいは別な言葉で言えば、役割に専念する配慮にいつも少し煩わされてきた。それは純然たる自然さを保つことができないあれらの状況なのだ。愛人の傍らで退屈してしまうようなとき、彼女にこの退屈を見せることはできない。そんなことをすれば彼女を失うだろう。しかし私が、たとえばレーキ氏みたいに、愛人の傍らにいるときに、ずっと先のことを考えたりしないでいられれば、恋愛は私にとってもっと激しい喜びとなるだろう。

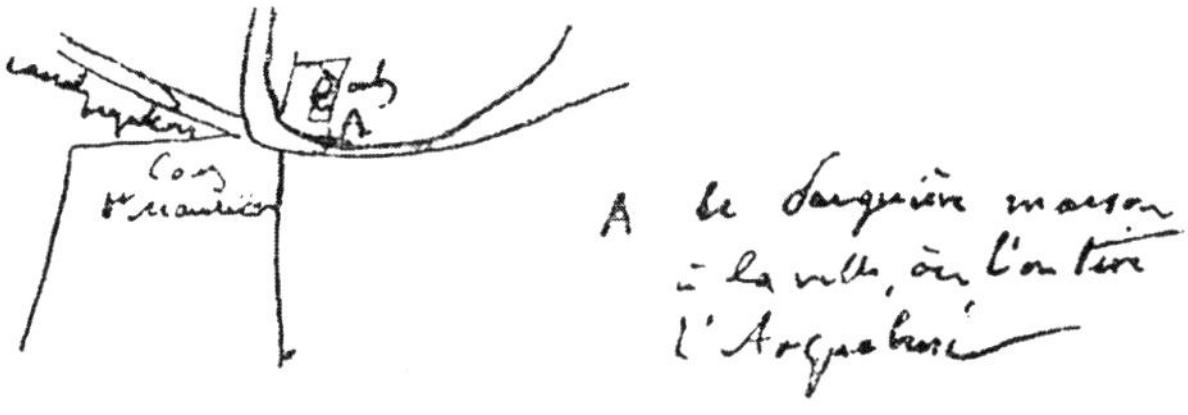

ナポレオン運河 ― ドゥー川 ― サン＝モーリス遊歩道。
Aはル・パスキエ、街の家屋、そこで火縄銃を撃っている。

ドールは見事な満月に照らされていた。私はサン＝モーリス遊歩道を何度か往き来したが、私のその日の散歩で、女性たちに及ぼす私の顔つき、とりわけ私の身に付けていた装身具（一）の効果に、私は少し気を配っていた。夜、威張って歩いていた数人の若い竜騎兵士官に対抗して、私もまた平然と、軽蔑的な様子で歩くように少し心がけた。

以上は大いにつまらぬことだ。しかし私は二十八歳でしかない。それは年齢とともに過ぎていくだろうと思う。満月は静かな地平線をまだ照らしていた。私たちは三時にドールを出発した。月は、丘の連なりと樹木によって作られた両袖の真ん中いっぱいに現れて、夜の広大な静寂とともに、対立的には、日の出に比較しうる光景を作っていた。

私たちはドゥー川に架かる五つ六つのアーチを持った橋の脇を通った。駅者が、二年前のある日曜日に、人でいっぱいのこの橋が落ちるということをやらかしたと語った。誰も犠牲にならなかった。一人の司祭と別の二人が橋脚に取り残されたが、彼らは小舟で救出された。彼らはそこで絵に描けるような顔つきをしていた。

（一）　この時期とても流行していたじゃらじゃらする装身具。（クロゼの註）

第八章

◆一八一一年九月二日

今日はじめて正直に書いた。私はこの森《ボスケレッチャ》の謎を解明しよう。ディジョンのような町の光景ほど、（私に退屈と悲しみを生みだして）これ以上味気ないものはない。パリ周辺の平坦な土地も同じくこうした印象を生みだす。今日、ドールからポリニー（一）へ行きながら、とうとう私にパリを思いださせない山々や百姓を見た。旅行する楽しみがあった。山岳地帯の畑の姿。

一時に、ポリニーとシャンパニョルのあいだ、私にシャルトルーズを思いださせる樅《もみ》林のなかでこれを書いている。私は右手に、下って行きながら、山々の最初の段丘を認めた。それはメルク〔二〕以来だと思うが、私の目を驚かせた。

ポリニーの峡谷はとても美しい。道は、皇帝によって整備され〔一〕、レ・ゼシェル近くのシャイユへ行く道に類する。私はこのすべてに多くの注意を払ってはいなかった。愛想のいいレーキと、ミラノ〔ナポレオン〕の偉大さについてのイタリア語による議論に没頭していた。イタリアを自由へと導かなかったことで、イタリアを騙したのだと、レーキは彼を厳として非難する。

レーキは次にしあわせになる術、野心、知事の仕事、印章を押す場所に関してメルツィ公爵への彼の回答、そしてヴェネツィアの陽気さ、その政府、その習俗について語った。彼は非常に上品かつ喜劇的に（この芸術が分かる人にとって崇高なものである品のよさを保ったまま）話したので、しばしば彼が言ったことを速記することができたらと思った。彼の言葉のひとつを暗記しようとさえした。しかし、もはやその意味しか覚えていないし、それを記したところで、彼のあの魅力的な品のよさを失くさせてしまうことだろう。

この人は確かに、話すことによって、私におそらく十年来最高の喜びをもたらした人だ。私はこれほど気持ちいい態度をほかに思いだせない。

私はペンが進められる限り速く書いているが、そうでなければ態度といった単語を使わなかっただろうと思っていただきたい。これはまったく私が話題にしている人物とかけ離れているものだ。

瀆聖《ベステンミア》とソチーニ派の審問会の構成員であるヴェネツィアの元老院議員について、ヴェネツイア方言で語られた話は、魅力的としか言いようがない。楽しい夕食のデザートの席で、私はその魅力的な喜劇味を観察するばかりで、それを楽しむべきだったのに楽しめなかった。笑いで死にそうになる方の側に付いていたらよかったのにと思う。

「問題を抱えこんで（マンテニェ）いなのに、そのひとつ二つがあったとしてあなたにはどうしようもないでしょう？」というヴェネツィア風の反論と、その前のソチーニ派という語についての元老院議員の無知は、ものの見事に語られた〔2〕。

（一）　これを訂正しながらそれをまた思いだしている。（一八一七年十月二十二日）
（二）　メルクの修道院は、ウィーンへ行く街道にある。

第九章

これまで私はフランス革命を喜んでいた。これは、突発後の雲にまだ少し覆われているけれども、かくもよき諸制度をもたらした。私はほんのしばらく前から、革命が、おそらく一世紀に渉ってヨーロッパの陽気さ《アレグリア》を遠ざけた、と何かしらぼんやりした考えを抱いていた。

レーキ氏が私に言ったことから、最後には以下のような観念がよく分かった。

諸世紀のあらたな継続が始まる〔1〕

私は、わが国の老人のどんな愛惜も、過去の時代の称讃演説者の繰り言〔2〕と誤解していた。それは、もはやかつてと同じ音色を出せないヴァイオリンを嘆く代わりに、弓を嘆くようなものだ。ヴェネツィアやミラノから学ぶことで分かるのだが、このうえなく愚かしい愛惜、テラス氏のような人の愛惜にさえ、真実があるのかもしれない〔一〕。しかしこれに時代の四分の三の人は気づかずにいる。

わが好人物の旅仲間は、イタリアで見つけられる幸福に関して、私が空想ではないかと心配しはじめていた考えを、保証してくれる。

「わたしもまた、あの鬘《かつら》を戴せた閣下たちの何人かを、このうえない喜びを持って、寝取られ男にしましたよ」。これがヴェネツィア方言で発せられた彼の言葉のひとつである。それは魅力的なものだった。

障害がひとつだけあるが、それは、私の嫌悪する例から離れて生きるのは、私の才能にとっておそらく有害だ、ということだ。

モンテスキューが言ったように、空は地上からそんなに離れていないが、それはわがレーキの優しさがZ《ゼッド》のそれと離れているほどではない。一方は自然で、快活で、若い娘のように常軌を逸している。他方は勿体ぶっていて、思いあがっていて、重々しく、うんざりさせ、アカデミーの会員のようだ（二）。

二人のわが旅仲間は、二日前から自分たちがどんな人間であるかを私に語ってくれていたので、私の職業を彼らに言いたいと思っていた。それは誠意からであって、虚栄心からではなかった（肩書きを口に出したことからしきりに後悔することになり、虚栄心から解き放された）。それは自然に出てこなければならなかった。レーキ氏との会話ではそれが大方うまくいった。

私は疲れ、シャンパニョル宿駅の女主人の樅製ベッドに横にならざるをえなかった。これはアン川が源流近くで貫流している村で、この川は水力で鋸《のこぎり》を動かしている。

AAAは、村の家々の位置から下方へ八十ピエ（約二十六メートル）のところにある石ころだらけの平地である。この広っ

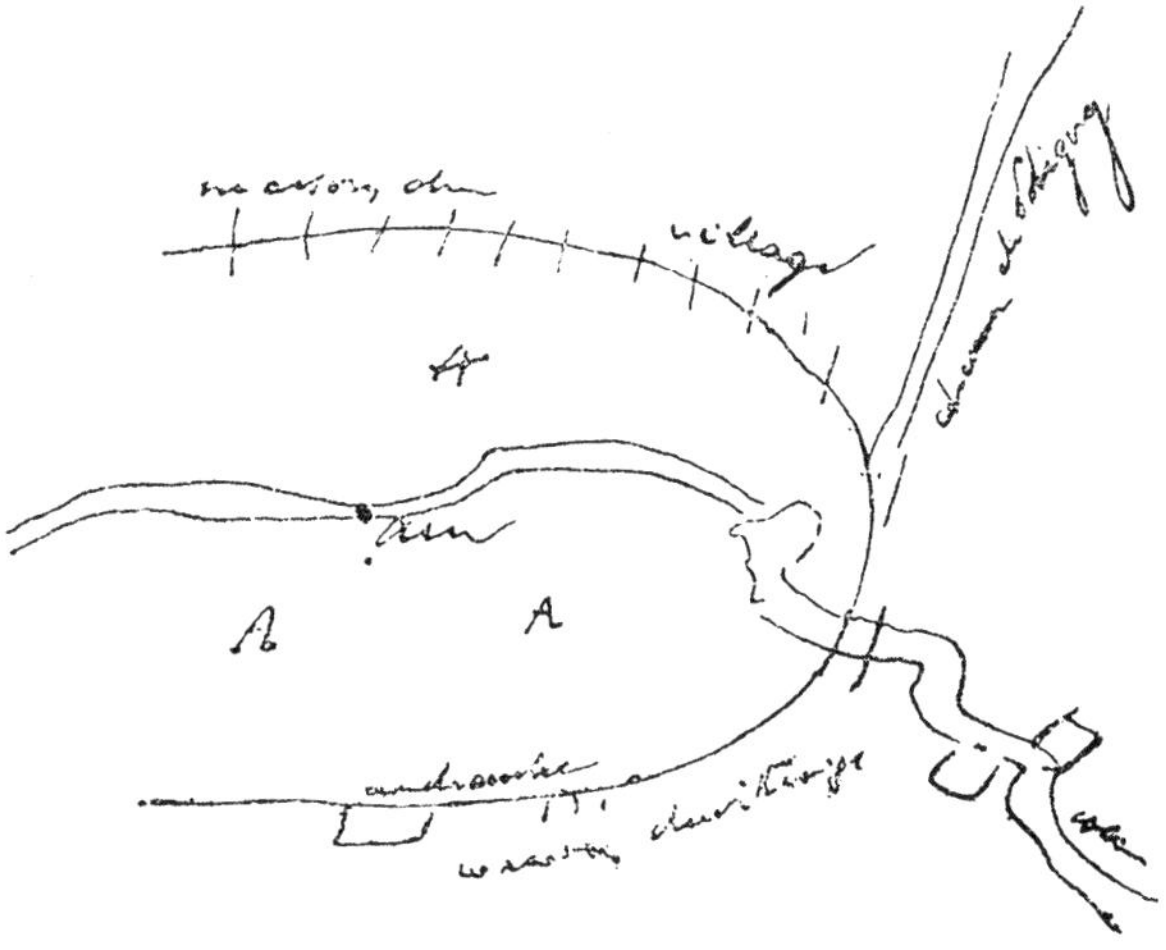

村の家屋—ポリニーへの道—アン川—私の部屋—村の家屋—アン川。

ぱは見苦しく、手入れされていない。私のいる窓下にある。しかしそれはアルプス山脈を連想させる。家々はサンドール、つまり小さな縦板で屋根を葺いている。

シャンパニョルからサン゠ローランまで、私たちはまたもやシャイユへの道のような道を辿る。つまり、それは一種の棚状の道で、ある時は右にまたある時は左にと、二つの連なる岩山のあいだの深みで奔流が流れている。

この間に、月が昇る。私たちを囲む丘は動かない波に似ている。それらを照らす月は私たちの近くにあるようだ。

私たちはサン゠ローランに到着し、行商人の集まりにぶつかる。私はブルジョワの滑稽さをよく観察する。(三) 彼らのすることはどれも、このうえなく過剰に滑稽なことばかりだ。彼らは気おくれを隠すために身振りたっぷりであり、頭を掻いたり、フォークをよく調べたりする。彼らの大武勇伝は、リヨンのかくかくの宿で、かくかくの人とビーフサラダを食べながら、八本のワインを飲んだことだ。前もって同僚から宿と仲間を長々と紹介されるのあとで、身の上話と、それに続く作り笑いがやってくる。重々しく、もたもたした、グルノーブルの人間と思われるのがいる。みんなに称讃されている神話から引用した冗談を言う。三、四度繰り返し言われている陳腐な事柄を言う。愉快な真面目男と、その隣にはパリスに似たような小うぬぼれ男がいる。彼は貪るように一方を眺め、そいつの言うことを繰り返し、そいつの冗談を称讃する。全体がとても仰々しい。私はレーキ氏に、このテーブルでいちばん自然さがあるか、もしくはもっとも品位があるのは、私たちの馭者だと言った。レーキ氏は私に、イタリアではミラノの会話と地方の会話とのあいだに、同じ相違が見出されると断言する。

私は一人の可もなく不可もない宿女中の両尻っぺたを摑む。私はクラリネットとヴァイオリンを聴く。それらは本格的ではないが、それでも私を楽しませる。

(一) ナポレオンが失墜した一八一四年に、私はまだ少しこうした幻想を抱いていた。私たちがしている酷い体験によって、私は蒙を啓かれた。ヨーロッパはもはや一七六〇年当時の状態ではありえない。三十歳の男が十五歳の陽気な若者でありえないのと同じである。(一八一七年十月二十二日)

（二）　碑文アカデミーの会員の平凡な魂と精神は、モンテスキューを思わず、デュクロを傲慢だと思う、等々。
（三）　デュルズィ、ブルジョワ的性格の典型。

第十章

◆ラ・ヴァテー〔1〕、九月三日午前十一時

昨夕の行商人の冗談の性質は、どこかから引っぱってきたものであまり笑いを誘うものではなかったし、このうえなく過敏な自尊心から心配に駆られて投げだされたものであった。愛想のいい一同が冗談を解するのにはしばらく時間がかかったが、次に、とりわけ終わり頃、滑稽な作り笑いを爆発させた。その時には、何人かが再び話しだしたが、みんながあとに続いたわけではなかった。大きな鼻の愉快な男は、真面目で、ものの分かった、覚《さと》った男だったが、次にごく単純な言葉で気取って、まるでワインの話をするように言った。「わたしにそれを二本指分くれたまえ」。そして四秒後、「さもなければ親指半分を」。

すると、彼の贔屓が、喜びと称讃をこめて彼をじっと見ていた。笑う人もいれば、大きな鼻の男ののろのろした調子を真似ようとしながら、二、三の言葉を繰り返すのもいた。

彼らにとって、彼は偉人である。彼らの興奮は、ほんものの偉人によって引き起こされたような興奮と同じだった。したがって彼は研究してみる余地があった。私はしばしばこうした観察を行なったが、それは情熱の研究をたやすくする。これらのたいそう滑稽な行商人は黙っていた方がよかったのではないだろうか。寡黙な八人の商人、推測するにオランダの人なのだろうが、この人たちと同じように黙っていた方がよかった〔二〕。いや、こちらは少なくとも極めつきの精神活動を喜んでいたようだ。つまり彼らの自尊心のすべてが働いていた。これらの小柄な人たちは、彼ら自身の価値を糧にして生きるには、充分な素質を持っていなかったので、もし他の人の価値によってその

価値を支えなかったら、誇りを失くすし、したがって私よりもずっと多くの虚栄心を抱いている。あの精神の大パレード（守備隊のパレードの意味。これは戦闘ではなかったが）において、彼らはひとつの生、多彩な感情、私のあずかり知らない傷つきやすい虚栄心を保持している。

宿の女中たちや音楽は彼らに感覚の楽しみを与えたかもしれない。私にはそれを充分に与えてくれたが、私はといえば、アンジェリーヌと寝て、たえずオペラ・ブッファの世界にいるので、それが私の心をすっかり占領するような喜びであったとしても、私の心は動かされなかった。心が何かにすっかり占領されるのは、快楽への素晴らしい備え、あるいはむしろ万能の退屈しのぎになる。

（一）　カンブレーで一緒に夕飯を取る三人の英国人やバースへの旅行者のように。一八一七年八月、ロンドンへ行く途中でのエドワーズの物語。

第十一章

◆ジュネーヴ、九月三日午後八時エキュ・ド・ジュネーヴにて

日記を書いたあとで、私は窓辺で葉巻をふかしているスコッティ氏に近づき、月が欠けているのに注意を向けた。来るときには丸い月を見ていた。今朝出発時には月が丸いのを再び見たが、宿の女中が、一時《いっとき》は小さなかけらしか見られなかったと私たちに言った。このことから、気づかずに私たちが月蝕を見たのだと結論する。（二）

ポリニーからジェックスへ、道はたえず急な登り下りと崖道だ。土地はとても寒々した様子で、樹木がほとんどなく、あるのは岩塊の点在する背の低い草の原っぱ、樅の木の土地囲い、とても頑丈な家々だ。岩だらけの山中には大したものはない。つまり人跡未踏で美しくはない。

午前五時に、乗合馬車はモレーズでだと思うが、停車し、荷物に封印がされる。この儀式によって、通過するスイスの街道沿いに点在するすべての事務所に立ち寄らずに済む。私たちは全員が眠っていたが、止まったのに驚いて目覚め、寒さを覚える。

レーキ氏と私は、靴の鋲《びょう》の製造を見る。すでに八人から十人の女工がいたが、大方は若かった。一人はエリオット夫人に似ていて、私に非常に簡単な手順を見せてくれた。しかしながら丸い頭の鋲

には、重い金槌で二度打つことが必要である。千個につき二スーが支払われ、彼女らは一万ないし多くて一万二千個をこなす。金槌が恐ろしいことに鼻先を通る。

少々気の滅入る、刺々しい政治的議論(二)のあとで、私たちは昼食のためにラ・ヴァテーに到着した。グルノーブルでのように、ミートボールが出された。グルノーブル以来遭遇したことがなかったものだ。

十一時半に、湖とモン・ブランを見た。湖はとても長く、美しい青色をしている。私たちにはその東端近くまで見えた。

モン・ブランについては、最良の桟敷席にいるようだった。それは私たちが下っていくにつれて著しく低くなった。

見事な光景は、その瞬間には素描できたかもしれなかったが、この時間には、疲れのせいで、頭から消えてしまっている。

私たちは四時にジュネーヴに到着した。橋の近くで一軒の店の軒先をかすめた。エキュ・ド・ジュネーヴでなく、乗合馬車の事務所で降ろされた。ジュネーヴの銀行家つまり乗合馬車経営者の酷薄さ、配慮のなさ。私たちの身のまわり品を宿まで運ぶ手助けをした運搬人《ファキーノ》に至るまで(三)、すべてが陰気で、不快で、粗暴だった。それはおそらく共和政体の結果だ。この場合、君主制的品のよさが欠如しているのはとても顕著だ。

ジュネーヴの人たちが、少しも臆病で、陰気で、自尊心のために怒りっぽく、わずかに妬み深い人びとなどでなく、そして誇りと愛の情熱によって喜びを覚える人びとであればいいのだが。どんなものもこの人たち以上に陽気

でなく、品よくなく、好感を与えないものはない〔四〕。

（一）この二度目のイタリア旅行の時期をいつも正確に思いだす方法。
（二）アルフィエーリについて、だと思う。
（三）私は英国でこれを再発見するだろうと考える。
（四）彼らは少し……〔空白〕氏の性格があるのではないか。この某氏は弱すぎる。

第十二章

彼らの町をスコッティ氏と一緒に歩きまわったが、とても清潔に手入れされた牢獄のようだ。静かで陰気で、こんなのはどこにも例を見たことがなかった。サン＝ピエール広場は、草だらけで、冴えない金髪の青年がたった一人横断していたが、彼は自分を魅力的に見せるために、はずむように歩いていて、目立った光景だった。

私は五年前に強い印象を受けた窓を再び見にいった〔1〕。誰の勧めだったか忘れたが、もちろん勧められて見にいったのだ。

私たちはサン＝タントワーヌの堡塁から、海にそっくりの湖を嘆賞した。棚状の塁壁に坐ったが、そこには誰も来なかった。

しかしながら私は五、六人の美しい姿の人を見た。手足のがっしりした、顔色のいい、胸のある、目の澄んだ背の高い娘たちだが、よそよそしい様子だった。これらの美人は五年前には私を魅了したものだった。アンジェリーヌとの経験から彼女らを高く買わなくなっている。彼女らの側にいて退屈することを恐れる。

このジュネーヴの堅苦しさを見て、私はこの町が生みだしたもっとも有名な人物の性格が説明できると考えた〔2〕。言うなれば、彼の最初の教育（つまり、プランパレの散歩、市民衛兵としての訓練、読書、等）は、英国風であり、すべてが情念に資するものであった。

そして第二の教育（グーヴォン伯爵のところでの身分的差別、彼のヴェネツィアにおけるいざこざ、等）はフランス風であり、すべてが虚栄心から出たものであった。

パリではつまらない人間に見える陰気な若者たちは、ここに引き籠もらなければならないだろう。彼らでもおそらく感じのよい粗忽者と見なされることだろう。私が会った人はすべてゴドフロワ氏（ハンブルクの）の顔つき、すなわち英国人の顔つきをしている。

上記のものはすべてがまずい表現だ。その間違いは疲労による。

不謹慎を恐れつつ、これらの四十ページをパリに送る。

スコッティ氏は、塁壁の上で、ピエモンテ、サヴォワ地方、サヴォワの町はどこかと私に訊ねた。

彼はマルセイユへ行くためにセーヌ河で乗船しなかったことを、シャラントンで後悔していた。彼にはほとんど考えはなく、四年間の牢獄生活で少しへたばっている。

私はジュネーヴの召使いたちの、召使い同士のあいだでの良識と礼儀の調子に注目した。それはフランスにおけるこの階級の不作法さよりずっとましだが、陽気さは足りない（一）。

（四ページ白紙）

（一）　またも英国的と私には思えるものだ。最初の道中で、私は英国人かぶれだ。

第十三章

◆ミラノ、一八一一年九月八日日曜日（一）
私の胸はいっぱいだ。昨夕と今日、心が歓喜で充ちあふれるのを体験した。私はあやうく泣きだすところだ。

昨日、五時頃に到着した。税関や宿の手続きが一時間かかった。夕飯に同じくらいかかる。ついにこのポルタ・オリエンターレ〔東門〕の大通りに立ったときは、七時だった。そこで、贅言は一切脇に置くが、私の人生の曙が過ぎた[1]。

あの時私はどんなだったろう、今はどんなだろう！　この省察にはいかなる大それた気持ちもない。ピエトラグルア夫人にすべてを結びつけると、プチエ氏の時代[2]のミラノにおける私の残りの生活について、私には一つひとつの結果の諸原因が分かり、自分自身に優しい哀れみを抱く。

ピエトラグルア夫人のために私が作りあげた無数の空中楼閣のなかでは、ルイ・ジョワンヴィルに愛されている夫人に愛されることはありえないものの、ある日、大佐になって、もしくは、ダリュ氏の走り使い[二]より上の、まったく別な昇進を果たして戻ってきて、その時は、彼女をこの腕に抱いて、涙に暮れることを想像していた。

この計画は複雑ではなかったことを認めねばならないし、実際にこの種の計画を成功させるものがその計画にはあった。その計画は感傷にあふれていて、そのことを考えるだけでも涙を流さずにはいられなかった。

この計画は、十一年経って、当時はあれほど望んだ地位についている自分を振り返りながら、昨日頭に甦ってきた。

十一年とは何という言いぐさだろう！　私の思い出は少しも磨り減っていなかった。それらは究極の愛によって生き生きと甦っていた。ミラノへ一歩踏みこめば、何かしらに見覚えがあり、そして十一年前にこの何かを、それが彼女の住む町のものであるゆえに、愛していた。

昨日スコッティ氏にとって、私はとても退屈な同行者でいたにちがいなかった。彼はジェノヴァの人で、まったく才知のかけらもなく、さらに教育も足りなかった。といって、陽気だったわけでもなかった。これを別にすれば、彼は最良の子弟だ。昨日は私とコルソへ行き、芝居に行った。

ミラノに着いて私をいちばん感動させたものを言おうか。これが自分のためだけに書かれていることをお分かり

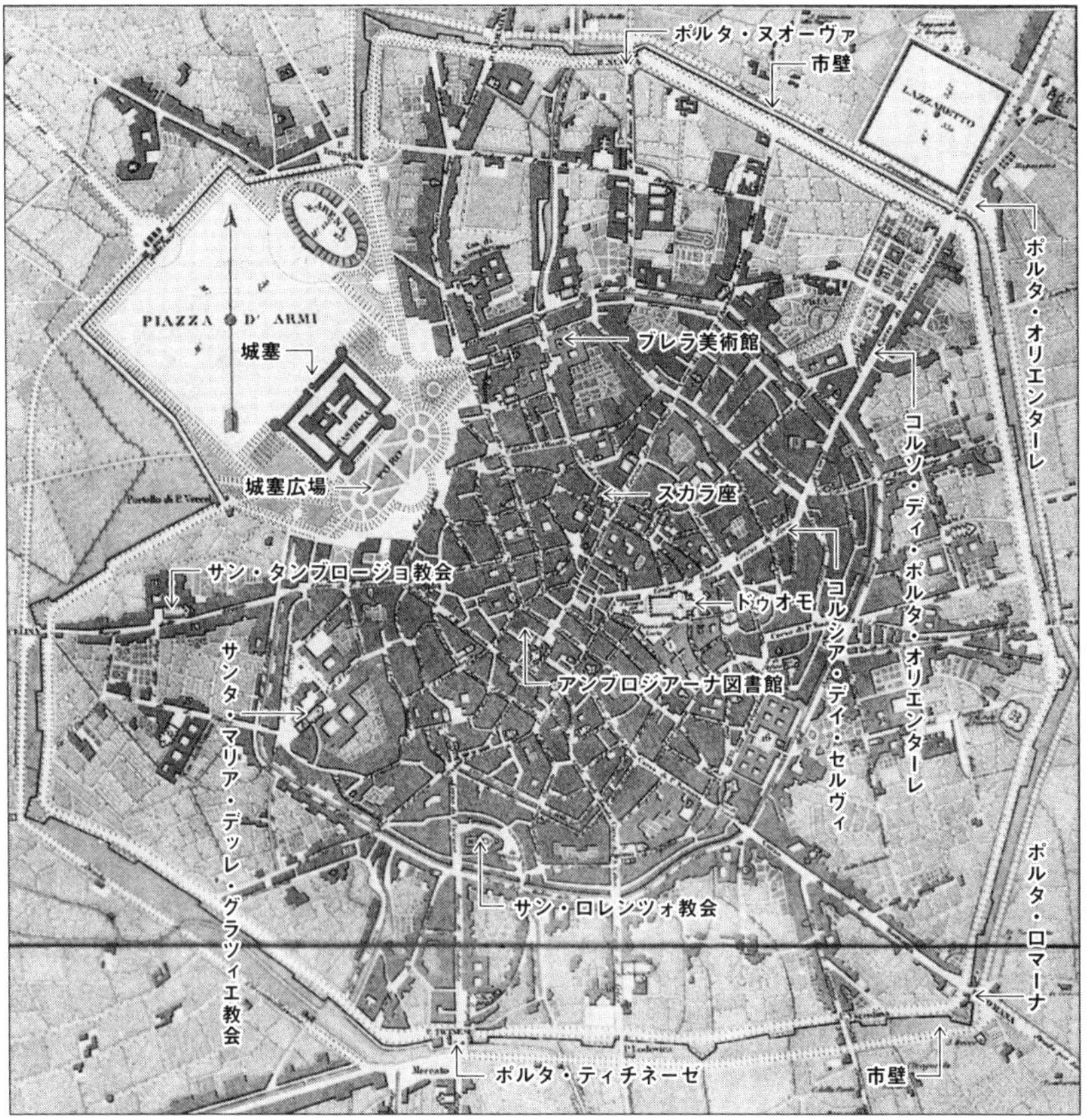

スタンダールの時代のミラノ

補註：マリーノ館とサン・フェーデレ教会はスカラ座前の北東から南西へ走る道をはさんだその反対側。王宮はドゥオモと接する南側にあたる。

いただきたいが、それはこの町の街路に独特なある種の肥臭さだ。これが、ほかのどんなものより、私がミラノにいるのだということを証明してくれた。

昨日の晩、私はこのあまりに強く、あまりに傷つきやすい感動を抱いていた。この感動は、誰にも分かってもらえないだろうという確信と思われるものになって、現在は私を苦しめている。私は今日ピエトラグルア夫人に会いに行く計画を抱いていた。しかし彼女に口づけをすると突然涙を流しはじめ、そして彼女の目にまたもや滑稽に映ることを恐れていた。というのは、私の不幸な情熱は昔私を滑稽に見せていた、と想像していたからだ。愛のなかには自尊心が混じっているので、こう考えるとやっと自分の興奮に気がついた。もし、アンジェリカのリング〔3〕で、彼女に気づかれずに彼女のサロンのなかにまで入れたなら、私は甘美な涙を流したことだろう。

残念ながら私はこの愛すべきリングを持っていないので、昨日わが宿デル・ポッツォで、感じやすい気持ちを減らすことに努めるよう自分で〔4〕……をした。

昨日、コルソを、みんながそこを立ち去った直後に、夜はじめて見たのだが、そのあと、スコッティ氏と私はスカラ座に行った。

この劇場は私の性格に大きな影響を与えた。もしいつか、私の性格が私の青春時代の出来事によっていかに形成されたかを記して楽しむとすれば、スカラ座はいちばんにあげられるだろう。そこに入場したとき、もう少し余分に興奮したら、気持ちが悪くなり、涙に暮れたことだろう。

私は誇張しないように抑えようと努めている。すべてに渉って偽りを、幸福の敵のごとく嫌っている。しかし私は思うのだが、もしミラノで、大使館の書記官、ないしは過剰な労働を要求されないような他の仕事に就けたとしたら、そこで快い一年を過ごすことだろう、と。

アルテ・ディ・ゴデーレ、つまり人生を楽しむ術は、ここではパリの二世紀先を行っているように思われる。こうした状況の価値を増やしているのは、善良で肥ったミラノの人が理性でそれを作りだしているせいではまったくなく、その風土と、オーストリア王家が彼らのために設けていた無気力な政府のせいなのだ〔5〕。そして、どんな些事のなかにまで幸福が行き渡るためには、幸福な人が必要であり、この土地では人が幸福でいられると私は信じている。

女性の、そして芸術の幸福に加えて、私はレーキ氏のような人びとから構成される集まりを持つことで、多くの幸福が見出せることだろうと感じている（三）。

（一）　私は乗合馬車のなかに別の記録帖を忘れてしまった。別のノートの五十五ページ以降をここに入れること。

（二）　私はマレンゴで総司令官によって少尉に任じられ、プチエ大臣の側近くで補佐役になっていた。

（三）　この印象は真実である。というのは、一八一一年以来レリー氏は何年もミラノで過ごしているからだ。（一八一七年十月二十二日）

第十四章

私はマレンゴの戦いのあとの月日、どんな風にしてミラノにいたのかを、忘れないうちに書かねばならない。私は社交界を、そのもっとも小さな切れ端をも決して見なかった。しかしその代わり、できるだけすべての小説、なかんずく『エロイーズ』を味読した。この時期、私は『危険な関係』を読み、そこに興奮を求めた。私の《マイ》親たちの平凡さと知ったかぶりのおかげで、長いこと私にとって美徳という単語は意味不明なものになっていた。私は幸福を想像できなかったし、実を言うと、今日でもまだ、女性における美徳と呼ばれているものから遠くでしか、幸福を見つけることができない。

したがって、極度に感じやすいという美点に、一八〇〇年、一八〇一年、そして一八〇三年には、道楽者として通りたいということを美点に加えていた。そして、私はこの性格とは正反対だったのはお分かりの通りだ。

誰も私に哀れみをかけなかったし、親切な忠告で手を差し伸べてくれなかった。したがって、私は、私の体がもっとも活発であった二、三年を、女なしで過ごした。誰も純粋な（混じりけなしの）感受性の思い出なんてないものだ。私の体に関してここで言うことは、したがって博物誌で知っているわずかばかりのことから引用している。十九歳から二十二歳まで私たちは血気盛んであるが、そのあとではまもなく抜けてしまうと言われる。私は一七八三年生まれなので、十七、十八、十九歳の年をミラノやロンバルディーアで過ごした。

私は感受性を持てあまし、臆病で、誇り高く、理解を得られなかった。この最後の単語は、ここでは自尊心なしに、勇気をふるって自分の流儀を示したときにはみんなに驚かれた、ということを言い表すためだ。あるがままの私とは反対のものが信じられた。十八歳で、私がピエトラグルア夫人をもっとも熱愛していたとき、私には金がなく、一着の服しか持ってなく、それも時としてあちこち少し綻びていた。

ミラノでは、プチエ夫妻のところで、取り立てて言うほどのこともなく過ごしていたが、すでに自尊心がありすぎて前借りすることができず、私はメランコリーに充ちた極度の感じやすさのなかで、日を過ごしたものだった。私はジョワンヴィル、マゾー、デルヴィル＝マレシャールや他の者がうまくやるのを見ていた（一）。彼らがやる物事を見ていたが、私は彼ら以上にうまくやれると思っていた。彼らはしあわせだったし、愛人がいた。私は少しも動きが取れず、馬車の故障等の何か小説的な偶然を待っていた。それによって、運命が私の心を誰か感じやすい魂の持ち主に知らせることを待っていた。

もし私に友人がいたなら、私を抱き留めてくれる夫人に紹介してくれたことだろう。私に魅力を感じてくれたならさいわいだ。もちろん容姿や物腰にではなく、心にだが、感じやすい女性にとってなら私は魅力的でありえただろう。その女性なら、恋愛と関係のない物事では、私のうちにローマ風の魂を見出したことだろう。彼女なら喜んで愛人としての作法を教えてくれたことだろうし、その作法は、そのあとでは、多くの体験とぶつかるおかげで完成されていき、しかも何とかうまい具合に身についたはずだ。

おそらく、心底感じやすい女性が愛されることを望むのであれば、そのような女性は私に愛されたであろう。そんな場合、私を愛してくれて、かつ私が手に入れた女性とは別の物事を、私は考えさえしなかったことだろう。私の感受性は衰えることはなかっただろう。感受性の様ざまな動きは毎日、何日ものあいだ、優しい魂の持ち主に興味を抱かせることができたことだろうし、この優しい魂の持ち主は私の魂を見ることができたことだろう。それ以来、私は激しく愛した。しかし私がサント街で感じたもの〔1〕と、コルソ・ディ・ポルタ・オリエンターレのカーザ・ボヴァーラに住んでいたときに味わえたはずのものとは、何という違いがあったことか。

確かに、もし私がミラノで愛されていたとしたら、私の性格はとても違っていることだろう。女たちに対してずっと男らしくなっているだろうし、芸術のために用いているあの大胆な感受性はないかもしれない。マルセイユではすでに頭が忙しく働きすぎていたので、愛がすべてを支配していたわけではなかった。私は観察をしはじめていた。私はトラシとセーを読んでいた。

〔一〕 一八一七年には、私はすべてこれらの連中より、とくにプチエ夫妻よりもしあわせだ。

第十五章

嘆きと涙と愛情のほとばしりとメランコリーの二年間を、女なしに、この風土のもと、人生のこの時期に、偏見なくイタリアで過ごした。それがおそらくこの汲めども尽きない感受性の源泉を私に与えた。そのことが、今日二十八歳の私に、すべてに渉ってどんな詳細までも感じさせて、たとえば、イゼッレの手前の山越えについて、芸術家として五十ページの観察を口述すればそれをできるようにした。

私はこの現在の感受性を、注射で肉体のもっとも細かな血管のなかにまでたっぷりと入っていく液体になぞらえる。それはすべてを充たし、どこもかしこもいっぱいにする。

上品さを別にすれば、私はつまり、ミラノで一八〇〇年に、ケルビーノの位置にいたが、おそらく品というものがまったくなかった。

主計官のマゾーはある日、病気で部屋にいた私に会いにきた（部屋はカーザ・ボヴァーラの、プチエ夫人の食堂の真上にあった。私のベッドのうしろに、ガニュメデスを描いた額絵があった。私には永久に神聖な絵だが、私は観に戻ることはないだろう）。――それで、マゾーはプチエ夫人に、ベールに会ったばかりだが、病気のライオンに似ていたと言った。私のとてもカールした黒い毛髪、その当時すでに持っていた腕っ節の強い様子、そして尊大さには、考えてみると、あげつらうようないかなる品のよさもなかった。

したがって、私にとってそんなにも心優しい思い出があふれていたこの時代に、ダリュ氏の補佐をしていたジョワンヴィルは、もちろん善良な人物だが、彼が手に入れていた背の高く、美しい、見事な女性のところに私を連れていった。それがアンジェラ・ピエトラグルア夫人だった。

それが九年弱の間をおいて再会したばかりのあの女性だ。

私は第十年のヴァンデミエール一日（一八〇一年九月二十三日）頃に、ブレッシャから私の連隊がいたサヴィリャーノへ行くときに、彼女に再会した〔1〕。しかしベルガモとブレッシャ滞在によって、すでに長いこと彼女と離れていた。ベルガモとブレッシャで私が彼女を嫌いにならなかったかどうかさえ分からない。

したがって、この世でもっとも愛した人に会わなかったのは十年、彼女に会わなくなって十年になると数えることができた。

第十六章

私は今日一時に彼女に会うことにした。彼女の父のボッローニ氏の家に行った。従僕が私を彼女のところに連れていった。

さいわい、十五分待たされ、少し自分を立て直す時間があった。

私は背の高い素晴らしい女性に会った。彼女は、目、額、鼻の位置具合からも、あいかわらず堂々としている。それより、以前に較べて、もっと才知と威厳が見られ、逸楽に充ちたあの優美さがもっと少なくなっていると思った。私の若い頃、彼女には美しさによってしか威厳がなかったが、今日では彼女の目鼻立ちによっても威厳があった。彼女は私を覚えていなかった。それは私を喜ばせた。私はジョワンヴィルの友人のベールだと説明して、彼女に思いださせた。

「あの中国人だわ」と彼女はそこにいた父親に言った。

私の大情熱は私を少しも滑稽に見せていなかったのだ。彼女が私をとても陽気な人間としてしか思いださなかったことが分かった。

私は自分の愛について冗談を言った。

「なぜその時に言って下さらなかったの?」

彼女は二度に渉ってこう言った。

私は彼女の父親の家のバルコニーで冗談を言った。そこで彼女にこう言ったのだと思うが、マントヴァの野ですぐにも死に果てたいものです、と。よくお分かりの通り、愛を交わすためのあの上品な流儀を彼女に連想させなかった。私たちのあいだに少し当惑があったが、私はその間に、彼女の才知が活動してこの種の当惑を乗り越えるのを見ていた。あれから十年、彼女は新しい知己となるのだ。

信奉者がまもなくやって来た。それはヴェネツィアの貴族で、ここでは名誉ある地位に就いていて副王を補佐していた。私は彼に対して丁重に挨拶した。

それは彼女が私と一緒にいたからだ。彼女はイタリアの作法を私に話して、優しく私の帽子を脱がせるようにした。

五時だ。夕食に行かねばならない。彼女は今晩彼女の桟敷席に来るように招待してくれた。私はレーキ氏によってランベルティ夫人〔1〕に紹介されることにもなっている。善良なボッローニ氏は自宅に来るように招待して、私に口づけする許しを求めた。それは最後から二番目の少し飲む集まりだった。ピエトラグルア夫人にはわずかに厳めしさが少なくなっていたので、私は涙に暮れながら首に飛びついた（二）。

（二） 六年後の一八一七年に付け加えるが、この話は誇張からほど遠く、私が体験したことを正確に表現することからずっと隔たっている。

第十七章

私はクリームとアイスクリームの入った美味しいコーヒーを飲みにいった。私にはパリで出合うどんなものよりも優れているように思われ、このことを記しに戻った。

短い滞在中にピエトラグルア夫人を手に入れようというそこはかとない考えが私に湧いた。彼女は私に言うことがたくさんあると言ったし、私と出会ったのちによく無分別をやったものだと言った。これはみんなの前で大きなはっきりした声で言われた。

しかし私はここに、喜劇詩の様相を持つこの訪問の一部始終を記す時間がない。フランス的性格とイタリア的性格の相違をよく表し、私の好みによれば後者に好意的になる興味深い事柄よりも、私の個人的なことが勝利を収めた。

〔フランス人よりも〕千倍も少ない、限りなく少ない虚栄、もっと多くの快楽への愛、そしてそれを味わうためのもっと多くの感受性。

モチェニーゴの二つの逸話を入念に書くのを忘れないこと。これらの逸話はしっかりと描けば、相互に全体として役に立つ。

私はこれを真夜中過ぎに書いている。私が観てきた芝居は八時十五分前から十一時四十五分まで続いた。観たのは、『デイ・プレテンデンティ』(『結婚志願者たち』の翻訳〔1〕)の第一幕、『フェードル』の出来損ないのバレエ、『デイ・プレテンデンティ』の第二幕、喜劇的ではないが凝りすぎのバレエであった。

ランベルティ夫人への紹介。彼女流の丁寧さ。——彼女の伯父である九十二歳の神父。——注目すべき習俗。——喜劇は、それがどれほどよかろうと、また、まさにそれがよいものであるゆえに、いくつもの国民に通じることはありえない。——今晩の場面のいくつかは、一部のフランス人にはたいそう下品だったので、それらが自然を逸脱しているように思えたことだろう。——ピエトラグルア夫人を見かけないが、おそらく劇場に来ていなかったのだろう。私は死ぬほど疲れる。

手を付けた包みのなかに十七枚のドゥーブル・ナポレオン金貨がある。別の二包みを宿の主人に預けている。全部で二八〇〇フラン、もしくはナポレオン金貨で百四十枚、もしくはドゥーブル・ナポレオンで七十枚があった。手を付けた包みは二十枚のドゥーブル・ナポレオンだから、他の二つの包みはそれぞれ二十五枚のドゥーブル・ナポレオンだ。

第十八章

◆ミラノ、コントラーダ・デッレ・トレ・アルベルギ〔三宿通り〕、**アルベルゴ・レアーレにて、一八一一年九月九日**

今日は、昨日一日のモチェニーゴの部分を記す計画でいた。しかし真夜中に疲れて帰り、今日一日を書きとめる力しかない。

風呂に行き熱すぎるのに入り、それが頭痛を起こす。ジラウ伯爵の喜劇集を買う。その一篇は、笑わせようとするが、感動させようとはしないものだとレーキ氏が教えてくれたものだった。私はベッドで一時間を過ごさざるをえない。ピエトラグルア夫人のところへ行く前にステッキを買う。ステッキは私を四歳若返らせることだろうと考えた。それはとてもうまくいった。間違いなく上流社会の男で女たちに持てる男を証明する一ダースもの表現を、ステッキによって手中にしていると思った。こうして、私はもはやパパ風に背中で手を組まなかった。

二時から五時までピエトラグルア夫人の家にいる。そこからスカラ座の側の料理屋[1]へ行き夕食。この店で一人のきれいな若い娘に会う。彼女はあの手の娘に見える。それを明日はっきりさせてみよう。私はコルソに行く。そこから、速く走るきれいな小辻馬車に乗り、これがポルタ・ロマーナ〔ローマ門〕のレンタージョ劇場に静かに運んでくれる。それはおぞましい小屋だが、そこでマイヤーの『イタリアの音楽狂』の魅力的な音楽を聴く。

これは、十年前、私が音楽に興味を持つきっかけになったオペラのひとつである。

次に、滑稽な人物たちと、一人のきれいな女性の太ももが出てくるバレエ。

そして最後に、アンフォッシのものだと思うが[二]、優美さにあふれた『悔い改めた気紛れ女〔カプリッチョーザ・ペンティータ〕』。

私は純然たるイタリアものに浸っている。よき趣味をどうこう言おうが、その独創性を変えはしない。

このすべては、八時半から十一時まで、ミラノの通貨で二十スーだ。私はドゥオモ広場にシャーベットを食べにいく。帰途につき、明日のために馬車を押さえる。ジラウ伯爵の三十ページを読み、これを書き、そしてとても疲れて寝ようとしている。明日はまた三時過ぎ頃ピエトラグルア夫人のところに行き、そして芝居に行こう。ピエトラグルア夫人を手に入れることは、やってみれば可能だろう。ここでは彼女、アンコーナではビアロヴィスカ夫人、その点に関してナポリとローマでは、何も望めないだろう。無駄にする時間はないので、明日、結論に行かないまでも、彼女が私としあわせな時間をいくらかでも過ごしたいかどうか知ることに努めよう。彼女は私をしきりに眺める。彼女にとっては、私は新しい知人だ。

わが国の街路がむかつくのとまったく正反対に、ミラノの通りは便利だ。

私はランベルティ夫人の家に行かなかったが、少なくともわずかばかりの自尊心を示すためだ。明日行こう。

（四ページ空白）

ドイツ人的実直な様子をしていて、父親がローマで四十頭の雌ラバを持っているという貸し馬車屋が、私をローマへ連れていこうとたった今提案してくれた。彼が保証するには、とても清潔な馬車だということだが、それは可もなく不可もなしということを意味する。彼は九日半を六ルイと半分の値段で連れていってくれるだろう。彼は、乗合馬車に乗れば二十四時間でローマからナポリに行けると言った。

貸し馬車を使えば私は毎晩寝られるだろうし、暑さでいらだたしい気持ちにするあの日中をゆっくりと行けることだろう。

別の貸し馬車屋が私に同じ提案をする。集まった者たちで親しくなることが必要だろうし、そうなれば快適だろう。

（一）　フィオラヴァンティの。

第十九章

◆ミラノ、一八一一年九月十日

昨日、一八一一年九月九日の一日の出来事――私は全身で、この土地が芸術の国であることを感じる。芸術はこの国の人びとの心のなかで、フランス人にあっては虚栄心が占めている場所を支配しているのだと思う。

昨日、私はアッピアーニのフレスコ画を探していた。サン・フェーデレ教会に入り、壮麗な建築を見る。教会全体は深紅のダマスクス織りで入念に張りめぐらされ、新鮮で清らかな様子だ。小さな声でミサが挙げられていて、この広大な教会のベンチに散らばっている二十人あまりの信者がそれを聞いていた。突然小さな魅力的なソナタが始まる。一人の男が、二人の女とオルガンに向かっていた。彼はとても陽気できらびやかなロンドーを演奏した。このきれいで清新な教会はその効果を増していた。

サン・フェーデレ教会の隣に、高貴な建築様式の大きな建物がある。私はこの芸術をあまりよくは理解していないということを認めよう。それは私の心に充分明晰には語りかけてこない〔一〕。

警察とか清掃とかのことではとても進んでいると思っているあのパリの住民に大声で言わなければならない。「あなた方は野蛮人だ、あなた方の街路は胸の悪くなるような臭いを発し、黒い泥にまみれずには一歩も進むことができない。この泥たるや徒歩で歩かざるをえない民衆には見るも厭うべき様だ」

「これは、あなた方の街路を全面的に下水道にした愚かしい考えからきている。下水道を設置しなければならないのは通りの下である。ミラノの街路を見たまえ。完璧な清潔さで、馬車はきわめて快適に走り、歩行者は気持ちよく歩く。とは言え、ミラノでは、砂利石しかなく、フォンテーヌブローの宮殿にあるような敷石があるわけではない〔二〕」

この大熱弁は、終日私の頭のなかをめぐっていた。〔ミラノでは〕泥まみれになろうとしたところで、そうなることはできなかっただろう。

三時頃、コントラーダ・デイ・メラヴィーリに行った。私は少し待たせられた。彼女は戻ってくるところだった。メジャン伯爵（ミラボーの友人《フレンド》）にお情けを訴え出たばかりだった〔1〕。ミラノでは彼女は愛らしさまたは美しさでかなりの名声を得ているようだ。そしてミラボーのフレンドは、六年前にここにやって来たときに、彼女に言い寄ろうとしたらしい〔三〕。というのは、昨日彼は、いかにも女性に慇懃だといった様子で彼女と一緒にいたからだ。また、彼はここでは、陛下〔2〕の側近くで大きな信用を得ているある大臣を頼っているらしい。

ピエトラグルア夫人は、陽気で並外れた熱意を持っては私を迎えてくれず、思慮深い様子と調子があった。しかしそこには、ほとんど新しい知人として私を大いに見守ることによって、友情の証《あかし》にあふれていた。九年来、どんな風にも噂を聞かなかった友人に再会するという変わった立場なのだ。

私の連隊と合流しにブレッシャからサヴィリャーノへと行くとき、私はミラノで第十年ヴァンデミエール〔一八〇一年九月〜十月〕の最初の日々を過ごした。アントニオ〔夫人の息子〕は現在のアパルトマンで私のヘルメットと私の羽根飾りを使って遊んでいたものだった。彼女は、ソファの彼女の傍らに私を坐らせた。私はフランス領事殿の家で、それが名誉ある席であることに気づいた。彼女は私に、ルイ・ジョワンヴィルとの破綻の話を語ってくれると約束していた。

この話はとても複雑だ。一年前には、私はこの恋愛を理解しようにも理解できなかっただろう。ルイは思いやりがあり、良識があるが、ありふれた品性で、才知は少しもない。彼は醜男で、低俗な顔つきだが、この見かけの下では、情熱を感じるのにふさわしい人間であるようだ。情熱を別にすれば、彼は賭博場外での子爵〔バラル〕と同じであり、彼にはすべてが無味乾燥に見えるのだと私は思いそうになった。この態度は社交界での成功がないことからしばしば生じているにちがいない。ルイは、社交界での成功の話が出ると、しばしば私にいくつかの言葉を言ったが、それは次の言葉に戻っていった。「僕の王国はこの世界にはないんだ」。実際、彼はどんな作法も知らないし、みんなには最初の一瞥で、彼に才知がまったくないことが分かってしまう。結局、彼は社交界に引っぱりだされた百姓みたいなのだ。

（一）　マリーノ館。マリーノ伯爵は四十年前に脳天を撃ち抜いた。彼の館は没収され、そこに税関が置かれた。ペッレグリーニがサン・フェーデレ教会をイエズス会のために作った。

（二）　中庭の柱列に使われている黄色すぎるマッジョーレ湖の御影石は、パリにはない。

（三）　おそらく、彼女は彼と仲がよかった。——否。

第二十章

◆ミラノ、一八一一年九月十一日

九月十日の一日の要約――昨日（九月十日）五時に、私はたいそう充ち足りていたので、パリから何か嵐がやってくるのではないかと心配していた。私の心は、これほど夢中になっている楽しみが、何かの仕事で奪われるのではないかと漠然と恐れていた。気持ちを落ち着かせるために、私は自分に次のようなことを思いださせた。おそらく多くの人が同じ楽しみを味わっていたが、誰もそんなことを言わなかったし、こうして、言わないのは少しもめずらしいことではなく、私が危惧することは何もないのだ、と。

おそらく私の楽しみのなかには多くの虚栄心が、少しの感傷と結びついた虚栄心が混ざっていた。この結合がなければ、数分後には、虚栄心の喜びはもはや私にとってほとんど何ものでもなくなる。

したがって、昨日起床すると、私はフランス領事（フリュリー氏、だと思うが）のところへ行った。彼のサロンでコンスタンチノープルの美しい版画と巨大な肖像を描いた絵を見つけた。彼がペラに住んでいたということと、この巨大な人物が彼の妻であるという判断を下した。彼が現れた。思考を妨げるあの肉づきのいい体躯の男だ。

そこからマリーノに行き、トリノの帝室裁判所主席検察官であるサン＝ロマン氏のところへ手紙を出す。彼と一緒に私は駅馬車でローマへ行くことになりそうだ[1]。私が望んでいたのは、彼と会わずに交渉を長引かせ、契約を結ばないことと、もしピエトラグルア夫人を手に入れたなら、最終的に二週間ここに残ることだった。

私は、利便性からも少しはあったが、とくにピエトラグルア夫人に対する虚栄心から、馬車を手に入れていた。忘れてはいけないのは、社交界を広く考慮に入れると、私が彼女にとって新しい知人であるということだ。小さな事柄の影響は、この場合にはとても大きい。

一時にピエトラグルア夫人の家に着いた。彼女は体調が悪かった。まもなくヴィドマン氏が、ブレラ見学に必要な許可状を持ってやって来た。ピエトラグルア夫人はそこへ行くことに心を決め、着替えるために私たちを待たせた。その時、シニョール・ミリョリーニが現れた。善良な様子をした男前の若造で、才知はかけらもない。彼の言うくだらない事柄を全部記したとしたら、あまりにうんざりさせるだろう。

愛想よくするために、彼は多弁だ。彼ははじめ、気むずかしく真面目くさって私を眺めたが、それは間抜けどもがいつも外国人に恵むおもてなしだ。阿呆から入手できるよいものと言えば、彼の親愛の情だと私は考えた。さいわいにも不愉快は少しも直らなかった。シニョール・ミリョリーニは、私の心を掴もうとして私を大いに楽しませた。私はとてもうまくやったので、ピエトラグルア夫人と別れたあとで、彼は料理屋ヴィエイヤールまで私にくっついてきて、望むだけでいつでも勃起できる秘密の方法を私に教えてくれた。彼は現在のところこの大秘密を試すことに専念している。タランチュラを手に入れなければならないし、それを炭にする。オリーヴオイルでこの炭の練り物を作る。それを右足の親指に擦りつけ、そして秘薬がそこに定着している限りは勃起する。

この立派な状態に疲れたら、温湯を使って洗う。

君主国では、この素晴らしい秘密は、ある年齢の女性、ルビュフェル夫人たちに気に入られる手段をもたらし、幸福につながるだろう。

お分かりのように、この考察は私のものだ。ここに述べられたこと一切では、わが友人は才知の片鱗さえも示さなかった。彼が口にすることのできたいちばん好ましい感嘆は、《それは言うまでもない》というものだった。

しかし彼は思いもかけず習俗を描いている。

一、イタリア的用心。彼は、この大きな秘密の試みを自身では少しもやってみないだろう、と私にはっきり言った。

二、彼には複数の女がいるようだ。彼はかなり美形で、力、健康、そして陽気さがある。しかしいささかの才知もない。以上こそ彼の人柄が示しているものだ。

昨日彼は一日中フロックコートでいたが、みんなに無視されていた。彼が劇場で六人から八人を訪問し、彼の上官の美男子テオドール・レーキ将軍の桟敷に行ったのは、この衣裳を着てのことだ。

ミリョリーニ氏は宮廷付きの士官だった。彼はあのやり方で、この妙薬の効果を試せる三十人ばかりの女がいると私に説明した。

パリの住民にとってミリョリーニ氏の驚くべきところは、〔身分の違いを考えずに〕ある美青年副官を皇帝の副官と並べて扱うのが当たりまえだという点だ。それがアタリマエなのだ。

私はシェフェルドリ夫人〔ラ・ベルジュリー夫人〕の家に来たベルトラン将軍の副官の美青年を思いだし、そしてこの青年をミリョリーニ氏に並べて置くだけだ。そのフランス人はたえず表舞台に出ていた。彼は軍隊的高慢さ、卓越した様子、等々を演じていた。彼はとりわけ、単純な良識を働かせればいい事柄から千里も遠いところにいた。

私にはミラノの人の方がもっと自然で、もっとしあわせであるように思える。そのフランス人(一)が、ブランシュ・ド・ラ・ベルジュリー嬢とその共犯者たちのような半バカどもには、ミラノの人よりももっと好かれたことを私は疑わない。私については、彼らは二人とも私をうんざりさせるだろうが、そのミラノの人は私にとってずっと耐えがたくないだろう。

（一）　ポーラン氏。

第二十一章

ミラノ方言は感情にあふれている（私が恋愛感情について話しているのでないことは分かっていただきたい）し、その話し言葉の抑揚は、誠意と穏やかな道理を表現する。

以下は私たちのブレラ〔1〕見学に参加した人物の一人を長々と描いたものだ。最重要人物がヴィドマン氏だった。陽気な人物で、音楽を愛し、ほとんど考えず、穏やかさを好んだ。私は彼の才知不足を好意的に説明している。こういった人びとは、若いあいだはずっと恋愛をすることに夢中だ。彼らは熱中して楽しみ、感覚そのものになり、そのあと、感覚が退いていくと、もはや、彼らの享楽の合間に偶然浮かんだ数少ない反省しか残らない〔二〕。

ヴィドマン氏は、帝国の大貴族の片割れなのだ、と思うが、レッツォニコ家と姻戚関係にあって、この家の一人が彼に遺した五万フランの年金ゆえに家名にレッツォニコを名乗り、イタリア的自然さが許容する程度に、社交界の礼儀を弁えている。

この礼儀は、十年前だったら私を面食らわせただろうが、私を気楽にさせた。そして私は彼に倣って、もっとも高貴で、もっとも丁寧で、もっとも心遣いにあふれた物腰を獲得した。

この点で、私は自分に満足することができ、私の態度を理解しない友人たちに勝手なことを言わせておくことができる。

それがうまくいったことが、私の態度を正当化する。別れるときに、彼は一台の馬車をやり過ごし、私に別れの挨拶をするために四十歩ほど歩いてきて、握手をした。

私たちはピエトラグルア夫人の家を出る。彼女は腕を借りたいと私に手を差しだすように合図をするが、私はヴィドマン氏を指し示して断る。彼は避けられている。結局、外国人として、私は私たちの女神《アッラ・ノストラ・デア》に腕を差しだす名誉を受け入れる。

私たちはブレラ（それを再度見たあとで、別のところで、そのことを記そう）を見学、同じくアトリエ・ラファエリを見る。そこではモザイク画でレオナルドの『最後の晩餐』が作られ、ミリョリーニ氏は、そこに許可されて迎えられている気の毒な画家たちの忍耐について、たいそうとんでもないバカなことを言う。この場では女性に対する慇懃ぶりへの関心とモチェニーゴのことだけを書いておく。それは同時に書くだけでもすでに多い。

（一）　私は最後に彼をモスクワで見た。それはほんとうだと信じている。彼は、その好意のために、たちまちに激しく気兼ねのない友情を抱かせる人物だ。

第二十二章

◆ミラノ、一八一一年九月十一日

したがって、私たちはブレラ美術館の展示室を見学したのだった。そこでは私は社交人士、才人、そして毒舌家になった。ピエトラグルア夫人は前日、彼女がその手の人間が好きだということを私に教えてくれていた。彼女はそれを一種の明敏さを持って私に示したが、その明敏さは、彼女がとてもきちんと繊細な物事を把握していることを証明していた。

好都合なことに、私がイタリア語を話しているときにそれにぶつかった。

芸術が勝利し、とりわけひとつのきれいな浅浮き彫り（「ヘラクレスがアルケースティスを連れ去る」）がいちばん優れていた。見学のなかほどで、私はモンティの肖像画を感嘆して眺める代わりに、ピエトラグルア夫人に気に入られようとするために理屈を組み立てなければならなかった。

彼女は私の役職の性質を知ろうとして細かな質問をした。彼女はそれを私の名刺でしか知らなかった。しかし、私は自尊心からこの点についてはこのうえなく繊細な感受性を持っていたので、完全に彼女の攻撃を見抜いて、自然に、上品そのもので、しかもその事について美化した観念を付け加えることによって、そこを切り抜けた。

私のような性格の人間にとっては、十字勲章は旅行中にしか役に立たないということに、私は注意を向けるだろう。

このブレラ見学によって、私はピエトラグルア夫人やヴィドマン氏と同意見であることをはっきりさせた。

私たちはカーザ・ラファエリに行った。そこで、私は彼女をこれ以上ないくらいの愛情をこめて二度見た。私たちの手がぶつかる度ごとに手を取り合い、しばしば腕を押しつけ合った。私は彼女にいくつかの短く愛情のこもったお愛想を言った。

彼女は四時半に私たちを彼女の家の戸口まで連れ戻った。「さよなら、今晩また劇場で」がいつもの別れの言葉だった。

ミリョリーニ氏は私たちに彼の情婦の肖像画を見せてくれた。人妻で、おバカな様子だった。この情事について自然かつ自由に冗談が言われた。この自然と自由は、わが哀れなフランスの不能者たちの髪の毛を逆立たせたことだろう。ミリョリーニ氏は不能者ではない。というのは、彼は日に二度やっているが、彼の将軍は、その上位階級から見て、毎日五回ないし六回致している、と私に打ち明けたからだ。

ヴィドマン氏の礼儀、ミリョリーニ氏のタランチュラ。

私は五時にヴィエイヤールの店に入る。相変わらずキラキラをつけた美人を見る。私は食卓仲間（一）に完璧に愛想よくして、私のブルゴーニュワインを振舞う。それはとても良いもので、私はそのボトルをしっかり賞味した（二）（十ミラノリラ）。

私が話したこの完璧な幸福を味わったのは、四時から五時半だった。幸福は私がピエトラグルア夫人の腕を取った瞬間に始まった。わが仲間の観念の欠如が、ラファエリのところでの退屈を私にチラチラと思いださせた。ポーム球戯をするには二人でいる必要がある。

私はコルソへ独りで散歩に行った。私の幸福は、誰かしら野心家どもの幸福が失墜するように落ちた。

（一）それは居候の即興詩人であった。
（二）クラス第一級のなかで、上位クラス最後となるもの。

第二十三章

私の思い出は魅力的なものであり、生き生きとしていた。それらは実際には変化した。私は、今やピエトラグルア夫人を愛していることを発見した。その時から、ミラノで私の興味を引くいくつもの細かなものが色褪せてしまった。鐘、芸術、音楽等、無為の心を魅了するこのすべては、情熱が心を充たすと、味気なくなり取るに足りないものになる。

私は六時頃に、自分がピエトラグルア夫人を愛しているのに気づいた。臆病が生まれた。この瞬間から、恐ろしい暗闇が私の魂を充たした。

この暗闇は、大部分が、思い出による幸福といういくつもの小さな源から生じていた。その小さな源は、大河ともなるが、一瞬にして干上がるのが見られた。

私の馬車は私をうんざりさせたが、それは、もはや私の現在の身分を、ダリュ装備点検監督官殿のところの使用人の身分に較べなくなって以来のことだ。スカラ座は、昔そこで、今より低かった身分で体験した、愛情にあふれたメランコリックな感情の思い出が私に与えた快楽を、もはや与えなかった。

私には現実の愛情とメランコリーがあった。私は右二階席の二番桟敷席を見さえすればよかった(一)。

私の行為にはたくさんの虚栄心が混ざっていると思う。というのは、ピエトラグルア夫人に抱かれることに大きな喜びを期待していないからだ。現実に、アンジェリーヌ〔ベレーテル〕は私に、裸の太ももや乳房などを見たくなくさせた。

モチェニーゴにとっていずれ役立つのは、思い出が現実に変わるくらいに充分に強くなったとき、ミラノの魅力が突然消えてしまったということを思い起こすことだ。そしてまた、物事のなかに、生まれてくる私の情熱に何が役に立ち、何が害になるかしか見ないとすぐに、思い出の楽しみの数かずの源は涸れていくのが見られたが、それによって私が思い出にどんな説明を下すかを思い起こすことだ。

もし私がピエトラグルア夫人の桟敷に上品に入る方法と、私の受けるもてなしだけを考えていたなら、桟敷席の二階に上がりながら、その配置を認識するのに、たとえば扉の下部の網目格子は私にどう作用しただろうか。

それこそ、私の思い違いでなければ、貴重な観察である。

私は、昨日七時に、平土間席に坐って、暗い気持ちと、隣席の連中に対する怒りの気持ちでいっぱいのなかで、そんな観察をしたわけではなかった。私はそのことをあまり考えずに『当て外れの結婚志願者たち（ディ・プレテンデンティ・デルージ）』の第一幕を聴いていて、ピエトラグルア夫人を時どき眺めていた。その顔ははっきり見えなかったが、ただ帽子と腕が見えた。

私は充分に気を利かせ、品格を考え、最初からは彼女の桟敷に行かないようにした。バレエの開始を辛抱強く待った。しかし私は、バレエと第二幕の半分は彼女の桟敷にいた。そこでは静かにしていて、少し真面目だった。

口を開くや彼女が言った。

「わたしはヴィドマンがどうしているか知らない。すっかり腐っていたようだわ」

ほんとうだった。

ちょっとのあいだ、彼女と私の二人だけだった。私は困惑したが、会ってまもない人物の一人ひとりがどんな人物かを彼女に訊ねることで、その状態から抜けだした。

私が彼女のことを悪く思うのを、彼女が心配しているのが分かった。なぜならこれらの人物の一人ないし二人は、あれこれ言っては、彼女の膝を撫でていたからだ。私はただちにこの手を用いた。彼女は、この土地では、もしそのことに気を悪くしたら、取り澄ましているように見えるだろうと、私に説明した。

ヴィドマン氏が、腐って、もっぱら気持ちを露わにして（自然さの次に、フランスでは見られないようなものだが）戻ってきた。彼が私にやきもちを妬いていると想像した。少なくとも私は彼の邪魔になっていた。彼はピエトラグルア夫人に、おそらく彼の野心とか、何か打ち明けることがあった。三人の求婚者の美しい三重唱を聴くために留まるまではよかったが、すぐさま結末をミリョリーニと一緒に追いかけねばならなかった。私は八分から十分留まった。私が出るや、ピエトラグルア夫人とヴィドマン氏は興味深く話し合っているのに私は気がついた。

私は平土間に降りた。十分間ランベルティ夫人のところで過ごした。いつも過分な丁重さ。彼女は私にイタリアでもっとも偉大な医者とその妻を紹介してくれた〔1〕。

それでも心を蝕む暗闇を取り去れなかった。私は家に怒り狂って帰った。つまり、ライオン〔2〕だったら血まみれの肉を食いちぎる楽しみを求めたことだろう。なぜなら、私は頭がいっぱいだったようで、したがって上の空だったからだし、また力を行使したなら私は慰められただろうからだ。食いちぎるものが何もなかったので、私は、面白い本、王国名鑑に飛びかかり、午前一時過ぎまで極めて注意深くそれを眺めて満足した。

それを眺めながら、宿屋の靴磨きのヴェネツィア風発音を聞くと、ヴィドマン氏が、彼の情婦に私が気に入った理由を、私に訊ねにくるように思った。私の怒りは増大したが、私は自分の思い違いが分かった。

（一）ドーフィネ的発音の間違い。「見さえすればよい」の箇所。「さえすればよい」の代わりに「さえ、すればよい」。

第二十四章

しかし何への怒りか。すべてだ。なかんずく、ピエトラグルア夫人の桟敷にあまりに長居して品位を欠いたこと、私の愛する女性に私を軽蔑させたことだ。私は、彼女が私の愛についてはまったくお呼びでないということを、五つ六つの異なるやり方で自分に立証しながら、彼女を想い描いた。怒りは、もはや思いだしても楽しくないという不機嫌からも生じていた。

最後には、アルフィエーリ流の悲しみと思われるもののなかで、怒り狂っていた。この瞬間には、もし私に家族がいれば、みんなを不幸にしたことだろう。こういった瞬間は、長すぎる訪問をしたことからしばしば私にやってくる。愛すべきジャコモ・レーキにはこれらの瞬間はないと確信する。しかしまた、彼の才知は、私が怒りから考えた数多の事柄にまで彼を突き動かしたりはしない。そうなるのは性格が欲するのだ（二）。

私の怒りについて話しながら、また少し怒りを覚える。恐ろしい顔つきを今日（九月十一日）はずっとしている。気に入ったものは何もない。しかしさいわいにも私の従僕を叩きだしただけで済んだし〔1〕、それもあまり厳しくしたわけではない。

こういった瞬間にこそ、私には友人が必要だろう。しかしその友人にはレーキ氏の優しさ、クロゼの慧眼が必要だろうし、そしてとりわけポケットにお守りを持っていなければならないだろう。そんな時には、私はほとんど愛想よくないので、そのお守りを使って愛してもらえるようにしたい。

私の怒りのなかで喜劇的なのは、書きながら、ピエトラグルア夫人に満足しきっているのが分かることだ。劇場で、彼女は私を何度となく注意深く眺めた。私は注目と思いやりのしるしにやりきれなくなった。とうとう、煙草入れを取りだしながら、彼女の手を軽く握ると、すぐさま、彼女がこのうえなくはっきりと分かるように私の手を握る機会を求めていて、この機会を捉えたのだった。

多くの自尊心と感受性の奇妙な結果だが、一八二一年のベールがそれを理解できるように長々と私は説明した。

しかし最後に、ピエトラグルア夫人とは何者か。以下がその本質だ。

ここでは、私には充分な客観的事実がないという控えめな保証をしておく。すべてこれは、上で証明された通り、少し常軌を逸した人間による、二か月のイタリア周遊だということを思いだしていただきたい。私の判断を修正するには一年の経験が必要だろう。しかし結局は、一つひとつの物事が私の魂を打つことで生じる音を私は記している。

（一）　そしてモチェニーゴが欲する。

第二十五章

ピエトラグルア夫人の性格――ピエトラグルア夫人は、背が高く美しい女性で、考えが真面目だ。彼女の目には、もはや夢見がちなものは見られない。ミラノでは単調さが喜びをなくしていると彼女は思っている。そこでは結婚は駆け引きだ。最初の四か月を楽しむが、一年もしくは二年で、世評を慮りながら、一緒にあくびをする。

イタリア人（ミラノの）にはピリッとしたところがないと彼女は思っている。彼女に言わせればピリッとしたところとは才知のことだ。しかし才能、つまり何らかの目標に達するための細かさや慎重さは、イタリア人にあると思っている。彼女はそれを一昨日完璧な洞察力でもって解明した。彼女が私を打ち負かしたにもかかわらず、私はまさに称讃するところだった。イタリア人が何でもひと言口に出すと、彼らはそれを重々しく言って、そのひと言が彼らの値打ちをなくしてしまうと彼女は思っている。

とても予想外でとても活発な私との小さなやり取りが、彼女に気に入るなんて、私には思いのほかだ。これなら単調さも打ち砕くだろう。

昨日、ブレラへ行きながら、私は秘密めかした短い言いようで、扈従《こじゅう》している人〔1〕を愛しているかどうか彼女に訊ねた。ヴィドマン氏がこの扈従の人だと思っていたと私は彼女に言った。

私は昨日の長居の罰を自分に課して、今日は行かなかった。それ相応だった。しかし、情人たちの心づかいと告白が及ぼす効果について、アンジェリーナが私に語ってくれたことを思いださねばならない。もし私が相手に気に入られたいなら、私が相手を気に入ったと相手に確信されてはいけない。

ここで私は、滑稽で軟弱なお涙頂戴《バトス》の一ページを省略して、続けて二十ページを書いたら、入浴に行こう。今晩、私を半睡半醒にした心地よいセレナーデのおかげで少し優しい気持ちになっている。

第二十六章

今日（九月十一日）私はアンブロジアーナ図書館、レオナルドの『最後の晩餐』、サン・チェルソ教会、等を見学したが、楽しめなかった。私はひとつの女人像柱（サン・チェルソ教会に入って右手にある）しかよいと思えなかった。『晩餐』は再見し、この件は食堂のその場で書くつもりだ。その食堂でボッシの素描（『ウゴリーノ』）を観た。子どもたちは魅力的に配置されていて感動を呼ぶ。父親は、幸福だったのに、ほんの四日前から不幸な状況に置かれている男を表す代わりに、ただ単純に生きたまま皮膚を剝がされた男の姿である。画家はダンテの《幾たびも新月や満月が》〔1〕を省いて、不幸が扉の塞がれる瞬間にはじめて始まったと仮定したにちがいない。それは下絵でしかない。

昔、最初のミラノ滞在のあいだに、アンブロジアーナ図書館を見なかったので、私はとても自分を責めていた。この後悔は大袈裟だった。この図書館はどんな面白味も与えない。『晩餐』の模写があって〔2〕、説明者によると、これは原画が描かれて百年経った一五九六年に作られたものだが、模写画家はすでにレオナルドの作品が褪せていることをこぼしていたとのことだ。

私は案内人たちに煩わしさ《セカトゥーレ》を感じた。私の臨時雇いの召使いはおこがましくもティツィアーノを褒める。

彼は心を動かされようとしていた、するとあなたは彼の魂を凍えさせる〔3〕

ある案内人は『秘密の結婚』を私が称讃するとなれば邪魔するだろう、と思う。諸君を記念物に連れていって、ただそれを指でさし示すような、口の利けない案内人が必要だろう。

これらの見学のあと、街路を徒歩で見て歩いたが、説明したように、ミラノの思い出はもはや私の心に触れない。帰宅して、日記を二十ページ書き、入浴しにいった。入浴は私に様ざまな考えごとを、なかんずくピエトラグルア夫人に言う考えを浮かべさせた。

《あなたの桟敷席を出ると、私はあなたを激しく愛していました。あなたを見るために平土間に行きました。この不謹慎を、昨日あなたに会わないことで罰しました》

私はこの考えに何かしら上品なものを付け加えるのを忘れたと思う。

コルソに行ったが、そこは退屈に思われた。二人の庶民の女が歩いているだけだった。

そこから『デイ・プレテンデンティ』へ。第一幕のあとすぐに、私は『悔い改めた気紛れ女〔カプリッチョーザ・ペンティータ〕』へ行き、そこを十一時半に出た。上品さにあふれた音楽、役者たちの陽気さ、しかし虱《しらみ》がたかる危険があった。

それは私の旅行中でこれまでに出合った唯一の危険だ。

巡る土地に関して読んだものを書いて楽しむ旅行者は、全紙二つ折り版で百巻もの日記を書くことができる。感じたことだけを記す者は、とても限られている。彼には才知しかないが、もう一方には学がある。（一）

（一）　エルヴェシユスの定義。

（四ページ白紙）

第二十七章

◆ミラノ、一八一一年九月十二日

私はピエトラグルア夫人にちょっとした告白をして、ミラノに留まるべきか出発すべきかを決める予定でいる。彼女以外に私をここに引き留めるものはもはや何もない。

王宮に行ってくる。舞踏場はこれほど大きなものはないが、しかしながらコンサート会場としては、ウィーンの宮殿のものよりも劣っているように私には思われる。

国務院の議場はみすぼらしい。しかしそれは、わが国のものより利点がある。光が上から入ってきて、しかも聞きやすい。

もっともそれは同じ悪い形で細長い。半円形のものが必要だろう。

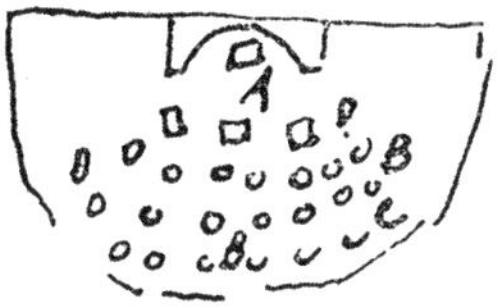

A ＝議長、B ＝議員。

ミラノの宮殿は貧弱な様子をしている。鏡の間は鏡が小さく、いくつもの小片で出来ていて、振り子時計は所を得ない。そのうえ、そこには四、五十のジャコブ製の美しい家具が欲しいところだ[1]。

振り子時計はパリ製で、古いゴブラン織りと同じくあのおぞましいものがある。

この宮殿のなかには模造大理石の敷石とアッピアーニの絵画以外に美しいものはない。

フレスコ画（よいフレスコ、なぜよいのか分からない）はとても美しいが、ほぼいつも、青色が過剰である。この色はみずみずしさと厳めしさを出すが、過ぎると冷たく死体を思わせる。

私は副王妃の二、三の肖像画を観た。それらは恥ずべきものだ。首と手が青で、胸も同じで、形は悪く、ほぼ垂れ下がっている。

皇帝の二つの肖像画は堂々としていて、まさに豪華額絵だ。とりわけ二つの勝利が中間色で描きこまれているからだ。しかし、アッピアーニは皇帝を、霊感を授かった人物に作りあげた。画家たちはこういった方法でしか天才を着想できないように思われる。また、人間に可能な限り物事の実際の関係を把握し、冷静な慎重さで諸々の出来事を掌握するあの優れた理性が、画家たちには見えないように思われる。

しかし今朝私は、話題にしているようなこうした冷静な分別からとても遠いところにいた。（一）一分一分を数えていた。一時にピエトラグルア夫人のところへ行きたかった。結局、正午になり、着替えをする。私は愛情にあふれた気持ちになり、立派な愛の告白をするつもりでいた。私はすっかりのぼせあがっていた。しかし、まさにこの最良の状態にあったときに、偶然が私の計画を妨げた。彼女が在宅しているかどうかを門番の女に訊ねる。「ええ」と言われる。私は待ちきれない気持ちでいっぱいになり、上がっていく。元気で陽気な、可愛らしい小柄な召使いが、意地悪な様子で私に言う。

「何なりとお申し付けを。奥様は外出しております」

私はブレラに行き、そして絵を見ながら、理性的になるよう、気持ちをさっぱりさせるよう、物事を楽天的に考えるように努める。こんな努力のあとでは、寵愛のために死ねる。

二時に、ブレラから出される。ラファエリ氏のアトリエに行き、『晩餐』の模写、グイド・レーニのキリスト像のひとつ、等に取り組んでいるのを見る。三時まで時間を潰したかった。ラファエリ氏は、小柄で若く胆汁質のように思われるが、芸術家らしい顔つきで、私を彼の作業場へ案内してくれる。とうとう三時半になるのを見て、そこを出る。

彼女のところへ上がっていく。しかしもう甘美な興奮、愛情にあふれた気持ちはない。彼女が私に会わなければならなかったのは、二時間前なのだ。彼女は独りだった。彼女が少しでも笑いを誘うようなことを言ったら、私の愛の告白は消えてしまうだろう。そんなことがあれば、今晩は不機嫌になったことだろう。私は冷たい理性的な口調で、彼女を恋していると言った。昨日彼女に会わなかったのは、独りぼっちになって、愛する危険に身を晒さないようにするためだった、等々と言った。

彼女は私が冗談を言っている、と言った（大体のところ）。それで、私は彼女に誠意を持って冗談ではないという保証を与えたので、彼女は言った。

「それがほんとうであって欲しいわ」

私たちの対話はすべて、口調も表情も、ものすごく理性的だった。しかしイタリア人はフランス人よりも、発言ではずっと活発ではないので、おそらくこの冷たい調子は、彼女の口から自然に洩れたのだろう。

ただちに彼女は、昨日、四時に私が来ないと分かったときには、彼女もとても不機嫌になったし、今日は私を罰するために外出したのだと言った。

その点について、私はとても適切なことを言ったが、私が思うには、そこには過度に冷ややかな様子があった。私が昔の情熱の様ざまを彼女に思いださせると、彼女は私に親しい言い方《チュトワイエ》で話しかけ、泣いて、愛情を募らせた。

私がたくさんの小さな事柄について、こんなにも長く持ち続けていたこの記憶は、彼女には驚くべきことに思われたようだ。彼女を感動させた、とはあえて言わない(二)。私が彼女に口づけしたがったので、彼女は私に言った。

「受け取って、そして決して取らないで」

私の性格にはこの格言はとてもぴったりだと思う。私の性格では、実行のために力が必要だと気持ちが削がれるのだから。

したがって私は接吻を奪わなかった。しかしまもなく、それを受け取った。私がもはや実行に力を必要としなくなるにつれて、愛情が戻ってきた。私は気持ちが高ぶるのを感じ、もし差し向かいでいるのが長く続いたら、私は最後まで行っただろう。

彼女は泣いて、私たちは口づけを交わし合い、親しい言い方を口にしたが、それも切れ目なく彼女の方からだった。私の出発の話を徹底的に論じた。彼女は何度もとても感動した声で私に繰り返して言った。

「発って、発って。わたしの平安のためにはあなたは発たなくてはならないと思うわ。あしたになれば、おそらく、わたしはあなたにそれを言う勇気がなくなるでしょう」

私は、この旅のあいだ、あまりに不幸になるだろうと言った。

「でも、あなたは愛されていると確信なさいな」

彼女はかなり自信に満ちた様子で、私たちがともに持った関わりについて語りながら、言った。

「でも、それは小説みたいなものだわ！」

彼女は自分の言うことが分かっているのか。それは男の気を引こうという態度からなのか。大きな疑問だ。しかし、仮に彼女が恋してなくとも、私は実際に彼女を恋させるように努めたい。今朝すでに私には酷い動揺があって、それに続いて、私の懐中時計のガラスを砕いた。それは次のような文句を彼女に読ませたあとだった。《アンジョリーナはずっとあなたを愛してる(三)》

どうしても言い訳しきれないあの諸々の表れがあった。彼女は私たちの紅潮が私たちを危険に晒すのではないかと恐れていた。私は彼女に任せてと答えた。ペスタロッチの生徒(四)がやって来て、次には扈従の騎士(五)だ。私はこれらの紳士方に対して完全に愛想よくした。私は彼女の目にこのうえなく生き生きした喜びを見た。しかしながら、私は自分の役割を持ちこたえることができなくなるのを恐れて、その目をあまり眺めなかった。

物知りにはトラシを、騎士には芸術と大理石と英語を語った。

この扈従は分別、深遠さ、如才なさ、作法を身に付けているようだが、不幸で、疑り深い様子をしている。少しの熱情もなく、少しの寛大さもなく、四十歳だった。彼女は、彼が全然情人などではないと私に何度も断言している。

しかし彼女にはその行動に大きな打算があるように思える。おそらく、それこそまったくイタリア的性格であり、私はそれを間近に見る。

この勝利は私を心から楽しませはしなかった。もし彼女が一時に自宅にいたとしたら、楽しみはまったく別なものになっていたことだろう。

私は、これらの紳士方に完全に愛想よくしたあとで、五時に彼女と別れた。

（一）愛 Love。
（二）このすべては私には一八一七年に読み返してとても楽しい（一八一七年九月二日）。そのあとで私が見たものがあったが。
（三）私の方のこの行動は、実際、彼女に最高の尊敬を与えた。私の性格のために for my character。
（四）スカリョッティ氏、学者のように平板。
（五）チュレンヌ氏。

第二十八章

私は彼女の桟敷席で再び彼女に会った。そこでは、どうでもいいことしか言ったりしたりできないことに、少しうんざりした。しかしながら私たちは腕を取り合っていた。そしてはじめて私は、冗談やほのめかしや半分下品さにあふれ、ひと言で言うのがとてもむずかしいミラノ風の会話を完全に理解した。

言語を知らないで民族を評価することはとてもむずかしいのに気づく。

彼女は、明日、フランス座〔1〕二階十番の採光がいい桟敷席で、私との待ち合わせを提案した。しかし私は一時に彼女に逢いにいくことにする。

アザス伯爵とかは、ピエモンテの人で、いつも朗らかな人だが、トリノでは、ミラノにおけるよりもずっと下品さが好まれなくなりはじめている、という観察を述べた。それはガッフォリーニの『美しいバラ』に関係してのこと。

十字架にかけられた修道士たち、髪の毛を逆立てさせるような絵の構想、タンツイオ・ディ・ヴァラッロの。

◆ミラノ、一八一一年九月十三日

私が五月三十一日パルフィ〔ダリュ夫人〕と戦いを交えたのと、〔2〕九月十二日のミラノでの戦闘は、同じズボンを穿いてのことだ。

パルフィ夫人の態度は感動にあふれていた。ピエトラグルア夫人の態度は、ずいぶんと理性的でありすぎるように思えた。（一）

それに、イタリア人はもっと底知れないところがあり、激しい感動や力強い進展にもっと敏感である。自分の幸福に関係し、その結果、もっと落ち着いていてもっと冷静に見せようとする様ざまな対応では、もっと多くの理性を働かせるにちがいない。

ピエトラグルア夫人は、証人として役立つことのできる女性を雇って、自分の行動のどれをも蔑みながら、パリへ出発し、ルイ・ジョワンヴィルの目に自分が正当に見えるようにして、それから彼と別れた。数か月前、話を聞いてもらえなかった情人の一人が、彼女に向けてピストルを発射したが、彼女はこの出来事を陽気な冷静さで否定した。彼女はそれ以来、自分の行動にこのうえなく深遠な方策を採り入れた。ピエトラグルア夫人は、私に言わせれば、彼女に予測でき、おそらく彼女が計画的に仕向けたような告白には心を動かされない。

したがって、彼女は理性的すぎるにもかかわらず、私を愛することができる。

（一）　それはまったく単純だ。パルフィ夫人のような習慣がないからだ。彼女は女性たちのなかでもっとも愛嬌のある人であり、もっとも愛嬌のない人である。

◆一八一一年九月十五日、日曜日

イタリア人は、どんな激しい情熱に扉を開こうとしているか分かっていて、注意深くしている。その結果、常軌を逸しないのが確かな私たちフランス人が、自分たちの感動に充分に身を委ねるような瞬間には、イタリア人は冷たく見える。私たちの感動は実際にはイタリア人よりももっと弱いのだが、もっと強く見える。

第二十九章

◆一八一一年九月十五日

私は称讃でいっぱいになり、恋の情熱にあふれそうになって、彼女の家を出る。ミラノを離れるときには、彼女は私に涙を流させるだろう。十年後に彼女に再会するというあのとても愛情のこもった言葉。そのあいだに、数多くの出来事が私から彼女を永遠に奪うかもしれなかったのだ！　彼女に再会して彼女を手に入れないことは、こうした不幸を蒙ることで、次のように言えるかもしれない。つまり、彼女の愛情に関係して、他の人たちがもっと以前にいたのだ！

彼女はたった今、半時《はんとき》のあいだ、あのマレンゴの年〔1〕に私をあれほど夢中にしたあの崇高で心優しい性格からくる感動を私に与えた。彼女は大病をして、四〇〇オンスの血を抜いて救われたが、その間に死のうとした方法について私に話した。この時期のあとで宗教についての疑いが起こったと言った。デュピュイ（『信仰の起源』）を読んだが、とりわけ《彼女に馴染みのエルヴェシユス》を読んだこと、彼女の疑いをチュレンヌ氏に相談したこと、そして最後にもはや疑いを持っていないことを私に語った。

愛情にあふれた態度で私の告白を聞いてもらったあと、一か月をミラノで過ごし彼女の情人になろうと思った一日（九月十三日、だと思うが）があった。

ただちにミラノは私の気に入らないものとなった。彼女と一緒にいられなくてどうしよう。もはやアンジョリーナを愛していないように思われた。最後には、自分が氷の冷たさで充ちているように思われた。

私はとても真剣に自分の自尊心を呪った。もし彼女が私を愛さなかったら、私には数かずの恐ろしい瞬間が生じたことだろうし、あの稀有な女性に愛されていないという考えは、どんな楽しみの最中にも私に付きまとったことだろう。

彼女は私を愛しているし、そして不安が私を摑んでいる。

それは自己のうちに不幸の根源を持つことだ。私の魂のこの部分にたえず焼き鏝《ごて》をも当てるような友人を持つことを、どんなに私は望んだことだろう！

私が彼女のところに行ったのは、昨日だったか一昨日だったか分からない。彼女を手に入れて留まること、もしくは出発して彼女を手に入れないこともありえた。

彼女はやって来ると、何度も繰り返して言った。

「出発して、ベール。あなたは出発しなければならないわ。出発して、出発して。出発するのよ」

私は抵抗して、とても打撃を受けたようだったが、最後には、このうえなく愛情のこもった接吻の最中に、私が出発することに決まった。

この瞬間からすべて様相が一変し、感動的な性質を帯びた。

私たちは、私がミラノに定住する可能性について話した。

「わたしは早々にすべてのお友だちを追いだして、彼らに言うわ。よろしければ、劇場で会いましょうよ、って」

彼女はこれを、このうえなく真実のこもった、このうえなく美しい抑揚で、燃えるような目をして言った。

昨日十四日、私たちの一時の小面会は二十分ないし二十五分続いたが、彼女は何度も目に涙を浮かべた。彼女は私の腕のなかに身を預けていた。しかしこのうえなく愛情のこもった接吻の最中でも、彼女は太ももに接吻することを金輪際許そうとしなかった。

「わたしたちがもっと先まで行くことを誰が妨げるでしょうか。それでお別れするっていうことかしら?」

彼女は私に口づけをしながら、たえず繰り返して言った。

「わたしたちはだんだん正気をなくすわ」

私は卓越した分別があると感じていた。

私は彼女に対する称讃にあふれるのを覚え、その称讃が私を優しい気持ちにする。

したがって昨日、私はサン＝ロマン氏とやらを迎えにいった。今朝やっと彼に会った。残念ながら、彼は何か用事を控えていて、それがなければ、私たちは明日〔十六日〕には出発したところだ。九月十七日に出発できればと思う。

しかし私はパリに戻るときにまたアンジェリーナに逢うだろうし、もっかは、彼女に逢わずに一年を過ごすのは不可能だという気持ちだ。

パリに着いたら、私はミラノに来るための金と休暇を獲得するように、けちんぼうになり、おべっか使いになろうと思う。

しかしながら彼女から離れていては大いに退屈する。

昨日、私たちの小面会のあと、邪魔なお友だちがやって来た。彼らにやきもちを妬かせないために、私は出たかった。でも彼女の家を出ると陥る虚しさから、私は四時まで留まった。私たちは次つぎと、ヴィドマン氏、デルファンテ氏、チュレンヌ氏、アザス伯爵に会った。私は愛想よくしようとしたが、それはおそらくもうひとつの理由、これらの殿方が私を好きにならないようにという理由からなのだ。彼らが私に対して抱くことのできる唯一の感情は嫉妬だ。

一週間前に、永年会わずにいたあとで私はアンジェリーナに会った。彼女には私が分からなかった。そして、今ではもう私は彼らと同じ信用を勝ちえているし、あるいはもっとうまく言えば、私が勝利している。
もし桟敷席あるいは散歩道でアンジェリーナと差し向かいで二時間いたとしたら、それは自然でいる時間だが、彼女は私に対して恋の情熱を抱くだろう。

昨日、彼女はしばしば目に涙を浮かべていた。

今朝、私たちは浴場で待ち合わせをした。私は入浴を欠かさないようにとても気にかけていた。すべては最高にうまくいった。中庭で（レ・チンクェ・ヴィエ二八三三番地近くのアラマンニの浴場の）、私には一瞬会話の機会があった。私は、今朝彼女のためにした買物のことごとくについて語った。

「でも、そんなことされたらどうにかなってしまうわ！」

彼女は目に涙を浮かべて言った。

このどうにかなるというフランス語は、ただちに私に冗談を思いつかせた。したがって彼女にイタリア語を話させるように仕向ける。

彼女の家での私たちだけの待ち合わせはなかった。そこには彼女の妹と彼女の美形で愚かな夫、それから、善良なボッローニと、ドイツ風の友情で私を迎えてくれた母親がいた。そしてまた、傑出した人物のような見かけを持つ神父のトルドロー氏、ヴィドマン氏、チュレンヌ氏がいた。

声をひそめて話す彼らの前で、彼女は私に二時から二時四十五分まで、彼女の病気、彼女の死に方、彼女の迷い、等について話した。すべてこれは私の魂に触れ、私に感嘆の気持ちを抱かせた。どうしてパルフィ夫人はこうした性格を持っていないのだろうか。おお神よ、何たるしあわせ！

第三十章

しかし、アンジェリーナのことに戻ると、彼女の腕の中でこそ、私は死にたいと思っていた。魂の偉大さと私への愛着のあの混合が、どんなに苦い薬でも立派に我慢させるだろうし、しかもその薬を、自尊心のおかげで、私はたっぷりと飲むのだと確信している。しかしアンジェリーナと泣くなら、どんなに心地いいことだろう。私がモチェニーゴとは遠いところにいるのが感じられよう。この種の物事のなかに刺激的な快楽を見つけるあの平静さは、もう私にはない。

彼女の妹は、私を快く迎えてくれた。今晩、アヴェ・マリアの時刻[1]のあとで、彼女は私のためにヴィドマン氏と一緒にボッローニ家で音楽を演奏するはずだ。

今朝、浴場で、聞いている人がいたために、彼女は謎めかして、夫とは単なる友だちとして暮らし、そして二年前からは、修道女みたいにして暮らしていると私に言った。

一、したがって、彼女のためにミラノで、ずっと一緒にいられずに暮らすほどには、私は彼女を愛していない。

二、しかし、私はイタリア風に彼女を愛するとすれば、つまりたえず彼女と一緒にいるとすれば、幸福を見出せると思う。

三、しかし、出発するとなると、彼女は私に涙を流させるだろうし、メランコリーが私の旅の道連れになるだろう。

以下は私の知っている彗星群だ。[2] つまり、

私たちの出会う以前、第四年〔一七九五～九六〕ないし第五年〔一七九六～九七〕の結婚《マトリモニー》、

グロ氏は第七年〔一七九八～九九〕に終える。

ルイ・ジョワンヴィル氏、
もう一人のフランス人（主計官）、
そして私《アンドアイ》、私自身《マイセルフ》。

◆ミラノ、一八一一年九月十五日（九月十六日に書く）

ミラノ中が、ブランシャール夫人の気球による上昇を見るために〔3〕、コルソやポルタ・オリエンターレにいた。それはサン＝クルーで、ローマ王の洗礼の際に間近で見たのと同じだ。

私はモチェニーゴとしてこの群集を見る気になれなかった。

混乱に巻きこまれたが、かなり心地よい感動を得た。私は常軌を逸した人みたいな顔をして、あらゆる馬車のなかにアンジェリーナを探した。彼女に逢わなかった。私は着替えに帰って、八時にボッローニ夫人のバルコニーに行った。

私は少し陰鬱にしている予定でいた。ピエトラグルア夫人に対して抱いている情熱といったものに利するように、私はとても申し分なくしていた〔一〕。熱をこめて、そしてごく自然に彼女に話しかけた。彼女は私に寡黙にならないように言った。

それで、再会を喜んで私は彼女の妹と冗談を言っていた。チュレンヌ氏、ヴィドマン氏とは宮廷を話題にした。ヴィドマン氏はある大殿様の貴族身分、イタリアの、つまり元もとの貴族の称号を持っていて、シスモンディ氏が彼の歴史書の第五巻冒頭で指摘しているようなブルジョワ的な尊大さはなかった。

チュレンヌ氏は貴族の称号を持っていないが、大いに良識があり、洞察力を持っている。

もし私にいかなる恋愛感情もなければ、そしてモチェニーゴの興味で旅行をしていたら、可能な限りチュレンヌ、トルドロー、バリゾーニ氏〔二〕等と会ったことだろう。

これらは優れた人たちである、と私には思える。アンジェリーナの優越性のあらたな証明(三)。

昨日私の考察を重ねるために私は宮廷について話し、当然のごとくそれは成功した。

ボッローニ夫人は最高に私をもてなした。みんなは歌うことを望んだが、ピアノが調律できてなかった。みんなでピエトラグルア夫人の家に行った。彼女のところに行くために、私は夫人に腕を貸した。彼女は私を愛しているように見え、太ももに接吻させることを私に約束した。

みんなは歌った。音楽の選択は平凡だったが、ペッピーナはコントラルトの美しい声をしていた。それは、とてもイタリア風の、甘美な《ソアーヴェ》、強く、コルシア・デイ・セルヴィ〔セルヴィ通り〕にあるカフェ・ヌオーヴォのクリーム入り《アッラ・パネラ》コーヒーのような声だった。

アンジェリーナは、私がそんなに陽気にしていると苦痛を覚える、と私に言った。私が彼女の母親に何か冗談を言っていたときに、彼女は私に言った。

「いったい、あなたはわたしが言ったことを、もう覚えてないの」

彼女は突然イタリア風に、彼女の考えの続きのように言った。

「明日、昼の十二時半に来て」

私にはそれが結末を予告しているように思われた。もし現在の生活を続けなければならないのなら、私は少しもそれを望まないだろう。もし彼女のためにイタリア旅行を犠牲にするのなら、たとえば小説のように、セジア川のほとりで、ずっと彼女と一緒にいたいものだ。

彼女が私にあの接吻《イル・バッチョ》を許さないと言うときには、私はステッキを折る。歌いながら私は言う。「それは悪い、とっても悪い、私のすることは」

(一) それはもちろんまさに愛《ラヴ》そのものであったが、私の運命《マイ・ソウル》の力が、そのときの興奮をかつてなく強いものと判断するのを妨げている。(一八一三)

（二）才知の欠如。（一八一三）
（三）そして私の青春の。（一八一七）

（四ページ白紙）

第三十一章

私は長椅子のクッションの下に手紙を置こうとした。ヴィドマン氏はチュレンヌ氏と話が弾んでいる。私に対する嫉妬心があるのだと思う。

ヴィドマン氏はアンジェリーナに話しかけようとし、その間には、チュレンヌ氏が私の関心を引きつける。

そのうえ、十一時には、これらの紳士方が、彼女に話しかける機会を私に与えないようにしているのを見て、彼らと別れ、これ以上ないくらい丁重に彼らを彼女と一緒にしておく。

この夕べ、アンジェリーナの心のなかで、私の立場は進展したように思える。

疲れから死んだように寝る。

◆ミラノ、一八一一年九月十六日

素晴らしい天気、六月と同じくらい暖かい。私は辻馬車でミラノの市壁の上を、一時間四十五分かけてまわる。植生が見事。ポルタ・ロマーナから見たドゥオモの美しい姿。

私にはイタリア的な心しかない。もし、一八〇〇年に、現在およびミラノ滞在一か月後にもたぶんそうしているように、社交界に出入りしていたら、私はイタリア風の作法を身につけたことだろう。

長いあいだ私にあっては良識は評価の低いものであったし、告白しなければならないが、私もまた良識に恵まれていなかった。もしイタリア人をよく知っていたら、良識と洞察力は私のうちで大いに尊重されて、感情の冷たさや弱さの同意語ではなかっただろう。

◆一八一一年九月二十日にミラノで書く

私はイタリア旅行に未練を残していた。したがって、私は恋していなかった。

九月十八日、私は四十五分間彼女と顔を突き合わせていた（一）。前日、一時間半私たちは一緒に散歩し、なかんずく彼女が城壁外に持っている家へ行って葡萄を食べた。

私は軽いメランコリーの発作を起こし、愛を認識した。

もし書かなければ、すべてを忘れる。しかし私の気持ちを述べれば、苦しくなる。

純粋な感情は記憶を残さないということをよく味わう。

私はあやうく感極まるところだった。どうしていいか分からず、街を走っていた。彼女とは夕方彼女の母親の家でしか逢わないことになっていた。私は涙が出そうになり、悲しみで胸が詰まった。

七時に彼女と母親の家で逢う。彼女はトゥルコッティ氏と一緒にいて、彼は私が出発したあとでしかヴェネツィアに出発しないと彼女に言っていた。私には彼女に話しかける時間がほとんどない。彼女は何かを買いに出る。駅逓員のシャピュイ氏が、私の旅のことで律儀に私に話しかけ、私に郵便馬車便を教えてくれる。彼女が戻り、私はシャピュイ氏とすぐさま出かけて、席を押さえる。

思うに、もし二時間後に出発する便が空いていたら、私は分別をなくして出発したことだろう。子どもみたいだったし、私は急いでいた。ボローニャまで一二〇フランで契約した。それを一〇〇フランで手に入れることもできたろうが、とにかく急いでいた。

善良なボッローニ夫人のところに戻って、もうそこにアンジェリーナが見られなかったときの、私の悲嘆はお分かりだろう。私は店のまわりをうろつく。そしてついにドゥオモ広場で彼女に出会う。私たちは城塞広場に彗星を見にいく。それは素晴らしく、とてもはっきりしている。彼女の愛もとても明らかだった。彼女は感動している風だった。私と言えば、一日中そんなにも悲しかったが、私のメランコリーのすべてを広げて見せられないのを残念に思った。チュレンヌ氏とスカリョッティ氏が一緒だった。私は彼女の家の戸口で彼女と別れる。

九月十九日、彼女は城塞広場へ十一時十五分に来る。私たちは馬車に乗り、シモネッタへ行く。[1] 私は自分がほんとうに愛していると思う。彼女も私を愛しているように見える。おそらく土曜日、私の出発する日に彼女を手に入れるだろう。彼女はとても慎重さを欠いているように思われる。この感受性の土地では、誤った行動は、虚栄が支配するパリとは同じ結果にならないことを思いださねばならない。それに、私はそんなことを話して私の愛を台なしにしている。さらばだ。

彼女に三時から四時四十五分まで逢う。私はボッシを買う。『プレテンデンティ』の第二幕の三重唱を喜んで聴く。帰ってジラウの喜劇を読み、それで気分を晴らし、眠りに就く。私はコーヒーを飲んでいたが、それが不幸をもたらした。

（一）　いや、これはほかの日だ。

◆ミラノ、一八一一年九月二十日

（私は明日二十一日、真夜中にボローニャに向けて発つ。一二〇フラン支払って）

今朝雨が降る。クロゼに手紙を書く。それを抜粋して、詳しく述べよう。

私はしあわせだが陰鬱で、それが、イタリア的だと私には思われ、多血質の人間の気楽な人生からはほど遠い。

以下はクロゼへの手紙である。

《…ドモドッソーラのあとミラノ地方の最初の村まで、ぼくは平静に観察した。夜の十一時に、芋茎《いもがら》を燃やす明かりで麻の皮を剝ぎ、声を合わせて歌うあの女たちは、ぼくにわが青春のイタリアを思いださせた。ミラノで過ごした最初の日曜日は、人生においても特別なあの稀な日々のひとつだったが、正確な記憶を残していない。〔一〕

《十日、ブレラにいて、ぼくはピエトラグルア夫人から敬意を示された。この瞬間から、観察よさらば、モチェニーゴ等さらば。星は、輝く太陽の傍らでは姿を消す。

《パリに帰ったら、金と休暇を得るためにけちんぼうになり、おべっか使いになろうと思う。

《イタリア人は、フランス人よりもずっと冷たい様子をしている。彼らはほぼ完璧に自然だ。彼らは自分たちの見聞きすることに大きな注意を払い、極度の洞察力でそこから結論を引きだす。この深い注意力が彼らに冷たい様子を与える。トゥルコッティ氏の顔とチュレンヌのそれとのあいだに多くの類似点がある。〔2〕あの少し病的な明敏さの様子。

《彼らにとって荒れ狂う情熱の手綱を緩めるのがどんな結果になるか、彼らに分かっている。この気持ちは確かにアンジェリーナにも存在する。こうして、ぼくが彼女に愛していると告げた日に、冷たい様子で「あなたが何をおっしゃっているのか、考えていただきたいわ」とか、ほぼこれに近い答えを言った。彼女は冷たくなかったが、新しい恋愛の結果のことを考えていた。

《ミラノにおけるぼくの観測所は、総じて名門の人びとで構成されるピエトラグルア夫人の社交界、それにランベルティ夫人の桟敷だ。

《ぼくはヴィドマン氏、ジャコモ・レーキ氏、チュレンヌ氏、ミリョリーニ氏、そしてとりわけアンジェリーナ・ピエトラグルアをかなりよく観察した。

《イタリア人が完璧な自然さを備えているのを見たと思った。それは、とりわけ愛すべきレーキ将軍のなかで印象に残った。彼はミラノのラヴレースとも言うべき人だが、それにもかかわらず、もっとも見事な自然さの見本だ。何という愛をこめて、彼は音楽について語っていたことか。「…そしてあなたはすでに分かっている、音楽には…」

《——おお、彼についてはいいですかベールさん、第一人者の音楽家の一人です、とランベルティ夫人は遮った。

《彼の言うこと、それをぼくは冗談だと思っていたのだが、それはまったくの真実だった。

《どうしてフランスでは、ゲー夫人もしくは社交界のある年齢のまったく別の夫人のところでこんな風に話すと、ぼくのことを衛兵隊長だと思うのか！

《それは、たとえば、レーキ将軍を、テレーズ街に来ていたあのベルトラン伯爵付副官に並べることだ。

《この二つの集まりで、非常に陽気な若者たちの話しぶりを見た。彼らはすべてを茶化し、決して気がねしない、したがって陽気なふりをすることを考えていない。そしてその結果フランスにおけるよりもずっと動作は少ない〔二〕。しかしここでのように、心からの陽気さには、面白がらせたいという見せかけがなく、厭らしくないし、フランスでのようにからかいによって報いを受けることがないので、彼らのするどんな動作にも喜劇的な目的がある。評判は彼らの喜劇的な血筋を凍えさせることにはならない。

《たとえば昨日、高齢ではないが、ミラノでもっともきれいな女性の一人、＊＊＊夫人がゲラルディ氏を絹の靴下着用で六時の晩餐に招く。彼女に三度招待されていたゲラルディ氏はいくつもの偶然から招待に応じてなかった。それはおそらく少し面倒くさかったからだ。

《昨日、＊＊＊夫人は、男友だちの一人から、四時丁度に、彼女のグループ全体で晩餐に招待される。彼女は五時半には自宅に戻ると条件を付ける。ゲラルディ氏がやって来る。みんなはフィレンツェの夫人が到着するのを待つために、彼に下にいるようにと頼んでいた。七時半に、背の高い従者が、この夫人は来られないと言いにくる。ゲラルディ氏は晩餐の遅延を嘆く。とうとう、みんなは口実を設けて九時まで彼を引き留め、結局、彼は宿で夕食をすることになる。

《この立派な冗談〔3〕は、パリでは陽気すぎるとしてやってみることはないだろう。こんなことを、フランスでは誰が思ったりするだろう。

《メランコリックがイタリア的性格である。（三）つまり幸福についての彼らの考えは、胆汁質の肉体から生みだされる。これは時として下腹部に数かずの厄介をともなう。〔4〕

《このメランコリックな性格は、情熱がこのうえなくたやすく芽生える下地だ。この性格はほとんどの場合、美術によってしか楽しみを得られない。こうして、イタリアはその偉大な芸術家や彼らの讃美者を生みだしたようにぼくには思えるが、讃美者こそ芸術家を愛し、彼らを誕生させるのだ。

《このことは彼らの音楽に対する愛をよく説明する。音楽はメランコリーを和らげる。そして、たとえばマランのような、活発で多血質の男は、情熱的に愛することができない。というのは、音楽は彼をどんなものからも解放しないし、いかなる生き生きとした喜びも彼に与えないのがいつものことだからだ。

《すべてこれは、倦怠から美術が生まれるという理論にかなり合致する。（四）ぼくなら倦怠という言葉の代わりにメランコリーという言葉を置いたことだろう。こちらは魂に愛情が必要とされる。わがフランス人の倦怠と言えば、フランス人は感情の事柄でとても幸福になったり、とても不幸になったりは決してしないし、彼らの最大の悲嘆は虚栄心が充たされない不幸であるが、その彼らの倦怠は、会話によって消散する。会話では、彼らの支配的な情熱である虚栄心が、話すことの背景で、もしくはそれを話す態度で、一瞬ごとに目立つ機会を求める。会話は彼らにとってゲームであり、出来事の鉱床である。毎日、カフェ・ド・フォワや公衆の場で聞かれるようなフランス人の会話は、ぼくにはぶつかり合う虚栄心で武装した商取引のように思われる。

《違いがあっても、虚栄心は、プチ・ブルジョワ階級の貧しい年金生活者の出かけていくカフェ・ド・フォワで噂されるようなことを土台にしているのだ。各人は順番に、自分に起こった他人を喜ばせる事柄を物語る。話に耳を傾けているらしい者は、自分の番がやってくるのを、かなり辛抱を隠しきれずに待って、そしてその時がくると、自分の話を開始するが、他人にはどんな風にも答えない。（五）

《上品な物腰は、そこでも優雅なサロンでも、同じ原理から出ているが、カフェ・ド・フォワでは、人は興味津津に見せかけて他人の言うことを聞き、他人の話の面白い部分に微笑を送り、自分のことを話すときには、うろたえたり、個人的利益を心配したりする様子をしないことで示す。つまりその様子は、マルセイユでムーニエが、取って付けたようなお追従のもとに、隠すことにあれほど苦労したものである。ところが彼は、われわれに会いにきた数人のプロヴァンスの仲買人のところへは裸で現れた。

《このあまりに露骨な個人的関心は、カフェ・ド・フォワの何組かのお喋りたちに、自分たちの関心を論じるために強引に接近する敵同士の様相を与える。

《上流階級で、話し手が虚栄心の楽しみという立派な収穫を期待するのは、話の背景にではなくてその語る態度にだ。したがって話し手とはできるだけ無関係な話が選ばれる。

《ヴォルネーは、合州国のフランス人耕作者が彼らの孤立した立場にあまり満足せず、たえず「これは僻地だ。誰と会話をしていいか分からない」と言っている、と語っている[六]。

《この有用な会話は、フランス人の倦怠の良薬ではあるが、充分には感情を掻き立てないだろうし、その結果イタリア人のメランコリーを和らげないだろうとぼくは思う[七]。

《あの幸福探求の態度の所産である習慣に基づいて、イタリアでもっとも愛想のいい人物の一人で、もっともしたたかな人物の一人としてローマにまで名前が轟いていたチンバル氏〔ヴィドマン〕は、シモネッタ伯爵夫人〔ピエトラグルア夫人〕の家で、ひっきりなしに、ぼくたちに音楽を演奏してくれた。

《自然はフランス人を活動的に作ったが、陽気には作らなかった。その例、アレクサンドル・マラン。そしてメランコリックで心優しいイタリア人、その例、チンバル。彼の地位と彼の富があれば、旧制度の青年みたいな人物を生みだしたはずだ、芸術家ではなく。

《上品な態度の例。

《子爵〔バラル〕は上品な態度で際立っている。彼の考えはおそらくルイ〔クロゼ〕あるいはマイセルフ氏の考えと価値を異にするが、しかし後者は、彼のように考えを表明する習慣を獲得できれば、いっそう愛想よさが増すだろう。後者の二人にあっては、素晴らしい観念を獲得するために払った苦労のいくらかを、ちょっとほのめかす様子が見られる。また時として学を軽くひけらかす趣がある。マイセルフ氏には、誰かが補足の理論について異議を提示すると、その人に答えるときに、時として代数学を身につけている人間の唐突さがある（一八一三）（八）》

（一）私はこれらのあまりに個人的な詳細をクロゼには何も言わない。
（二）イタリア人の性格。
（三）〔この段落以下〕一八一三年四月七日に書いた。
（四）エルヴェシユスの理論。
（五）無関心な人びとからなるある集まりで、可能な限りもっとも大きな喜びを相互に与え合うこと。
（六）……隣人たちは訪問したりお返しの訪問をしたりする。隣り合う人と話すのは、フランス人にとってたいそうやむをえない必要な習慣とはいえ、ルイジアナとカナダの国境ではどこでも、この国民の入植者を引き合いに出すことはできないだろう。彼らは手の届かない他人の目の届かないところに住みついているのだ。いくつかの場所では、もっとも離れている入植者はどのくらいの距離があるかを訊ねたところ「砂漠のなかで、熊とともに、どんな住民からも一リュー〔約四キロ〕離れたところに、共に話す人もなく、います」と答えたものだった。ヴォルネーによる『合州国総覧』四二五ページ参照。
（七）彼らの会話のなかで、ドイツ人とイタリア人は共感しようとするが、フランス人は気持ちを通じさせるよりも、ものの数に容れさせ、話している当人を好ましい競争相手と見做させようとする。（一八一三）
（八）セーサン氏〔クロゼ〕宛手紙終わり。

第三十二章

イタリア人の性格——イタリア人の喜びは私にはうるさく思えない。それは、とくに目に表れるちょっとした微笑によって表現されるが、そんな場合その微笑は、フランス人の顔つきには滅多に見られない力強さで表明される。

ピエトラグルア夫人は、彼らには機知に富んだ冗談話（一）が少しもないと私に言った。どんなものもこの観察を確証する。ここで、私が見たいちばん機知に近いものは、ヴィドマン氏によって語られた北京と市民の逸話〔二〕である。彼はこれを、五つ六つの同種のものと一緒にパリで入手したのだった。

　モチェニーゴの大そうな逸話は、冗談話をずっとうわまわり、それは喜劇に近い。ジャコモ・レーキ氏には完璧な品のよさがあったが、それはある性格を窺わせ、その性格はおそらくこのうえなく深い考察と気質の結果であるのだが、そこには冗談話〔三〕はない。

　冗談話と近いところにいる唯一の人物、それは陸軍大佐のデルファンテ氏だ。彼は自然さがいちだんと足りない。痩せている。半分フランス人だ。

　私はお粗末な無知に驚いた。わが友のイタリア人のなかでいちばんの思索家であるチュレンヌ氏は、モーペルチュイをルイ十四世治下の人物と考えていた。そのときの冗談話は力強くないが、心を打つものがいくつも観察された。最良の冗談はスコッティ氏のである。彼は旅をしていたのに、ミラノから二リュー〔約八キロ〕のところに二軒の茅屋《かやや》と、ミラノでは独立した二軒の茅屋を持っていた。

　私が見たわずかのことから判断すれば、イタリア人には〔一〕果てしない感受性と洞察力があるのを私は難なく認めるだろう。〔二〕性格についての知識では、彼らのほとんど全員がモチェニーゴと少し同じくらいのものを持っている。それをどうやってピエトラグルア夫人の不用心と結びつけようか。

三、多くの自然さがある。

四、いわゆる機知は全然ない。デュクロ風の機知だが。

五、無知なところ。

六、虚栄心のなさ。

七、不潔なところ。

デュクロの類のものであれば、彼らにとってはまったく新しい。イタリア人の生き方ほど、ドイツでは一般的なあの種のくだらなさから隔絶しているものはない。そして書いたものでは、ほとんどがくだらない（ゲラルド・ロッシの序文、同じくジラウのもの[四]）。

この土地への美しい称讃。ピエトラグルア夫人はボッシ氏（芸術家）の性格描写をして、最後には次のように言って終える。「この人はほんとうに危険な人だわ！」

パリではなく、この土地でこそ、ミリョリーニ氏は尊敬される。パリでは、たとえば、ネクタイの着け方が悪いと言って彼は非難されるだろう。まだ芸術の国でありえるように、この国では絵の大量消費だけはないのが見られる。

私が本で読んだのは、これらの連中〔イタリア人〕に歓迎されるには、一部のフランス人の目立った軽さがもっともであり、そして機を見て堅実な商売になるのを彼らに証明しなければならないということであり、一旦この証明がなされると、彼らを楽しませはするものの最初は彼らを恐れさせたこの同じ軽さのために、彼らが諸君を好きになるということである。（一八一三）

彼らにはとても慎重で、また勿体ぶった丁重さがある[五]。

（一）デュクロのように。

（二）タレーラン氏の[1]。

（三）ダルバン氏が言っているが、たとえば、パラディージ伯爵のような、もっとも教育のあるイタリア人でもコレの小唄が分からない。

シテールの寝取られ男

わたしはマロット〔マネキン〕を愛する癖がある

小唄作家、わが同僚たち、[2]等

（四）彼らの喜劇をミラノで買い、シモネッタ伯爵夫人の家に預けてある。

（五）グロレー『二人のスウェーデン人の旅』。

第三十三章

◆ミラノ、一八一一年九月二十一日

私は今晩出発する。昨日二十日、テアトロ・パトリオティコ〔愛国劇場〕で、イフラントのドイツ的バカバカしさを見て宵を過ごした。イタリアの観客は、兵士のパンのように小出しにされる間の抜けた格言的言いまわしを鼻で笑った。

私は彼女を待っていた。私は呟いた。「私は心を奪われている」と。そして実際、それが愛なのだと思うが、しかしこれは強力な性格の持ち主と戦う愛だ。留守にすることによって少し治るだろうと思う。

彼女は来るはずでいたが、チラッとも来なかった。彼女は媚びを売る女であって、それ以上の何ものでもないのか。

昨日、私は愛情のしるしを半分手に入れた。

夕方、帰途は、目が見えず、目が痛かった。長くに渉っていくらか涙を流したからだった。

昨日の日中はドイツ人たちを力いっぱいやっつけた。〔一〕高慢な貴族と愚かなおべっか使い、彼らにヴィエイヤールでの夕食で会う。彼らの平板な会話とそれに輪をかけたのっぺりした顔。冷ややかさの固まり、至るところから噴出する退屈なうんざりした様子。

夕方、イフラントの『ミニストロ・ドノレ〔名誉大臣〕』の巨大な凡作。〔二〕みんなは愚かな格言的言いまわしを、とりわけ、事務を執る連中の務めと鐘の音とを結びつけるものを何度も笑った。

私は恋に落ちたようだ。

九月二十一日、午後十一時半、たいそう長く欲していたあの勝利を獲得する。

（一ページ空白）

私の幸福に足りないものは、勝利に至らないこと以外の何ものでもない。それは阿呆でも幸福にするものだ。完全に純粋な快感は、親密な関係とともにしかやってこないように私には思える。最初のとき、それは勝利だ。次の三度で、親密さを獲得する。ある男が、才知のある立派な性格の女性を相手にして、愛するなら、完全な幸福がやってくる。

しかし、そのある男こそ、二十八歳と八か月の私であることが分かるね。

この勝利はたやすくはなかった。十時十五分前、私はメラヴィーリ通りの角にある小教会へ行った。十時が鳴るのが聞こえなかった。私の時計で十時五分になっていた。少しも連絡がない。さらに十時二十分になった。彼女が私に合図をした。不幸と絶望に近いものを賭けたとしても真剣な精神的闘いのあとで、彼女は、十一時半に私のものになった。

私は一八一一年九月二十二日、午前一時半にミラノを発つ。

（一）冒頭に次のように記された新しいノート。「一八一一年にアンコーナで閉じていて、一八一三年に開いた第三のノート」

（二）でもしかしながら、一八一三年にベルリンで観たイフラントはとても行き届いていたようだ。

第三十四章

◆ボローニャ、一八一一年九月二十四日

九月二十一日の結末は私を義務感に立ち戻らせ、こうして私は空いた半時間を書くために有効利用している。このあとがきは前に書いたことの冷やかさ、もしくは色彩不足の弁明だ。

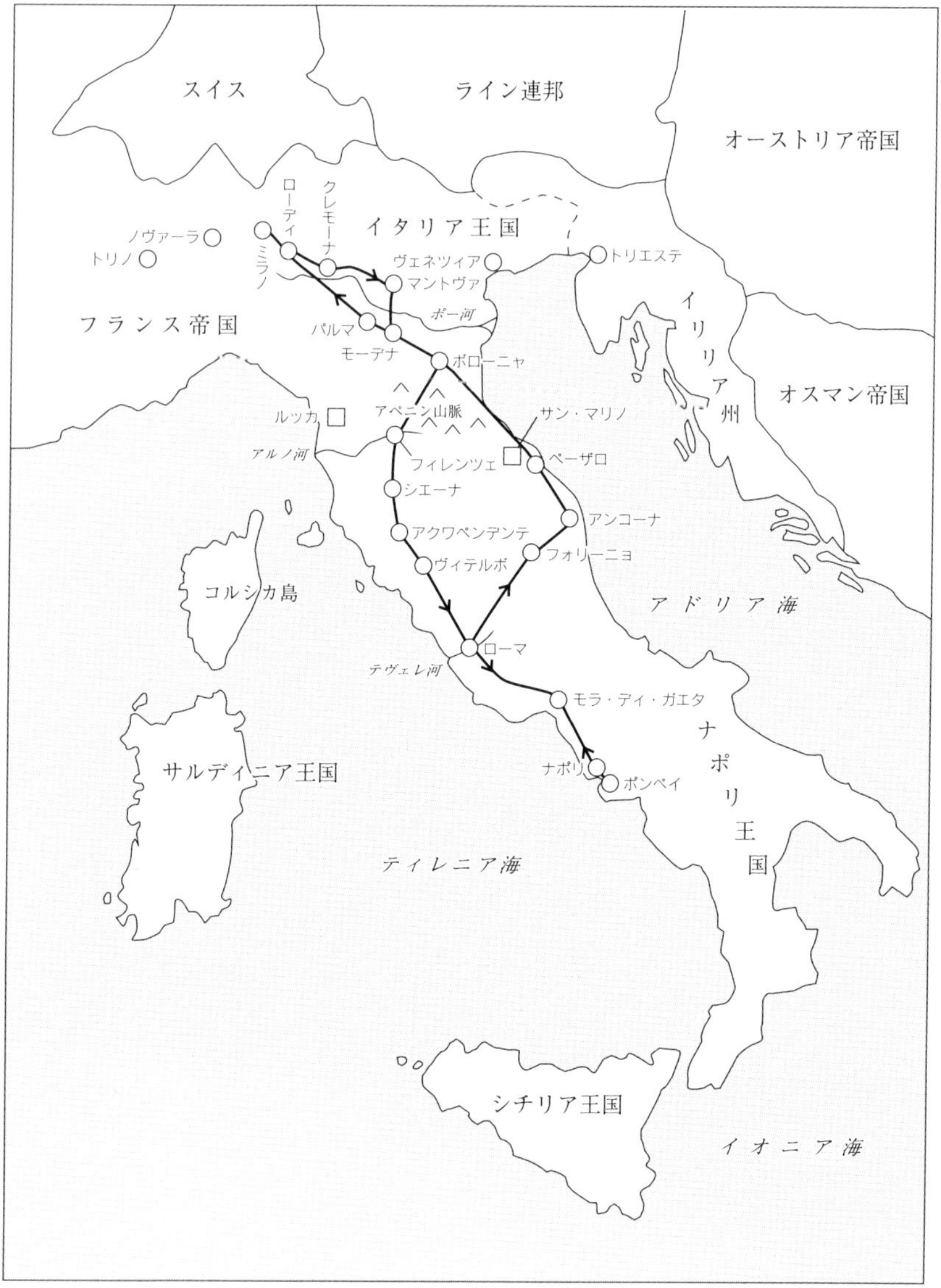
スイス
ライン連邦
オーストリア帝国
イタリア王国
ローディ
クレモーナ
ノヴァーラ
トリノ
ミラノ
ヴェネツィア
トリエステ
マントヴァ
ポー河
イリリア州
フランス帝国
パルマ
モーデナ
ボローニャ
オスマン帝国
ルッカ
アペニン山脈
サン・マリノ
アルノ河
フィレンツェ
ペーザロ
シエーナ
アンコーナ
アクワペンデンテ
フォリーニョ
ヴィテルボ
コルシカ島
アドリア海
ローマ
テヴェレ河
モラ・ディ・ガエタ
ナポリ王国
サルディニア王国
ナポリ
ポンペイ
ティレニア海
シチリア王国
イオニア海

行程図（Ⅱ）イタリア周遊

二十二日の午前一時四十五分にミラノを出発する。午前零時には、宿駅の隣のカフェ・メスト…で、カドール公爵〔1〕の任命を読んでいた。

ローディ、ピッツィゲットーネを通るが、そこではアッダ川が相当なもののように思われ、途中クレモーナ――淋しく陰気な様子――で夕食をし、ボッツォーロを通った。窃盗団に狙われるのを恐れる。ついに、午後十一時にマントヴァ。そこで夜食をし、ピエトラグルア夫人に手紙を書いた。少し眠り、蚊に刺されて憤慨する。この日は一日中休み、眠ってばかりいた。

二十三日午後二時にマントヴァを出発し、四時にポー河を渡った。しっかり目覚め自覚していた。この渡河は半時間続いた。カザルまでほとんど眠っていた。観察したのは《葡萄の樹を楡《にれ》の若木に結わえる〔2〕》ことだけで、この作業は今でも続いている。

郵便馬車の駅逓員は、四十三歳で、素っ気なく、聡明で、寡黙な小男だったが、その胆汁質的少食のおかげで、私は飢えて死ぬところだった。

ついでモーデナで夕食をしたが、この町はこれまでに私が訪れたイタリアの町のなかでいちばん清潔で、いちばん陽気だった。

第三十五章

◆一八一一年九月二十三日〔1〕
ボローニャへ午後六時半に到着する。宿と浴場のごたごた。八時十五分に芝居に出かける。観るのは、一年前にだと思うが、ミラノ中を魅了したパヴェージのオペラ『マルカントニオ閣下』だ。ジャコモ・レーキ氏がこのオペラの物語を私に語ってくれ、それで『イル・シニョール・マルカントニオ』を観て、レーキ氏が贔屓しているクリヴェッリ夫人と一緒にジーナの桟敷で彼とお喋りをしたのだった。

プリマドンナはマリエッタ・マルコリーニ夫人で、完璧な甘美さを持ったコントラルト歌手だ。もっと力強さがあればと思った。しかしこの甘美さは称讃すべきで、フランスではそれがとても必要だろう。

わが国の歌手たちは、これを聴けば、装飾音が逸楽を表現しなければならないこと、そうでなければおぞましいものになることが分かるだろう。マルコリーニ夫人にはこの甘美な心地よさがある。おまけに、ミラノから着いてみると、ボローニャの劇場は、いかにも地方のものだという感じで、飾り気なく、貧弱に見える。

マルコリーニ夫人ゆえに、私は終わりまで残っている。時どき居眠りをした。

十一時半にアルベルゴ・レアーレに帰ってくる。私の使用人が立てる酷い大騒ぎ、そして完全な静寂。半時《はんとき》後、宿の主人が門を押し開ける音がする。

◆一八一一年九月二十四日

今朝、ジャン・ド・ボローニャの『ネプチューン』の噴水、サン・ペトローニオ大聖堂、サン・ドメニコ教会、グイドの『天空』、ギャラリー（一二）…を見る。

詩を解さない男がラ・アルプの『文学講義《リセ》』を読んだあとでは、その前よりも大いに楽しんでいる。私には絵画のために同様の本が必要だろう。しかしながら、美術については、これだけに役立つ感受性のせいで、私は低俗さから距離を置いている。

巨匠の絵画に大讃辞を贈るのを聞くと、私はいつも次のように考える。「それを街角に見つけたとしたら、私はそれに注意するだろうか」

私は表現力、想像力、自然さでしか評価しない。

ギャラリー…では、蠟で出来た頭像がドイツ風の顔を表現していて（肖像展示室に入って最初にあるもの）私を感動させた。

グェルチーノの『バテシバ』は、ダヴィデが過剰に描きこまれて、神性がないように見えるが、私を楽しませた。

いくつかのグイドは色彩の点で上品さと空間性に充ちている。

二枚の絵がヴェネツィア派の色使いたっぷりだ。『踊るヘロディアス』『マルクス・アントニウスとクレオパトラ』だ。そして最後にカラブレーゼ作の一枚のペストの絵。

昼食に戻り、これを書いた。また出かける。

エルコラーニ館は、十一年前に建てられたが、すでにすっかり汚い様子だ。イタリア人は大がかりなものに向かっている。階段のヘラクレス像、すごい廊下、重々しい石の卓子、いくつかの中国風の部屋、そしてこのすべての真ん中に蜘蛛の巣、埃、全体の、あるいは個別の汚さ。私たち、パリでは、内部を清潔にしている。外部はケチ臭いが。

この館では、私が喜んで働けそうな部屋を見なかった。至るところで汚さが衝撃を与えた。

二つの塔[2]。

『ネプチューン』はまったく壮大だ。
アルディーニ氏の館。これらすべての館が宮殿と呼ばれている。
私は目立ったどんな女性も見なかった。ここは田舎なのです、と臨時雇いの召使いが言う。そして次に、どんな土地でも朝っぱらからきれいな女性は徒歩で走りまわりません、と言う。
柱廊の大きな利便性、しかし窓からの眺めの陰気さ。

（一）もうその名を思いだせない。

第三十六章

◆ボローニャ、一八一一年九月二十四日

イタリア人のうまくもない機知の類は、彼らがその妻たちに気に入られるようには働かない。上品な態度では顔色ないものの、機知を持ちたがるフランス人全体の勝利は確実である。優雅な身なりで貴族然としていれば、なおさらだ。

マレスカルキ館で一人のイタリア女性を見つけたが、彼女はあのイタリア人的な目以外にとてもいいところが何もなかった。私はアーサー・ヤングが称讃するその目を見て楽しかった。私は話しかけ、傷つけないように上品な態度をして、そして四十五分後には私は気に入られたと確信する。私を思いだしても未練を起こさないだろうが、この四十五分のあとでは、他のどんな男にも負けないくらい彼女と仲良くしたことは確かだ。彼女の目はリヴィアの目を思いださせた。よく考えてから、彼女に手紙を書こう[1]。

ギャラリー・エルコラーニを見た。大学を訪れた。博物誌のたくさんのがらくたは、私にとっては無価値。無価値よりももっと悪いことに、退屈だった。

そこから美術館（サラ・デッラ・ナツョーネ）へ。グイド・レーニの自画像。感受性が強い多血質の痩せ型で、いくらかメランコリー。絵を見せてくれた人は知性があるようだ。彼は、実際グイドがどちらかというとメランコリックだと言った。彼はヴァザーリ、ランツィ、そして第三の人物を引用した。たくさんのカラッチ一族の作品がある。彼らは貧しかったし、粗末な絵具で、酷い画布に描いた。彼らの現実の暗さを説明する感動的な手法。私は彼らの絵を見てあまり楽しめない。時としてそこに偉大さが感じられはするが。

この日の午後、私は絵画に興奮していた。グイドの心に触れる繊細さは気に入った。

ベンヴェヌート・ダ・イーモラ〔2〕のなかに、好感の持てるいくつかの顔を発見した。それらはラファエロの描いた顔と同類だ。

この絵画の第一人者を模倣したある画家の一枚の絵がある。そこには、才知は見られないが魅力的な顔がある。

私はグェルチーノの好ましい作品群を観た。一枚の『マグダラのマリア』、これは崇高な『ハガル』（ミラノのブレラ美術館蔵、アンジェリーナが好きだった）を思いださせる。

彫刻の専門家ではない人によって展示されている王立美術学校の石膏作品を観た。この人は目にエネルギーがある。感じのいい陶製の小立像をいくつか見たが、これは四ないし五ルイする。

私はニオベの石膏作品に感動した。

そこから、聡明である私の召使いは私をギャラリー…〔1〕へ連れていく。グイドたちやカラッチたちの作品がそこにはどっさりある。グイドの大きなマドンナ像。この像には冷たさに隠れた情感があるが、もし目を上げたなら、みんなはそれに夢中で恋するようになるだろう。

グイドの『マグダラのマリア』。カラッチ一族の二人が彼ら自身の四人の情婦を描いている。彼らは貧しかった、と言われる。これら情婦のうち三人は田舎娘《ヴィッラネッレ》だった。

このタナーリ家の子息たちの住まいを見学した。彼らは館に住んでいるが、そこに素晴らしいギャラリーがある。彼らの部屋は気持ち悪くさせる。洗面所は宿屋の洗い場みたいだ。ベッドにはぞっとするが、その枕板は見事な絵の額縁にもたせかけてある。

私はもう一度言おう、壮麗さと汚さ、と。

タナーリには五人の兄弟がいる。父親は二年前に亡くなった。母親の導師が彼女に告げて言ったことには、グイドのウェヌス像を焼却しないなら、彼女の家に神の怒りは必ずやってくるだろう、というのだ。芸術に払うイタリア人の敬意にもかかわらず、哀れなウェヌス像は、裸体だったゆえに、すぐさま焼却された。

この冗談話は訂正した方がいいだろう。一八〇九年にしては常軌を逸している。アルディーニ氏なりマレスカルキ氏なりは上述の話の真実を知っているにちがいない。

ボローニャの建造物の極端な簡素さと壮大な様子に私は心を打たれた。たとえば、美しい階段のある館。サン・ペトローニオつまりドゥオモ。パウルス五世によって建てられたらしいサン・マルティノ教会。それと向き合うマレスカルキ館。王宮。

マレスカルキ氏のところには、本人がパリからかなり平凡な家具を送っているが、羨むほどのひと部屋がある。それはグイド、グェルチーノ、カラッチ一族の作品からより抜かれた絵画であふれている。

凡庸なものはまるでない。五十万フランと見積もられている。

正面から見た女性像がある。これはグイドの作品だ。それは絶対にモーツァルト風の、ミネット（二）風の感じだ。

まさにこの部屋で、わがイーモラのイタリア女性を見つけ、四十五分で気に入られた。イタリアのこの感じやすい魂とその何かを訴えかける目に向き合うのは気持ちいい。湧いてくる印象に従うまでだ。半時《はんとき》後には、会話はすでに内輪の特別なものになっていた。しかし具合が悪いことに、夫たちや父たちにも好かれることだ。諸君を独占して、諸君と会話をしようとする。

天空に飛びだそうとしている美しいメルクリウスは、ジャン・ド・ボローニャの作品だ。

ボローニャのある教授が作った彫像、ヴィルギニウス像を見せたいという人がいた。才能がないように私には思える。それは筋肉の塊で、ただそれだけだ。愚かなことに、ヴィルギニウスが天使たちにしかめ面をしている顔はなかった。

この像は、三年間続けて毎年六フラン支払うボローニャの愛好家登録に基づいて製作された。群像は作られたが、金が払われていなかったことが分かり、金が作者に贈られた。

こうした土地は芸術を持つにふさわしい。

虚栄心を取るか、さもなければ他のものを取るか。私がマレスカルキ館でわがイタリア女性と交わした会話から、ただちに、ボローニャでは幸福を見つけることができると感じた。

しかしながら、私にはもはや三十六日の自由しかない。悲しいかな《オィメー》！

一か月後、十月二十四日には、何てこともないグルノーブルに行かなくてはならないだろう。ミラノからグルノーブルへは、四日。したがって、ミラノを十月二十日には出発する。

ローマからミラノへは五日。したがってローマを十月十五日に出発。

ナポリからローマへは、二日。するとナポリ出発は十月十三日になる。

そして今月の三十日にやっとその地に着く予定だ。ナポリとローマで私の時間を分けると、ナポリに四日、ローマに四日しかいられない。ミラノへ向けてローマを十月十日に発つことが必要だ。

パリに到着したら、たくさんの残り時間があるだろう！　もしカドール公爵のもとで仕事をしないとすれば、お役に立てないので、休暇を手に入れることができるだろう。

三月にイタリアに戻れたら何と楽しいことか！

二年後に知事になる方がいい。

（一）　タナーリ、だと思う。一八一三年にガンドルフォによって彫られたマドンナ。（一八一三）

（二）　ブラウンシュヴァイクのヴィルヘルミーネ・フォン・グリースハイム嬢。〔3〕

第三十七章

私はエルコラーニとタナーリのギャラリーを見た。残りはギャラリー・サンベッカーリ、マドンナ・ディ・サン・ルカ教会を見ればいい。

イタリア人は家の内部の調度には洗練を欠くが、外部は違う。アルベルゴ・レアーレの部屋の扉には掛け金がない。私がいるか、鍵を掛けて閉めるか、開けているかだ。

◆ボローニャ、一八一一年九月二十五日

二十五日、サン＝ロマン氏がやって来ないのを知って、私は単独で郵便馬車に乗りフィレンツェへ発つことに決める。各区間九フランで九の宿駅がある。合わせて八十一フラン。

今晩零時に出発する便なら私を四十八フランでフィレンツェへ運んでくれるだろう。しかしそれでは一日を失うことになる。フィレンツェへはここから十五時間必要だ。したがって私は二十六日の午前三時か四時に着くようにしよう。そうすればそこで日中を過ごして夕にローマへの便で出発することも可能であろう。

ボローニャで、すべての支払いを済ませても、九十四ナポレオンある。つまりドゥーブル・ナポレオン金貨二十五枚＋同じもの二十二枚。

私はアルベルゴ・レアーレ（ディ・サン・マルコ）にも、臨時雇いの召使いにも満足する。

九四ナポレオン×二〇＝一八八〇フラン。

フランスよりすべてが安い。

第三十八章

◆一八一一年九月二十五日

ボローニャからフィレンツェへの旅――サン＝ロマン氏とかと待ち合わせの約束をしていた。穏和な人物だが、アザス伯爵は私に賭博師として知らせていた。実際、彼は二度自分の路銀を賭けてしまったのだろうと思う。というのもボローニャにもフィレンツェにも来てなかったからだ。

馬車を持たないので、二十五日十一時半に駅馬車《レーニョ》に乗って出発した。これは可能な限り簡素な馬車で、宿駅ごとに二十から三十スーの借賃を払って、ほぼ宿駅二区間ごとに提供されている。

私はその地方をとてもよく見た。せいぜいフィレンツェ周辺を除いては、アペニン山脈には少しも雄大なところがない。ボローニャ側では、無数の不規則な小峡谷によって分けられたたくさんの小円丘だ。

太陽の暑さを強く感じる。私がそれに身を晒すのは二度目で、最初はマッジョーレ湖畔のセスト・カレンデでのことだった。

ロイヤーノからピアノーロへは、アペニン山脈の隣り合う山頂の彼方に、海のように、美しいロンバルディーアが見えた〔1〕。美しい光景だ。それは本物の海の眺めみたいに思わせる。このなかに、沈む太陽に照らされた数多くの家が見えた。私の馭者が言うには、日の出には、太陽光線の反射で、アドリア海が見えるとのことだ。

フールミのマドンナというのがある〔2〕が、そこにはすべての羽蟻がやってくるのだ、とある人が断言する。しかし、私が確信するのは、街道の左手五百歩のこの地点から、見事な眺望があるにちがいないということだ。ピアノーロからロイヤーノへの道のなかばでは、かなり風変わりな台地の上、右手に位置する一軒の家にも登らなければならないだろう。

ロイヤーノのあとでは、あまり大きくなっていない栗の木の果てしない林のなかを旅する。この木は美しい効果を作り、その枝は、葉叢と同じく、奔放に伸びて、しかもそれらはうまく固まりになっている。

私は感覚が生き生き活動して、しあわせだった。道の右手に見える岩壁の連続が、カッラーラの方に伸びていくようだったが、その効果はオペラの舞台装置みたいだった。

私は独りで旅行することに満足していた。クロゼでさえ私の旅の目的の妨げになったことだろう。私にはある程度の会話と発言が必要だ。旅の道連れとそうする機会がないので、イタリア人たちとそうする。こうして、否応なく彼らを研究する。山々とか異国の様相が魂に及ぼす響きを楽しむために、そして人間を知るために旅行する人は、自然からあまりに遠くに身を置かないように気をつけねばならない。

二人のフランス人は、一人の聡明な召使いを連れて立派な馬車で旅行しながら、アペニン山脈の真っ只中に、パリのお愛想とサロンの喜びを持ってくることができるが、彼らは、全部が開けっ放しの馬車に乗って独りで旅をしている私のようには、アペニン山脈を観賞しない。

羨望なしに言っている。というのは、私は小型四輪馬車を持っているが、イタリアに持ってくるのを堪えているからだ。

第三十九章

◆フィレンツェ、一八一一年九月二十七日

二十六日、午前五時にフィレンツェの宿駅に到着した。そこからシュナイデルの経営する英国館へ向かう。疲労困憊し、濡れて、揺すられ、駅馬車の前席を確保することを自分に課して、窮屈な姿勢で坐って眠った。固いが、整備されてない小さな穴だらけの道で引き起こされた恐るべき揺れによって、完全に悲惨な状態に陥っていた。花の都に着くと、どんな言葉も出せないくらいに、精根尽き果てていた（一）。

私は八時に起きることを言い置いて、六時に寝た。ほとんど眠ることができず、少しも発散しなかった。したがって、私には休息がなかった。

九月二十六日の一日の詳細――八時に起こされる。どうにかこうにかやっとの思いで歩いて宿駅へ行く。二十六日と二十七日の便は満席で、二十八日土曜日の席しか取れないのが分かる。二時間の熟慮の末、賭博師（サン＝ロマン氏）の言葉を当てにしないで、二十八日の席を予約する（五十リューの距離を八十一フラン）。私は明日二十八日土曜日夕方の六時に出発する。

英国館はとてもよい宿で、フランスにあったとしても、この名に恥じないだろう。おそらく非常に高い料金になるだろう。しかし、もし一品料理が法外でなければ、注目すべき宿だ。

そこでとても清潔な風呂に入り、荒れ模様の天気のなか、フィレンツェを見るために馬車で出かける。十五分おきに恐るべき豪雨と、今年になってはじめて聞くすごい雷鳴。

この天気は、アペニン山中で城を仰ぎ見るにはよかったかもしれないが、もともと暗い場所である教会で絵を眺めるには、余分なものだった。

この暗さは、巨匠たちが彼らの絵の調子を、自然界よりも、もう少し明るく色鮮やかにしなかったことを、私に分からせたが、それは驚きだった。ボッシ氏の場合。彼の『最後の晩餐』は、ある教会に置かれるなら、見事な効果を作りだし、自然に戻されたようになるだろう。

私の最初の敬意つまり最初の質問は、アルフィエーリのためだ。

「アルフィエーリ伯爵が住んでいた家はどこですか。彼の墓はどこですか」

「家は、ほら、左に、アルノ河沿いです。彼の墓は、ここからは遠いサンタ・クローチェ教会にあります」

「行ってみましょう」

私はそこに行き、次つぎとミケランジェロ、アルフィエーリ、そしてマキャヴェリの墓、戻って、左側に、ミケランジェロと向かい合ってガリレイの墓を見る。

告白しなければならないが、これほどの偉人たちの墓を擁している教会はほとんどない。何かしらここに埋葬してもらいたい気持ちを起こさせる。

Oで示された正面は、まさに納屋の正面だ。これは煉瓦で、次ページのような形をしている。

Aはミケランジェロの墓碑。三体の立像が大理石の階段の上に置かれ、背後に鉄の鎹《かすがい》があるのが分からないと、落ちそうだと思う〔二〕。したがって、いかなる印象もない。

これまでに私の見たいちばん印象的な墓碑は、ストラスブールにあるサックス元帥の墓だ〔1〕。劇的になることを彫刻家が敢行したゆえに、効果がある。顔つきの表現のもとになる動きがある。元帥は開いた墓に、泰然自若とした立派な顔つきで降りていくところだ。

彫刻家は小階段を作ることで、その効果の一部分をなくした。階段上では、瀕死の偉人が立っていられないような感じを受ける。

二番目に印象的な墓碑は、その価値ではもちろん違うが、私が見たなかでの順番では、ウィーンのマリア・クリスティーネのそれである〔2〕。

劇的な動きは完全だ。黒い扉がいちばん大きな効果を出している。

それはおそらく、そして断然、現存する墓碑のなかで最高だ。こうして、カノーヴァが存在する限り、不滅を買うことができる。芸術が分かる人は誰も彼も、マリア・クリスティーネの墓碑の類を見るために、二百リュー〔約八百キロ〕をやって来るだろう。

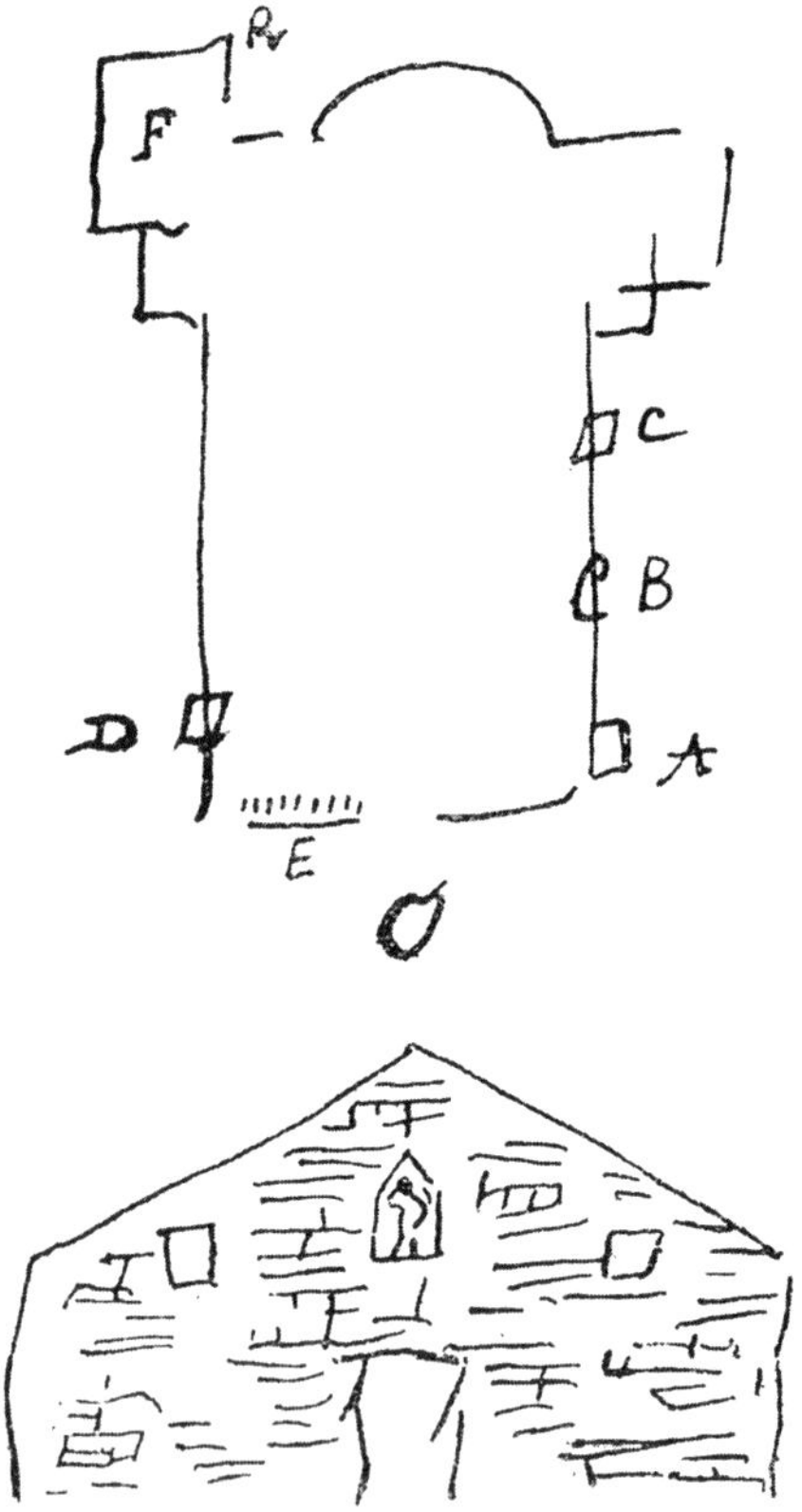

価値で三番目の墓碑は、アルフィエーリのものである（B）。……〔空白〕形の台座と、銘文の置かれ方が、私の見たもののなかでもっとも高貴だ。

泣き悲しむ「イタリア」の像は、少なくとも見物人のいる場所から見て、少し上品さが欠けているように思える。彼女はおそらく肥りすぎている。その両太ももしかよく見えない。上半身全体はあらましでしか見えない。墓碑全体ではよい。土台は見事だ。それは否応なくあのとてつもない偉大さをその人物像に与えている。

しかし墓碑は、おそらく教会平面の四ないし五ピエ〔約百二十ないし百五十センチ〕下に設置しなければならなかった。見学者の目が、「イタリア」の像といわば同一平面であったらと思う。

さらに、私は一時間後にこの美しい記念像を再見するつもりだ。それは、ラシーヌ、ラ・フォンテーヌ、ボワロー、そしてモリエール、だと思うが、フランス記念物博物館[3]の片隅でみんな一緒くたになって入っている漆喰の酷い陳列ケースを、私に恥ずかしく思わせ、憂鬱になった。私たちはこれら偉人たちを、サン＝ロック教会、パンテオンといった美しい記念建造物のなかで何とか見られるようにしたいものだが、今はその楽しみなしで済ませている。しかし芸術や政治形態に対する私たちの愛情の程度から見て、こういった企てから私たちは極度に離れた位置にいる。

アルフィエーリのあと、（Cに）マキャヴェリがいる。一七八七年にもまだ仰々しい銘文を付けるという悪趣味があった。その死後二百七十年にこの記念像をマキャヴェリに捧げた寄付金拠出者たちは、したがって墓碑に以下のように書いた。

どのような称讃もかくも偉大な名前に匹敵しない
ニコラウス・マキャヴェリ
一五二七年に死す

それは次のように置いたらたいそう自然だ。つまり、

マキャヴェリ
死して二六六年〔4〕

偉大であるために、このきっかけを利用することが分からなかった。

そしてさらにおそらく次のように置いたらもっとよかったのに。

マキャヴェリ

洗礼名は銘文を台なしにする。マキャヴェリといえば一人しかいないことはよく知られている。

（一）　これは生涯でもっとも精根尽きた瞬間のひとつだ。
（二）　私は誇張したようだ。

第四十章

何人もの凡人がこれらの偉人の傍らにいる。もっとも滑稽なのは、墓の上でまで大きな鬘《かつら》を載せている連中だ。

一七九六年に死んだヴァイオリン奏者のナルディーニには清潔でいい趣味の記念像がある。

マキャヴェリは一五二七年六月二十二日に死んだ。

ガリレイの墓碑は何の意味もない。彼のためにマチュー・ランスベールの像が作られた（D〔1〕）。

しかしサンタ・クローチェ教会をいちばん私の心に焼き付けるものは、そこで見た二枚の絵だ。それらは私に、絵画がかつてこれまでに与えたことのないもっとも強い印象を作りだした。以下は私の昨日の興奮である。

畜生、何て美しいんだ！　観る一つひとつの細部ごとに、魂は次第しだいに喜びを覚える。涙を流しそうになっていく。

他の絵の前では、その冷ややかさにぶつぶつ呟き、魂《ソウル》を奮い立たせようとし、最後にはその美を自分に説明して、無理やり讃美する。それこそ、パリの美術館のなかで、しばしば私が感じたことだ。『聖女カエキリア』、『小椅子の聖母』、『リュクサンブールの聖母』、コレッジョの『レダ』への私の称讃は、決して恍惚にまで達しなかった。

私はこの興奮を昨日、ニッコリーニ礼拝堂で（F）、ヴォルテラーノによって描かれた四人の巫女《シビュラ》を前にして体験した。〔2〕

同じ画家の天井画は多くの効果を生みだしているが、私には視力がなくて天井画をよく見極められない。ただ多くの効果を生みだしているように思われる。四人のシビュラについては、何であれはっきりしたことを断言するのは私には不可能だ。それは壮麗で、生き生きしていて、自然が浮き出ているように思われる。そのひとつには（Rにあるもの）この壮麗さと結びつき、ただちに私に恋するように仕向けるあの品のよさがある。

これらのシビュラと同じくらい美しいものは何も見出せないと思っていた。そのとき、私の臨時雇いの召使いが、『リンボ』〔3〕の絵を観るために、ほとんど無理やりに私を引き留めた。

私はあやうく涙をこぼしそうになるほど感動した。これを書きながらも目に涙が浮かびそうだ。これほど美しいものはこれまで何も見たことがなかった。私は表現力豊かなもの、さもなければ美しい女性像を見たいと強く望んでいた。すべての像は魅力的で鮮明で、余計なものは何もない。絵画はこれまで私にこうした喜びを与えたことがなかった。私は死ぬほど疲れていたし、新しい長靴のなかで足はふくれて締め付けられていた。つまりちょっとした痛さが、栄光のさなかの神を讃えることも妨げただろうが、それを『リンボ』の絵の前では忘れていた。畜生、何てそいつは美しいんだ！

◆一八一一年九月二十七日〔4〕

二時間のあいだすっかり感動した。この絵はグェルチーノの作品だと教えられた。心の底からこの画家が大好きになった。ところがまったくそうではなくて、それはアーニョロ・ブロンズィーノの作品だと二時間後になって教えられる。私のまったく知らない名前だ。この発見は私を大いに悔しがらせた。彩色が弱いと付け加えて教えられた。その時は、自分の目のことを考えた。

どんな細かなニュアンスも感じるが、私の弱い視覚は、神経質で、興奮しやすく、たとえば、カラッチの黒く硬い調子には衝撃を受ける。グイドの柔らかい作風は、私の芸術評価法によってではなく、私の視覚によって、ほぼ同調できる。

私の称讃はすべて、目の健康状態からやってくる。それで、私はサンタ・クローチェ教会に再度来ることにする。夕方、カッシーネと芝居。地方の劇場をミラノのそれと比較する。そのことをピエトラグルア夫人に書こう。調子を変えるためだ。先入観なしに、スカラ座に比較できるものをこれまでにまだ見たことがなかったし、それでもしかしながら、少しの先入観を抱くのは許されるだろう。

私の記憶は、考えていた文体を失わせている。昨日、もっとよく味わうために、そして楽しみから、見たものについて一ダースもの文章を作った。それは正確で、力強く、私の感動にあふれた叙述だった。それを書きながら、二度楽しんだ。今日二十七日、これらの十四ページを冷静に書いたばかりだ。十時十五分前に、私は外出する。もうほとんど疲れは取れている。

第四十一章

◆フィレンツェ、一八一一年九月二十七日

十二時半に午前の散策から戻る。脚と目の休息のためにふさわしい生活習慣だ。旅行に出て以来いつも脚が疲れている。

日課。八時にコーヒー、外出、正午に昼食、六時に夕食、散歩、ぐずぐずしている一時間、そしてオペラ。

今晩、空いた時間に、アデール夫人のところに行ってみたいと思う。彼女がフィレンツェにいることは、私に及ぼすこの町の印象を悪くする。私は彼女のことを考え、彼女が私を苦しめたこと、狭量な冷たい魂、彼女が私に与えた不幸、あるいはむしろ機会あるごとに私が感じた不幸の類、階段での接吻のこと、等を考える。

爆弾〔1〕。

幾度も観察したのは、フィレンツェの言葉での*c*が非常に強い気音の*h*であることだ。こうして私が今朝出かけた教会はデル・カルミーネ〔カルミネ教会〕という名だが、私の召使いはデル・ハルミーネと発音する。ハルに極度の強さを置く。*c*のない単語のなかでさえ、彼らはあちこちで気音を混ぜる。

愛すべきジャコモは、おそらくそれが古代ローマ人から生じていて、彼らの発音の名残だと教えてくれたものだった。

私はヴェルギリウスの詩句〔一〕の甘美さにうっとりする人びとがとても好きだ。もしこの感性の詩人が、そういった人びとの口から自分の詩句が出るのを聞いたとしても、たぶんそのひと言たりと理解しないだろう。一度は、その詩への愛好ゆえに、私はいくつかの詩節でその甘美さを感じるようなところまで行った。たとえば、たく

さんの *a* のある以下のようなものだ〔2〕。

vaccinia alta

私はまた、ヴェルギリウスは、たとえばルクレティウスよりも甘美だと感じていた。おそらくそれは根拠のあることなのだろうし、ルクレティウスがラテン詩のミケランジェロであるように、ヴェルギリウスはラファエロなのであろう。

（二）　私はルメール氏によって註釈を施されたヴェルギリウスの詩句を理解して、この詩人の宝の山に入りたいものだと思っている。（一八一三）

第四十二章

自然誌博物館〔1〕――この博物館に入って、解剖学愛好家は何という楽しさを得られることか！　これ以上に独特で、明解で、教育的なものはないように思えた。これらの特徴から、努力しないでも正確な観念を与えてくれるような気がする。分娩の展示室はボローニャやウィーンのものよりずっと優れているようだ〔2〕。私は、アカデミー・ジョゼフィーヌを、しかもこうした部屋をレイディ・アレクサンドリーヌと見学したことを〔3〕、楽しく思いだす。

私は、とても明瞭に示された筋肉や神経、暗い部屋に置かれた目の解剖標本、犬の鼻に巡らされた多数の神経、仔牛や山羊や猫の頭部の解剖標本、蚕《かいこ》や蛭《ひる》の解剖標本、これらを無知な人間の目で喜んで見る。

たくさんの石、鉱物、鳥を見るが面白くない。すべてこれらは私にはどうでもいいもの以外の何ものでもない。この収集は完全でよく整理されているようだ。……〔空白〕に使われるあらゆる形の銅製模型のコレクションが私はかなり好きだ。番人が見せてくれるものよりも、彼が私に話しかける真にフィレンツェ風アクセントを私は観察する。たいへんきれいな石、アクアマリンを見る。

番人が言うところでは、アルノ河の谷にハンニバルの犀や象の骨が発見され、その一部がキュヴィエ氏に送られたとのこと。キュヴィエの才能は私には明らかだ。

ここで、はじめて、私には美しくみえる骸骨を見た。ひとつの骸骨がどんな種類の美を感じさせるか分かる。壮大さだ。まさにこれがある。蠟引き加工室を入って左手、美しいガラスケースのなかにある。眼窩、鼻、顎、大腿骨、手、そして足が伸びのびと置かれている。

今日も荒れ模様の天気だ。起きるときには美しい太陽を見た。私は絵がはっきりと見えることを望んでいて、それを喜んだ。二時間後、雨、風、等。

ドメニコ会士たちのサンタ・マリア・ノヴェッラ教会へ行った。ミケランジェロはこれをローマ教会の花嫁《ラ・スポーザ》と呼んだ。私はこの花嫁に何も優れたものは見出せなかった。

少し壮麗な祭壇。彼らには崇敬を心に刻む祭壇を作る才能がなかったとは奇妙だ。それは大きな階段、暗がり、そして暗がりの奥に上から微かに光の当たる祭壇を設ければ、たいそうたやすかった。

私はどうしてこれを大天才たちが見逃したのか分からない。彼らの祭壇は莫大な金額、少なくとも巨大な労働を要したにちがいなかった。すべてが大袈裟だ。最高に美しい大理石で出来ているが、その効果はまるでない。

それは富と忍耐でしかないが、このことは昨日美術館〔ウフィッツィ〕で、解説者が、フィレンツェではどこにでもある堅い石で出来た、あの光沢のあるモザイクテーブルについて話しながら言ったことだ。

わが国のゴブラン織りよりももっと美しい贅沢品は、ミラノのラファエリのもののような、モザイク製品であろう。しかし色彩を損なうのを防ぐ管理人が必要だろう。ここの連中は青色とか緑色しか好まない。また彼らはそれらをどこにでも塗りたくる。

ベネディクトゥス十四世、だと思うが、この肖像は、ボローニャの学士院にあるが、これもまたこの誤りがある。

ゴブラン織りには完全に誤りがある。それらではヤッファのペスト患者に触れる皇帝の手に、緑が入っているのを私は見た。ペスト患者の方に緑を配色しないなんて、まさにこのうえなく凡俗の愚かさがあるにちがいない。

絵画についてひと巡りしなければならない。イタリアの三つの流派のこれらすべての大画家は、表現力に欠けている。彼らの人物は、こわばった動じない顔で、このうえなく異常な物事をするのが見られる。彼らが聖ヨハネに施す装飾は、たいそう凡庸で、どれもが感傷的だ。

『オレステス』を作ったエヌカンとかいうのは、大芸術家ではない。しかしドメニキーノ、アルバーニ、そしてその他の画家が、エヌカンのように表現力の必要を感じたなら、彼らはもっとずっと偉大になっていることだろう。彼らに表現力があるというのは旅行者たちの大言壮語でしかない。たとえば、ティツィアーノのウェヌスのあのえ、い、わ、れ、な、い、微笑み、あの神々しい物思いは、記述のなかだけのものだ。

彼はこの表現力不足という不幸を乗り越えるために、実現するかもしれないと予感される未来の幸福への欲求を描くべきだったし、また、芸術家でない人びとが愛の物憂さと呼ぶ喜びの始まりを描くべきだった。

しかしながらこれら偉大な画家たちは感じてはいた。彼らは世界でもっとも身振り手振りの多い国に生まれたのだ。彼らの絵に表現力を付け加えることを誰が妨げることができただろうか。

（四ページ白紙）

第四十三章

今夜、私は美術館の作品解説を読んでいた。こうしたすべての書かれたものを面白くなくしてしまうのは、書かれたものが純粋に君主制的なスタイルで書かれているからだ。批判するには、称讃しなければそれでいいのだ。

ヴィンケルマンにもまたこの欠点があるように思われる。彼は自然を、ついでギリシャ人をじっくり見なかった。

――いやギリシャ人、それから自然の順だ。自然を彼は、ギリシャの彫刻家たちが採り入れ模倣した点でしか、素晴らしいものとは思わなかった。しかしながらギリシャの彫刻家たちにはすべて衝撃的な冷たさがある。美術館〔ウフィッツィ〕にはアレクサンドロスの頭像があるが、それは結局のところ、苦悩をかなりうまく表現している。ギリシャ人は、それを称讃するために止めどなく仰々しい言辞を費やしている。

私の書くものを読む諸君にとって、これらの評価が真実だとは言わないが、一七八三年に生まれ、十一年の経験を積んだ私、H・B氏にとっては正しいのだ。以上が私の考えることだ。

私は彫刻、そして絵画にさえ、生まれつき無感動だと長く思っていた。

しかし、結局イゼッレの近くで、貧窮院の周辺に置いたらよかろうと思われる滝のようなものを見ながら、私は沈黙の事物の言語も分かるものだと理解した。今朝、私は表現力を欠いたまったく滑稽な聖ラウレンティウスを観た。ドメニキーノの作品にしては何という顔！　おぞましい苦痛は、希望と神への信頼によって乗り越えられるものだ。

こういった顔は、キリスト教のために様ざまな手段で殺された何千もの熱烈な人びとのあいだに存在したが、芸術家たちは決してそのことを思わなかった。

したがって、数百年後には、現在のフランス人のように素描し（一）、ヴェネツィアの人のように光を見て、最後には、情熱のあらゆるニュアンスを表現する絵画の流派が出てくるかもしれない。これからの課題だ。私は昨日美術館で、エルミニアによって手当を受けるタンクレディの絵を観た。タンクレディは姿よき新兵だが、醜悪な軟骨鼻（ジャキネの鼻のように）をしている。エルミニアは決戦を挑む美しい娘だ。しかし陰影はなく、タッソによって表現されたあの崇高なニュアンス、愛と恥辱のあいだでエルミニアが克服するあの心の陰影とは言わないが、感情の陰影はない。

それは、わざとらしい威厳なしに、自然になるように実施されたひとつの儀式だ。

ラファエロには聖処女の顔に表現力が見られた。ミケランジェロには未完成のブルートゥスに性格と力の表現力が見られた〔1〕。こちらは昨日、そこに付けられている角張った碑文にもかかわらず、私に最大の喜びを与えた。ミケランジェロは、シェイクスピアによって示されたあの穏やかな魂、あの感動的な闘い（一）を少しも像に刻まなかった。すべて彼らのキリストは間抜けだ。たった昨日、闘っているキリストを見た。しかしそれは、イエス・キリストに付与することの可能な気高い性格の人物よりも、むしろ一人の運動選手だ。しかし、告白しなければならないが、二つの性質（神と人）の混合が、天才に、もっとも立派な、しかしまたもっとも困難な、栄光の場を提供していた。昨日と今日見た彫刻で、すべてのキリストは私にいかなる印象も与えなかった。ミケランジェロによる母親の膝の上に抱かれるキリストの複製〔2〕は、この偉人に対して、私に非難しか起こさせなかった。

夫たちによって彼らの妻たちの墓の上に置かれた碑文に、私は自然さを見た。家庭で決して諍《いさか》いをしなかったことや、召使いに対して親切だったことで、彼らは妻たちを褒めている。

私が着ているフランス風フロックコートの影響で、私ははじめ侮蔑を装った微笑を向けられはしたものの、私はこの碑文に見られる自然さを称讃する。

スポーザ教会のなかに一八〇二年に置かれたヴェントゥーリ夫人の墓碑を見たまえ〔3〕。

（一）　フィレンツェ以来、はっきりした。私は今日なら言えるだろう。ラファエロのように素描する、と。（一八一三）

（二）　『ジュリアス・シーザー』のなかの。

第四十四章

二時に二回目の散歩に出て、六時に帰る。

サンタ・クローチェへ行ってくる。わがシビュラと、『リンボ』の絵を再見したばかりだ。わがシビュラは、ミネットの類のドイツ的な、とても貴族的な顔をしている。しかしながら、ギリシャ人の顔の鼻筋が通ったところはない。優しい顔をして、目だけが、大きな（もしくは壮大な）魂を表している。その態度はほんとうに威厳〔一〕がある。優しい信頼をこめて神に話しかけている。

この魅力的な顔は、他のもの以上だが、まだ可能であるものすべてを発揮してはいないようだ。剝きだしの腕の色は少し黄色に変化し変質している。それは大理石の磐を抱えているが、そこには次のような言葉がある。

洪水が方舟を持ちあげる〔1〕

『リンボ』の額絵は、あいかわらず私には魅力的に見えるが、とりわけ観る人の右手にある女性たちの側が魅力的に思える。私がそれを感心して眺めていると、一人の庶民の男がそれを説明しに近づいてきた。本気でその男を追い払わせ、私は傲慢な様子で絵から離れた。

（一）威厳、つまり何か偉大なもののために、自然な振舞いで何か偉大であることをする偉大な魂。

第四十五章

私の批評的考察は、他の人の趣味を私の趣味に代えさせることしか目指していないような気がする。私はこう言われるだろう。「あなたの趣味がデュパティ院長の趣味よりもいいというどんな証拠をお持ちですか」と。いかなるものもない。ひとつのことしか断言できないが、それは私の考えることを私が書いているということだ。おそらくヨーロッパで、私のように考えている人は、八人から十人はいる。面識はないが私はこれらの人を愛している。この人たちは、私に激しい喜びを与えることができるだろうと思う。他の人については、芸術の観点で、彼らにもっとも容赦ない侮蔑を抱いていて、彼らを忘れることしか望んでいない。もし私が彼らに知られるものなら、おそらく少し憎しみを足して、私は彼らに同じ気持ちを抱かせることだろう。こうして私たちはお互いに知らずにいることでのみ得をするのかもしれない。

しかし、以上のことは、おそらく私の意見にはいかなる真実もないということを言っているにすぎないのだ、と私は痛感する。

こうして、ルーベンスの作品のなかで、私にはとても滑稽に思われる赤い影の理由が分かりはじめる。つまり、私のような弱い視力を援けるためなのだ。

さらに、ルーベンスは、彼の描く女性の乳房や膝の品のなさゆえに、またカラッチ一族は、彼らの黒い色調と彼らの描く顔の陳腐な様子のために、決して私に多くの喜びを与えない（一）。

サンタ・クローチェのニッコリーニ礼拝堂の鍵が開くのを待ちながら、私はジャコモ・リゴッツィ・ヴェロネーゼによる聖ラウレンティウス殉教の絵を注意深く眺めた。

昨日はどうしようもないミサのためにこの絵を観られなかった。ミサはしばしば私の邪魔をした。今朝……〔カルミネ教会〕で、ミサのためにマザッチョの絵画を観るのが妨げられた。主祭壇の前を通りながら、とても不器用に跪く。

これまでの、慎ましやかで、とりわけ真実な指摘を読まれたと思うが、リゴッツィの聖ラウレンティウスについては、私は次のように言っておこう。登場人物たちが鰊《にしん》のようにひしめいているし、ローマの行政官は聖ラウレンティウスの肉体を焼く煙で窒息させられるにちがいない、と。それが私の視力の弱さのせいなのかどうか分からないが、大部分の画面は空間が不足している。もし二倍以上大きな画布に人物たちが散っていれば、それらはもっとずっと心地よいと思われただろう。

聖ラウレンティウスの下肢の先端はひょろ長い。これさえなければ、一人の美青年だ。彼の腰は燃えはじめているようだ。彼は天空を見つめているが、彼のあとから火刑にされる最初の僧にあるような表現の四分の一も彼にはない。この主題が喚起する崇高な表現からほど遠いと判断されよう。

画面の上方に天使たちがいる。それは無益に効果を少なくすることだ。つまり、殉教聖人が天使たちを見るや、彼にはもうほとんど価値はない。澄み渡った大空が必要であろうし、そうすれば殉教者は空を覗きこむことも可能だろう。

別の間違いは聖人同様に処刑執行人を裸にしたことだ。それが効果を壊している。彼らは着衣でなければならないし、聖人だけが裸で、彼の表情がよく見えるように置かれなければならない。

（一）　私がこう書いたのは、相変わらず下品に見えるルーベンスのためでなく、カラッチ一族のためである。（一八一三）

第四十六章

これはAから出てEに至る河だ。レオポルトシュタットの丘[1]がこの河にまわり道をさせている。

この河が私に説明するのは、どうして同じ性質の二つの魂が、精神の程度を異にして、逆らい合っているかだ。たとえば、Lb夫人[2]と私は、感受性にはいくつかの共通点があるが、彼女にはエルヴェシユスの類のどんな観念もないので、彼女は矢印L、私は矢印Bのように行き、彼女はレオポルトシュタットの丘に気づかず、私たちの方向が反対であると思っている。そのために何ごとも私は彼女に賛

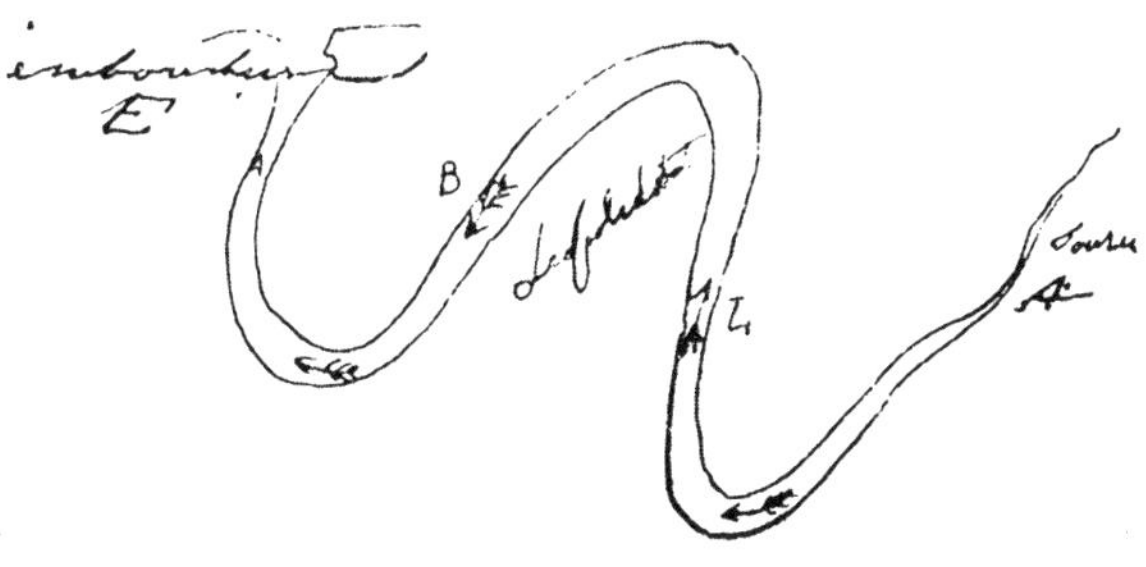

E＝河口方向、L～B＝レオポルトシュタット、A＝源流方向。

同できない。少しの才知があれば、私たちは理解し合うにちがいないと互いに認めることだろう。

この河の迂回によって、私の性格の変化を説明する。十二年前だったら、カノーヴァによって制作されたアルフィエーリの墓碑の「イタリア」像の様子は私に嫌気を起こさせたことだろう。私はそうとは思わずに、キュブリー嬢の顔のような顔を欲し〔芸術に求め〕ていた。フランス的な気取った品のいい小顔は、今日では私に吐き気を起こさせるだろう。河はつねに同じ勾配によって押し流されている。しかしその流れを決定する地形の偶然が、それを変えた。精神に入ってくる数かずの真実は、その流れを変える丘だ。

第四十七章

ピッティ――昔のピッティ宮殿である皇帝の宮殿を見た。

限りなく続き、このうえなく見事に高い天井の部屋の連続。家具はない。鏡がないのは驚きだ。偶然から小男の管理人に出くわしたが、私と同じく断固としてミラノ〔ナポレオン〕を誇りにしている。急ぎ足で彼は私にすべてを見学させた。私は明日八時に戻ってきて、彼が私を宮殿に缶詰にすることに同意した。

素晴らしい数かずの絵がある。サルバトール・ローザのマリンブルー〔海青色〕は私の心を打った。

ドイツ人の善良な使用人が、私と一緒に庭園をまわった。島の巨人と、アダムにもたれるイヴの姿勢を除いては、すべてが凡庸のように思われた。庭園はテラス状になっていて、心地よい眺望があるが、とりわけヴィア・ロマーナ〔ローマ通り〕側からがよい。

この名前だけが私の心のなかで反響した。(一) 私にとってミラノは長くイタリアでもっとも関心を引く町となるだろう。

何もすることがないので、今晩七時半に、私はアデール夫人のところに行った。(1) フランス人の心を見る私の態度を確認させるものが何かあるとすれば、それがまさにこの訪問だ。丁重さ、値踏み、そして冷淡さ。私なら単なる人間性と呼ぶ関心さえもない。彼女は私にいつ到着したのかとも訊いて下さらなかった。私の言ったことは上出来だったが、三、四年前から、彼女にいかなる感情も持っていなかったにもかかわらず、私は語調に少し熱をこめてしまった。もっとも、まったく別の女性に対してそうしたほどではなかった。私はまた少し混乱もしていたが、それは少し余計な動作によってしか表に出なかったかもしれない。産褥で、彼女がベッドにいるのを見た。四、五年をたえず会って過ごした人に対するこの無関心のほど！　以上が媚びを売る女性の心だ。彼女の目は生き生きし、鋭く、すっきりし、そしてかなりよかった。

私はいささかの不機嫌も落胆もなかった。私の唯一の悲しみは、人間の本性のなかに、もうひとつこの不完全さを観察したことだった。おまけにそこにはうわべがあった。彼女は私を夕食に招待したが、私が五時には出発すると言ったので、昼食に招待した。彼女の料理女のトワノン夫人は、以前によく会っていた誰かに四年後に思いがけず再会して経験する、あの自然な熱烈さをたっぷりと私に示した。

繰り返すが、パリだけにあるこのうえなく素っ気ないようなあの心を、私は久しぶりに眺める。私は不機嫌にはならなかった。

私が軽蔑していたあの地位が利用されているのを見ながら、私はちょっとした野心が湧き起こった。それには、わが親しいイタリア人たちを愛さないことが望まれるのだ！　アデール夫人が私に与えることのできるものすべてよりも、ピエトラグルア夫人との十五分の会話の方が好きではないということが望まれるのだ！

（一）ポルタ・ロマーナゆえに。（一八一三）

第四十八章

彼女のところから、私はイタリア人劇場に行き、アルフィエーリの『オレステス』を観る。スピード、復讐、雄弁が詰めこまれていて、少しの面白味もない。高尚すぎているように私には思える。彼の登場人物のなかにはまったくと言っていいくらい人間が感じられない。共感が生じるのに充分な人間味がない。

メラニーに顔立ちが似ている一人の若い女優が私の興味を引く。彼女にはエネルギーがあるが、十五歳だと聞いた。彼女は思春期初期の痩身《そうしん》である。彼女を落ち目の女優と間違えて、三十五歳だと思っていた。彼女はカルロッタ…という名前だ。隣席の人たちが私に教えてくれたのだが、彼女の姓は忘れた。彼らとイタリア語でアルフィエーリについて興味深く話しながら、友情を結んだ。

「彼の悲劇はしばしば上演されるのですか」

「とてもちょくちょくです。ここでは彼の悲劇はすべて許可されています」

そこにはL…夫人[1]の働きかけがあるにちがいない。そっちの天分は称讃に値する。

観客たちはアルフィエーリを受け容れていた。この悲劇の上演の仕方は、わが国よりずっと自然さとスピードがある。

オレステスとその妹は髪が長すぎ、それらをしばしば手に摑んでいた。

オレステスの役はタルマにぴったりのようだ。彼はその役では完璧だろうし、人間虎[2]を見せたことだろう。

アルフィエーリは、反発を買っているものの、私たち〔フランス人〕に対しては憎しみを抱き、それをこんなにも強く述べているが、この瞬間に、イタリア人の性格を形成していることは疑いない。すでに九月三日、ジュネーヴで下車したとき、ジャコモ〔レーキ〕とアルフィエーリについて話しながら、こうした考えを抱いたのだった。

ピッティ宮殿とボーボリと名付けられたその庭園を見た。テラス状の庭園、美しい眺め。

◆一八一一年九月二十八日

註　ここに一八一三年三月二十日にローマについて口述したものを書き写すこと。〔3〕

（十ページ空白）

第四十九章〔1〕

フィレンツェを片目でけちん坊の駅逓員と一緒に出発したのを思いだす。この駅逓員は、少なくとも若い頃にはなかなかの少年だったと思われる。私の叔父〔2〕の気質とすっかり似ているその気質から判断し、またローマにいるという妻から判断してのことだ。彼は彼女を建築家のカンポレージから奪い、しかも彼女はあらゆる点で彼をずっとうわまわっていた。彼女はすべてを捨て去って、彼にはあまりふさわしくない情熱を抱いて、彼のものになった。しかし彼はフランス人で、しかも外国にいるフランス人は、昔〔革命前〕同様、ブルジョワにとっての公爵夫人並み〔一〕だ。彼は常に愛想よくしている。

フィレンツェの街路は少しも明るくない。それらはひと続きの堅固な家で形成されていて、それらの家は、所有者がそこで攻囲に持ちこたえられるように建てられている。実際、これらの方々の何人かは、家をそうした使用に供している。シスモンディやマキャヴェリを見たまえ。動乱の共和国だったときに、この町ではしばしば戦闘が交えられた。

私は町をローマ門から出た。この門はボーボリ庭園の先にある。道はジグザグの登り坂だ。地平線は、プラート側では大きな樹木のない丘の連続で無残なものだ。フィレンツェで美しいものは、カルトゥジオ会修道士たちの丘のような町とただちに接する小さな丘だ。

フィレンツェからローマの周辺まで、土地は、たとえばナミュールの周辺に似て、起伏に富んで、これといったところがない。私の想像力は、それをわが懐かしのロンバルディーアよりも美しく心に描いていたが、これ以上美しくないものは何もないかもしれない。フィレンツェは、私の若い頃には、イタリア周遊の終点であった。そこにミショー将軍と一緒に副官として来た。〔3〕ピエトラマーラの立派な街道。アン・ラドクリフの小説群。本物の泥棒。わが将軍を護衛しながら、馬上でアリオストを読んだものだった。

生涯で私の通ったもっとも厭な山が、ラディコファーニの山だ。誰やら偉い君主がその立派な街道を作ったが、レオポルドだと思う。山頂に建てられた宿駅が、彼の配慮の名残だ。しかし整備されてない街道は、昔舗装に使っていた大きな石で再び覆われている。おまけにこのレオポルドにはどんな天賦の才もなかったし、才知さえもなかった、と思う。しかし彼は善行を望み、分別があった。小国の良き王、もしくは知事であるためには、もはやそれは必要のないものだ。

シエーナでは十五分しか過ごさなかった。その街路は狭いが、それは暑さを避けるためだ。そしてその家々はどっしりとしている。

（一）　ジャク氏についてのショーヌ公爵夫人の答え。〔4〕

第五十章

ローマに近づくにつれて、土地は美しいイタリアの相貌を取り戻す。アクワペンデンテのとても素晴らしい地平線を望見する。

ヴィテルボの町は明るい。町を出るときに通る森は、樹木が立派に茂った丘となっていて、見た目に心地よい。

泥棒が心配だが、私たちは憲兵に護衛されている。ローマを取り囲む荒れ地に入る少し手前で、右手に湖の美しい眺めがある〔1〕。

このたいそう不衛生な荒れ地は沼地だと想像していた。しかし全然違って、それは変化の多い土地だ。しばしば登り下りがある。土地囲いが樹木の縁取りになった。土地はとても風光明媚だ。

サン・オレステ山を認める。それはホラーティウスの歌ったソラクテ山だ〔2〕。ついで、いくつかの丘の麓に大きな建物群を見る。それがローマだった。一瞬後、私たちの右手にサン・ピエトロ大聖堂を見た。すると副馭者が、私たちの通ってきた道で前々日に起こった盗難の話を語った。前の便で、満席だったために私がフィレンツェで乗れなかった便が止められた（サルタート）。盗人たちは駅逓員と旅客を地面に伏せさせ、旅客から二〇〇ルイ取りあげて、殴りつけた。盗難はかなり変わったやり方で実行された。泥棒の一人が死人のふりをして街道の真ん中に横になっていた。駅逓員はこの死人を無視して、止まらずに過ぎた。百歩先で、男たちが出てきて、なぜあの男が殺されたか知っているかと彼に訊いた。彼が答えているあいだに、彼らは副馭者を脅して馬を止めたとのこと。その泥棒どもに、まもなく死人と称していた男が合流した。

第五十一章

ポポロ門には何ら注目すべきものはない。ミルヴィウス橋はきれいだが、小さい。ポポロ門の向こうに見られる三叉路と、大通り《コルソ》の左右にある二つの教会も同様だ。そこには、それらの教会を建てさせた枢機卿の名前が大きな文字で読める。私のローマ滞在の最初の日々のあいだは、こうした銘文への偏執に衝撃を受けた。皇帝の宮殿〔1〕では、おそらく十フランもしくは十二フランもしない粗末な木製の塗りベンチが、それらを作らせた教皇の名前と紋章を付けている。

しかし次に、ローマと同じくらい個人が公衆のために多くの建造物を建てたところはどこにもない、と私は考えた。これら個人はほとんど全員が独身であり、彼らのあとに、彼らの記憶を誇りにするいかなる家族も残していなかった。したがって銘文の虚栄心は赦されるべきだし、虚栄心がこれほど美しいものを私たちに残してくれたとは、私たちは恵まれすぎている。

私の駅逓員は、私のご機嫌を取り、彼の妻が経営する宿に泊まるように言った。完全に捉まったと思ったが、早く記念物を見にいきたいと望んでいたので、為すがままに任せた。宿はまずまずよいように思えた。私はただちに馬車を呼ばせた。それがくるのが少し遅れたので、サン・ピエトロ大聖堂へ行くために歩きはじめた。私の呼んだ小型四輪馬車と遭遇して、これに乗り、サン・タンジェロ橋、トラステーヴェレ通りを越える。そこでは民衆のなかに立派な顔の人たちがいた。チュレンヌが語ってくれた逸話《行っちまえ、さもなきゃ、もう決して行けないぞ》を思いだした。それらの顔つきは、政府に少しも抑えつけられなかったあの偉大な根性を表していた。

サン・ピエトロの正面にはそんなに心を打たれなかった。気に入らなかったのは、柱が壁に半分食いこんでいることだ。反対に、二つの噴水は、私には見事に思えた。

第五十二章

サン・ピエトロの内部は大いに気に入った。とりわけカノーヴァによるベネディクトゥス十四世[1]の墓碑のなかの「宗教」の像の姿に強く印象づけられた。この像は、少女のような莢《さや》状の服を着ていて、私には多くを表現しているように見えた。盆暗どもは今日それを非難し、カノーヴァ本人もそれを手直しすべきだと思っているのだと言っている。それは確かめなければならないことだろう。

私はしばしばサン・ピエトロに通う。そして、それはローマ滞在中にしっかり見た唯一の記念建造物だ、と思う。

モンテ・カヴァッロの皇帝の宮殿に行った〔2〕。パセ〔マルシャル・ダリュ〕氏は、そこに泊まるように強く望んでいた。彼の妻と彼は何度も懇願した。おそらく拒むのは間違いだったのだろう。というのは、彼らは少し怒っているように見えたからだ。私はナポリからの帰りに、彼らのところに寄ると約束し、そしてそれを実行した。

パセ氏の家で、ランテ公爵夫人、ミヨーリス伯爵に会った。昔伯爵がマントヴァで指揮を取っていたあいだに、私は彼と面識を持った。ブレッシャで彼が友人のミショー将軍を訪問したときに、将軍の副官だった私を少しは見ていた。私は思いだされないように逃げた。つまり、公式の晩餐のためにローマでの私の時間を失いたくなかった。それが、ナポリへの出発前日にしか偉い人たちに会いにいかなかった理由だ。あちこちで晩餐に招かれたが、出発を口実にして招待を逃れた。パセ氏は私をランテ公爵夫人に紹介した。彼女は私に対して自然で完璧な丁重さを示した。私が音楽を聴くために旅行していると耳にすると、木曜のコンサートで演奏する曲を選んでくれるようにと私は依頼された。実際に、私が求めた二、三曲がそこで歌われた。旅行しながらひとつの目的に打ちこむのは旅行者の礼儀に適う。それは新しい知人たちから、相手に何を言っていいか分からないという困惑を取り除き、また、その知人たちに、相手の告げた芸術へのありったけの熱狂を伝える機会を与える。私は音楽に充分な関心を抱いているので、いつも音楽のうしろ盾を得られるほどだ。ミラノでは、音楽によって、たちまちにランベルティ夫人の老いた伯父上から友情を獲得した。

第五十三章

このコンサートは、誇張なしに魅惑的だった。公爵夫人とその仲間は、おそらくイタリアに二つとないような一団を形成している。彼女はその館に劇場を持っていて、ツィンガレッリが『エルサレム破壊』を作曲したのは、この劇場のためだ。ランテ夫人は、このオペラがパリで総崩れになったやり方をたいそう嘆いていた。そして実際、彼女とその仲間によって歌われると、それはまったく別物で、私にはとても興味深かった。彼女には七人の情人がいた、と言われているが、私は八番目になりたいものだった。

わがフランス人たちはこのコンサートでかなり異様な顔つきをしていた。音楽への愛によって、楽しむために仲間と歌う公爵夫人以上に、フランス人の習俗からほど遠いものは何があるだろうか。そしてこれらの仲間は『秘密の結婚』の二重唱「あなたの体が息をし続ける限り」[1]を、このうえなく愉快なあらゆるおどけた悪ふざけを使って演じた！　わが哀れなフランス人はこれにすっかり啞然としていたが、なかでも、大審院判事は、十字架を手にして黒い身なりで、ひと晩中、エジプトの彫像のように、椅子の上で両脚をピタッとつけて釘付けになっていた。

ノルヴァン氏はとても意地悪そうな様子で、喋り続けていた。彼の性格は、私に彼を見ないようにさせるほどの嫌悪感を抱かせた。それはおそらく、一八一一年十一月二十八日の闘いで私が負けた原因のひとつだ[2]。

第五十四章

パセ氏は私をカノーヴァのところに連れていった。この真に偉大な人には、私たちのあらゆるちっぽけな細かさとはほど遠い素朴さがあるのを発見した。彼がアトリエに使っている五つないし六つの部屋で、彼の仕事のやり方を見守り続けていたが、彼はその仕事から、肉体的に骨の折れるものすべてを取り除いた。

彼のために粘土の塊が用意されると、彼はそれを用いて頭のなかにある彫像を作る。弟子たちはこの土の上に石膏を被せ、型を作り、彫像の複製を石膏で作る。カノーヴァはそれを完成させる。彼の弟子たちは石膏製の彫像の正確な複製を大理石で作る。大理石像はカノーヴァ個人のアトリエに運ばれ、彼は仕上げをする。以上が大理石に取りかかる彼の唯一の仕事だ。それは何度か鑢《やすり》をかけることに限られる。

私が彼に話しかけたのは、確かに地上でも比類のない場所である、このアトリエでのことだった。

（三ページ白紙）

第五十五章

私が話した盗難に、ローマではすっかり怯えている。ナポリへの街道はまったく無法状態だと噂されていた。パセ氏は親切にも出発しないように私に忠告して下さった。彼はそれに多大な関心を寄せていた。彼の妻も同様だ。彼らに対して、様子を見ている時間はないと私は答えた。

ローマで四、五日過ごしたあとで、私は郵便馬車に乗って出発した。そして街道ではわずかな危険にもぶつからなかった。ポンティーナの沼を横断するときに、私は《四盗人のワイン酢〔1〕》にたっぷり浸かった。そのうえ、激しい恐怖は現地に入ると消えた。それは私に、サン＝ベルナール峠やモン＝スニ峠について、ハノーヴァーからヴェゼルへの道について言われたことを思いださせた。コロッセオに沿う道を通ってローマから出た。

コロッセオが私に与えた印象を、その時に書かなかったことに苛立っている。それはひとつの劇場でしかなかった。半分以上が廃墟になっていた。私をかつてないくらいに感動させた唯一の建築だ。

それは涙が出るほど私を感動させて〔2〕、サン・ピエトロにとても冷淡になった。これらローマ人とは何という人たちだろう！　実益以外のものはなく、理由のないものは何もない。

ただ独りでコロッセオの真ん中にいて、小鳥が歌うのを聴いていると、私は涙を抑えられなかった。鳥たちはいちばんうしろの挟廊の上に生い茂る草叢のなかで巣作りしているのだ。コロッセオから出ると、私はストラーダ・A（一）という名の道〔3〕を通った。私はとても心和んでいた（二）。

（一）　私はそれを彼女への手紙に書いた。

（二）　この日記は、感じたものと較べると、恐ろしく冷たい。私が感じたことを目に見えるようにすることができなかった。これにこま切れ

の時間しか使えなかった。（一八一三）

第五十六章

◆一八一一年十月九日〔1〕

ガエタ周辺で、ついに道の先に海を認める。モラ・ディ・ガエタの心地よい眺め〔2〕。ナポリ、この上機嫌の町まで素晴らしい土地だ。ローマは崇高な墓だ。ナポリでは笑い、ミラノでは愛さねばならない（二）。

ナポリ——私は一八一一年十月九日に、城塞広場のアルベルゴ・レアーレに入り、ヴェスヴィオ火山を正面に見る広く美しい部屋で、これを書いている。

ナポリについての条《くだり》を書くために別のノートを出そうとしたが、それがもう見当たらなかった。ナイフとこのノートだけを失くしたのにも気がついた。気分を悪くするには及ばない。失くしたノートには、スイスのヴァレー地方についてとローマについてのいくつかの話、ランテ公爵夫人、パセの味気ない家のおかげでローマ滞在を覆った憂鬱のことが書き付けてあった。

ローマを……〔3〕日の夕方五時半に出発した。席を自分の裁量で決めることを望んだ駅逓員は、早くても出発は六時だと私に言った。それで私は五時半に行った。彼はもう出発していた。私は辻馬車で追いかけた。旅行中は腹を立てないと決心していたので、私は何も言わなかった。かなり辛い旅だ。最初の夜は少し泥棒を心配した。モラ・ディ・ガエタで夕食をした。宿の立地。海とガエタの素晴らしい眺め。

ガリリャーノでの小休止。私が金をあげた兵士を私が確認できるように、士官が兵士全員を渡し船から出させたことで、私の極度の思いやりは傷つく。

私は十月五日午前三時半にナポリに到着する。遠望しただけで町の正確な概要が摑めたことがただちに分かる。三時半だというのに、目覚めている七、八人の男が城門にいた。私の旅行用鞄を持つことをめぐって、二人のラザローニ〔第六十三章参照〕のあいだで口論。アルベルゴ・レアーレに泊まる。そこからは完全にヴェスヴィオ火山が見えるが、海は見えない。ランベールは私をキアイヤの美しい海岸に連れていきたがったが、そんなことになったら、たえざる太陽の光に炙られて目を眩ませられたことだろう。アルベルゴ・レアーレで午前だけ太陽を浴びる。

旅行のあいだ、私が愛情をこめて五人の女性のことを思っていること、そしてこの五人のうちの一人との待ち合わせが愛の歓びを与えてくれるだろうということに気がついた。この五人の女性は、アンジェラ・ピエトラグルア、パルフィ、メラニー、リヴィア・ビアロヴィスカ、そしてアンジェリーヌ〔ベレーテル〕だ。

私は最初に名をあげた女性に恋していると思う。少なくとも、ボローニャ以来、行く先の場所にいるよりも、彼女と一緒にいられたらその方がいいといつも思っていた。私は日に七、八度、愛情こめて、夢想とともに、彼女のことを考えている自分にハッとする。呼吸は速くなり、やっとのことでこの甘美な思いから抜けだす。

ナポリでも、ミラノを除いたイタリアの他のところでも、貧弱な音楽に出合った。それはオデオン座を見直させる。パリを出るとき、神々しいイタリアを去るときには嫌悪を抱いてパリに帰るとしか思っていなかった。社交の場と友人たちの不足をイタリアで体験し、遅れた文明の状況が付随的な小苦痛を与えるが、もしピエトラグルア夫人への愛が私を心優しい愛惜で充たさないならば、これらのために、私は喜んでパリへ取って返すことだろう。私が体験しているものは、心のなかでどんな風に考えても、愛に属するものと思われる。私はミラノへ戻りたくてじりじりしている。何ごとも私の心を動かさない。もしミラノを飛び越していたら、見るものに私はもっと敏感になっているだろう。たぶんアンコーナには行くまい。

到着の翌日は日曜日（一八一一年十月六日）で、国王[4]によるキアイヤでの観閲式が予告されている。私はこの散歩場の樹木の下に、ランベール、その妻および子爵〔バラル〕と一緒に出かけた。国王は一向に来なかった。そこで二、三時間を過ごし、少しうんざりした。

その翌日、私たちは七時に出て、ポジリポの洞窟を通り、シビュラの水浴場を見て、アポロの神殿で昼食、ルクリーノ湖、ネロの水浴場を見る。ここでは私は着ているものを脱ぐが、ランベールやバラルほど遠くへ行かなかった。

私たちは船に乗り、ウェヌスの神殿、メルクリウスの神殿、等と不適切に名付けられた共同浴場を見学する。ポツオーリの方へ戻り、セラーピスの美しい神殿の遺構を見る。私たちは悪い空気《アリア・カッティーヴァ》が漲るこの町を再び横断し、ソルファタラに登る。疲れた。やっとナポリに戻り、夕をバラルおよびランベールとお喋りして過ごす。

（一）私が一八一三年に書いた分の終わり。ここで古い原稿に再び戻る。

第五十七章

◆一八一一年十月八日火曜日

私たちはポンペイへ行く。そこは私の旅路の最南部になるだろう。私たちはポンペイの街路を巡り歩く。ヘルクラネウムの劇場のなかに降りる。仮面劇の印象。『ウェスタ神殿の巫女〔ヴェスターレ〕』ではあくびと居眠りが出るが、サン・カルロ劇場には感心する。天井は粗悪。正面は眺めて心地いいように思われ、しかもそれがまさに劇場であって、寺院でないことをはっきりと示している。わが国の連中は造れるものならそんな劇場を造りたがっている。（一）

（一）見事な正面で、熱にあふれている。（一八一三）

◆一八一一年十月九日水曜日

町に残っている。(一) ストゥーディつまり博物館を見る。絵は貧弱だが、肖像彫刻は大部分が自然さの点で美しい。ヘルクラネウムの劇場の創設者バルブスの彫像は乗馬姿だ。

すでに年輩に達しているローマ婦人の滑稽さ。彼女らの肖像をウェヌスの姿で作らせている。シュトロンベックが指摘していたように、すべてのウェヌスは「メディチ家のウェヌス」の姿を取り入れている。

私はトレド通りを感嘆して眺める。それは私の見たもっとも美しい、そしてとりわけもっとも人が多い通りだ。ベルリンにはもっと真っ直ぐで、もっと広々とした街路がある。それはフリートリヒガッセだと思うが、しかし家々はあまりにも高さが充分でなくて、しかもそこには、トレド通りを往来する人数の百分の一も見られない。(二)

トレド、キアイヤ、そして町のポルティーチ側の部分は、世界でも独特だ。これは誇張ではない。私は社交界を除いたナポリを見た。私にとって、それはなきに等しかった。よい音楽があれば、それは私の元気を取り戻したろうが、拙劣な音楽しか聴かなかった。すなわち、『ウェスタ神殿の巫女』、フィオラヴァンティの『クレキのラウル』、そしてパエールの『カミッラ』だ。もしここに、たとえば、ミラノのピエトラグルア夫人の、あるいはランベルティ夫人のもののような社交界があったら、そういった場所を見て、習俗についての観察を加え、私にもっとずっと多くの楽しみを与えてくれたことだろう。逆に、ランベール夫人の才知の欠如や品のなさにはうんざりした。

(一) 一八〇三年には、ナポリは四十五万の人口だったとのことだ。(一八一三)

(二) それは反対の相貌だ。清潔、静寂、陰気。(一八一三年一月の観察による)

第五十八章

◆一八一一年十月十日木曜日

午前一時、私たちはヴェスヴィオ火山に向けて出発する。

一行は、子爵〔バラル〕、ロング氏、その妻、そして私。ロング夫人はまずいことに登山道の真ん中の、火山礫の上にいて、子爵が彼女に救いの手を差し伸べる。ロング氏はすでに上の方にいた。私は中腹で、子爵を注意深く見ていたが、極度に疲れていた。

四時半に隠者の家を出て、なおロバで一リュー〔約四キロ〕を行き、そして最後に私の生涯でいちばん苦しい登山を企てる。急がないようにしなければならず、また隠者のところでは何も食べず、噴火口で食事をした。

噴火口の底で奈落の煮えたぎっている様が見られないので驚いた。一瞬の暇を見て描写。

おそらくこの世でもっとも美しい眺めは、隠者の家から見る光景だ。一冊の本があり、下らないことにそこにはフランス評議会議員ビゴ・ド・プレアムヌーという署名がある。分別のあるものがひとつもないのに驚く。スタール夫人とシュレーゲルの名前。

ラクリマ・クリスティは私には飲めたものでない。それは一本一本に二リーヴル〔約一キログラム〕の砂糖を混ぜたブルゴーニュの普通のワインというところ。まさにその通りで、マスカット葡萄の味もしない。

今日十月十日でも葡萄の木に実がなっている。

私たちは一時半に帰ってくる。宿駅に行くが、閉まっている。五時に再び行き、十月十一日の郵便馬車で出発するために席を取る。席はナポリからテッラチーナまで四十フランの値段だ。四ないし五フラン誤魔化されている。

夕方もう一度キアイヤに行く。サン・カルロに再び入るつもりでいたが、疲れの方が勝り、十時に寝る。

◆一八一一年十月十一日金曜日

今朝六時に、二つの山のあいだに昇る太陽に輪郭が照らされて、ヴェスヴィオ火山は美しい光景だった。左手の高くない方が古ヴェスヴィオ山だ。そこでは石を削りだしている。ナポリからはこの山は横の姿しか見えない。今日活動しているヴェスヴィオ火山はもう少し高く、もう一方の右手にある。

ナポリの人は声を限りに叫び、たえずものを訊ねている。辻馬車の馬はとても早く走り、それは石畳を軋ませる。王宮は立派な様子だ。王室の経費はとても豊富だと言われている。

いかなる君主もナポリ王の別荘に匹敵できるものはひとつとして持っていないようだ。それらはポルティーチ、カステラマーレ、カゼルタ、カポディモンテにある。カポディモンテは、田舎にありながら、おそらく世界でも独特な景色を眺め、サン・カルロ劇場からも十五分のところだ、と思う。王室経費の管理係でいるのは、快適な地位だ。

ジョゼフ王の逸楽。彼はラシーヌを読んだり、宮廷の婦人たちに読ませたりした。彼女らは、男抜きで、夕方の八時ないし十時に国王の側に集まっていた。若くきれいな娘たちについては、呼ばれなかったが、彼はこの娘たちで狩のグループを作り、ディアナの衣裳をさせ、カポディモンテの別荘で彼の側に仕えさせようとした。愛想のいい人のようだ。彼には長くミエ夫人がいた。彼は楽しむ術を知っていたが、王様たちのなかではかなり稀なことだった。（一）

（一）〔この最後の段落を〕一八一三年三月二十九日書き写し終える。ここにナポリの音楽家と習俗についての叙述を口述すること。『格言断片』二巻、フランス語に翻訳すべきよい本だ。

第五十九章（一）

ナポリの音楽――いくらか良識のある司祭が、一八〇三年にナポリ案内を出版した。私は彼が音楽について述べていることを、これはかなり短いので、抄録しよう。それにしても私には自身で何かを観察する時間がなかった[1]。

ナポリには四つの音楽学校があったが、一八〇三年にはもう三つしかなく、およそ二百三十人の生徒がいた。これらの学校こそが、私によれば、世界でもっとも偉大な音楽家たちを輩出したのだし、それはとても当然のことだ。つまり、ここは最高に音楽を愛する土地だからだ（二）。五十人のラザローニには、日曜日にベルジェール街の音楽院で聴き惚れるすべての聴衆よりも、この芸術に対する本物の愛情がある。ナポリが生みだした大芸術家は一七二六年頃に存命していたが、その頃パリでは摂政公のもとで、習俗がとても元気だった。

追随者でしかなかった者たちと、流派の指導者たちを分けるのは自然だ。

その指導者たちの先頭にアレッサンドロ・スカルラッティがくる。対位法の技法は彼に負っているゆえに、近代音楽の創始者と目されている。彼はメッシーナの人で、一七二五年頃に亡くなった。

ポルポラは一七七〇年頃、九十歳で貧しくして死んだ。彼は劇場で数多くの作品を上演し、その作品群は手本と見做されている。彼のカンタータはそれらよりもっと優れている。

レオはその弟子で、師を越えた。彼は一七四五年に四十二歳で死んだ。彼の手法は真似できないものだ。『デモフォオンテ』のアリア「ミゼーロ・パルゴレット〔哀れな幼な児〕」は、表現の傑作だ。

フランチェスコ・ドゥランテは、ナポリ近郊の村グルモに生まれた。彼は対位法を易しくした。彼のもっとも美しい作品は、二重唱にアレンジしたスカルラッティのカンタータだ。

（一）一八一一年の私のイタリア旅行記に、これを書き写しながら、付け加えたいくつかの断片の草稿。

（二）　私はヴェネツィアには行ったことはない。

第六十章

考案者ではない音楽家の第一位にヴィンチが位置している。劇のために書いた人たちの父だ。彼の大きな価値は、もっとも生き生きした表現を、対位法のこのうえなく深い知識に結びつけたことだ。彼の代表作はメタスタージョ台詞の『アルタクセルクセス』である。一七三二年、最盛期に、噂によると毒薬を飲んで死んだ。

ジョヴァンニ・バティスタ・イェージはマルケのペルゴラに生まれた。そのために彼はペルゴレージと呼ばれた（一）。ドゥランテに師事したが、二十五歳で死んだ。この偉人のことはご存じと思う。彼の代表作は『スターバト・マーテル』、『オリンピアーデ』のアリア「もし彼女が求めもし言うならば」、喜歌劇の分野で『奥様女中』だ。マルティーニ父は、ペルゴレージが自然に喜歌劇《ブッフォ》の分野に導かれ、そして『スターバト・マーテル〔悲しみの聖母は立てり〕』のなかにまで陽気な主題があると言った。

ハッセは、イル・サッソーネ〔サクソン人〕と呼ばれ、アレッサンドロ・スカルラッティの弟子だった。

ヨメッリはアヴェルサに生まれ、一七七五年に死んだ。彼は多岐に渉る才能を示した。「ミゼレーレ」と「ベネディクトゥス」は高貴で単純な手法を用いた彼のもっとも美しい作品だ。『アルミーダ』と『イフィジェニア』、これらは演劇のために彼が最善を尽くしたものだ。

グルックはナポリで育った。彼のジャンルが表現ではないことは知られている。彼の作品は仰々しく壮麗で、私をうんざりさせる。

ダヴィデ・ペーレーズはナポリで生まれて、「クレド」を作曲した。これはオラトリオ会教父教会で、いくつかの荘厳祭式のときにまだ歌われていて、原曲のままにそれが聴かれるだろう。こうして彼は、レオ、スカルラッテイ、ポルポラ、そしてドゥランテと同じように扱われている。
トラエッタはサッキーニの師匠だった。彼には、より多くの才能があると見做されている弟子よりも、芸があった。サッキーニの性格は愛すべき親しみやすさである。彼の正歌劇《セリア》作品のなかでの叙唱「ベレニーチェ、何をしているの」は、それに続くアリアとともに高く買われている。

ドイツに生まれたバッハは、ナポリで育った。彼の作品を生き生きとさせている優しさのために愛されている。彼が二重唱「二度とやきもちを妬かないなら」に基づいて作った音楽は、もっとも素晴らしいマエストロ〔作曲家〕たちがこの詞に基づいて作曲したもののなかで、優位を保持している。この作品のなかで、バッハはとくに皮肉をうまく表すことに成功した。以上の音楽家たちはすべて一七八〇年頃に死んだ。

ピッチーニは高貴な手法でヨメッリのライヴァルだった。彼の二重唱「この淋しげな影のなかで、おお愛しき人よ！」以上に好まれているものは何もないかもしれない。おそらく彼は現在の滑稽劇《ブッフォ》の創始者と目されているにちがいない。

パイジェッロ、グリエルミ、そしてアンフォッシは彼の弟子筋の者たちで、さらにこの弟子たちのあとを継ぐ一人の作曲家がいる。ガランティはチマローザのことを話していない！…。一八〇三年にはナポリでその名前をあげてはいけなかったからだ。

（一）彼〔ガランティ〕はペルゴレージが〈梅毒によって〉二十五歳で死んだと言う。これはバカな男の言うことだ。しかし彼はどうにかパイジェッロ、グリエルミ、アンフォッシの名前をあげている。——一八〇三年に、彼は芸術の頽廃についてがなり立てている…。彼は正しい。（ランベールの註）

第六十一章

ナポリはまた素晴らしい歌手たちを生みだした。カッファレッリ、ジッツィエッロ、そしてファリネッリが引き合いに出される。この最後の歌手は、スペイン王フェリペ五世の大臣になったことで知られている。思いも寄らない幸運の只中にあって彼は謙虚であった、とデュクロは語っている。彼は幸運を手に入れたものの、それがあまりの退屈をもたらしたと思っていた。

カッファレッリはナポリに館を建てさせ、そこに次のように刻ませた。《アンフィオンはテーベを造り、わたしはこの家を造った》

ナポリには今日六つの劇場がある。それらはほとんどいつも開いている。第一に、誰もが知っているサン・カルロ劇場がある。他の劇場は、フォンド劇場、フィオレンティーニ劇場、ヌオーヴォ劇場、ポンテノーヴォ劇場だ。そして最後に、私の宿の隣では、地下で喜劇を上演している。誰もが、現今ではナポリの音楽は衰退状態にあると考えている。

第六十二章

ランベール氏は、様ざまな幸運を体験し、六年前からナポリ王宮で雇われて活躍しているが、習俗についていくつかの報告書〔1〕を作成している（二）。それに基づいて、私は習俗の章もまた抜粋しよう。私がナポリに住んだ五、六日のあいだには、この種のいかなる観察をもしなかった。それでこれらの詳細は間違っているかもしれない。しかし結局、それは現地で集められた間違いであり、あの魅力的な海に反射するナポリの太陽を見たことのない連中がパリで出版したものよりは、もっと真実に近いにちがいない。

ナポリの政府はしばしば変わり、決してそんなに強固ではなかった、と思う。したがって、そこでは風土から生まれ、法によってあまり歪められていない立派な性格が見られる。

ナポリでは、ナポレオンの王朝以前に、貴族に二つの階級があった。第一の階級の貴族は、多くの身分的特権を享受していた。例外なしにすべての問題が、二、三千の法律家によって処理されていた。これらの習俗はオペラ『モリナーラ』のなかで見られる。そこでは、書くことをあまりよく知らない男爵が、たまたま居合わせた一人の法律家に愛の告白を書き取らせている。

ナポリの多くの貴婦人たちは、書き送られてきた恋文に、大きな紙へ公文書のような文体で、同様にして返事を出したと言われる。

ナポリでは、男の方が女性よりも美しい。上流の女性にはふんだんに自由がある。彼女らは独りで、もしくは恋人と一緒に外出する。夫が妻と一緒に出かけるのは職人のあいだだけのことだ。

ナポリの知ったかぶりたちの言うことだけを拠りどころにすれば、娘たちが少ないのを喜ぶという。彼女らが大いに競い合うことを考慮に入れるなら、娘たちは割に合わないというわけなのだ。(二)

人口稠密で、独身者であふれていて、しかもこんな風土のもとでは、町でどんなことが起こるか分かろうというものだ。囲われている女性たちがいるが、彼女らは、余所と同じように、二人の情人で我慢していて、その一人は金を払ってくれる金持ち、もう一人は結婚したいと目論んでいる相手だ。(三)

たくさんの召使いが雇われている。というのは召使いに大きな経費がかからないからだ。(四) 少しでも敬意が払われたければ、召使いを雇わないで済ますことはない。しばらく前から、午前は下僕を連れずに外出することも可能になっている。しかし夕方頃、上流の男にはこのお供は絶対的に必要であり、それに夕食後はもはや徒歩で人前に出ることはできない。こうして、馬車のない人たちは、虚栄心を傷つけずに外出するために、太陽が沈むのを待つ。

三十年前には、下僕に至るまで、みんなが剣を帯びていた。フランス人の王たちがこの習慣をなくさせ、その習慣は棄てられはじめた。ナポリではパリと同じ身なりをしているが、ナポリの人とフランス人を見分けるのはたやすい。

（一）楽しみながら、短時間で書いた。カラブリアの人についての性格の見事な描写を彼〔ランベール〕に負っている。
（二）大きな競争を考えて。L〔以下ランベールをLと省略している〕
（三）ナポリの女性たちは世界一の妻になる。私は貞淑な娘たちのことを話している。彼女らは（……）を除いて、すべてに専念する。L
子爵〔バラル〕による確認済み。
（四）ほんとうのことだし、全般的性格について考察する価値がある。L

第六十三章

ナポリの人びとのなかで最下層の階級は、ラザローニという呼称によってヨーロッパ中で有名だ。この語はラザーリから生じていて、彼らが裸体ゆえに付けられた名前だ（一）。

彼らは街路や海岸で暮らしている。とりわけ市場の近くで見られるが、そこで彼らは社会の末端の仕事を手に入れる。彼らの所有するものといえばシャツと平織り布のズボン下に限られ、家もベッドもないときには、街路脇のベンチの下で寝る。

冬には、彼らは着るものに大きな毛布の切れ端を加える。それを一種の外套にする。これらの連中は、お分かりのように、生活必需品がなく、街路で、マカロニ、塩漬けの魚、野菜を食べているのが見られる。何も持ってなくて、何かを手に入れようという気づかいもない。

彼らの役割が必需品を彼らに供給するが、それらはほんのわずかなもので、彼らは穏やかに人生を過ごす。彼らはモンテスキューにうまい軽口を叩く機会を与えた（二）。

（二ページ白紙）

サン＝ノン氏はまた、彼らが一種の団体を作り、王を選び、この王はつねに政府によって年金を支給されている、と私たちに語ってくれた。（三）

彼らはフェルディナンド王をとても愛している。王は活気と、喜劇味と、下品な手振りにあふれた彼らの言語を話したものだった。

（一）　福音書のラザロ。

（二）　すべてこれは正確だが、僧侶であれば、この性格が不幸にも国民の性格の本質だと付け加えたことだろう。庶民においては一人として明日を考えない。その日その日が、良かれ悪しかれ、生きる糧をもたらす。——諸君のために働く平凡な労働者は、その週のための金があると、諸君に心底から尽くそうと思う。そこからほとんどすべての職人の寡婦や子どもの貧困が生じる。もはや物乞い以外の方策はない。したがって、私はこの災禍が当分のあいだ消滅するとは考えていない。それはこんな風に信じられている。労働者の妻は、厳密に言えば、その夫のメスでしかない。紡ぎ、あれをし、ミサに行く。あとは、野となれ山となれだ。——これは東方の習俗を思いださせる。Ｌ

（三）　旅行者の戯言だ。Ｌ

第六十四章

これほど豊穣でこれほど美しい土地の住民は熱狂的に快楽に耽る。これが彼らの支配的な情熱だ。私は、ここでは、悲しくも道理を弁えたあのたくさんの動物たちが見られるとは思わない。この動物たちこそ、良識ある人間という名のもとで、ヨーロッパ北部の町々において社会の基盤となっているのだ。ここの人びとは、怠惰や無気力や大食にとても溺れている。彼らは食卓の楽しみでは立派な作法を守っている。（一）

大切な日は、サン・マルティノの祭、クリスマス、謝肉祭、復活祭だ。その時は、すべてが豊富だ。朝、街路は莫大な量の食糧品であふれ返り、そしてすべてが一日で消費される。

金持ちの食卓ではとてもうまい食事が出される（二）。

（一）古い習慣の名残。しかしここではそれは熱狂だ。すべての機会に、従業員は彼らの月給を前払いされる。大蔵大臣はそのことを知らせてもらえさえしない。L

（二）これ見よがしの食事でない場合、すべてに渉ってひどい嘘だ。四分の三の家々では野菜スープとマカロニで暮らし、歯を使って荷車を曳いている。L

第六十五章

トレド通りの喧噪のなかを通ったことがないと、どの程度ナポリの人びとがやかましく、活発で、身振り手振りかを想像できない。ダンス、歌、楽器はみんなの趣味で、どんな時にも人を満足させる趣味だ。見世物になるものすべてに対する彼らの愛好は、あらゆる方面で明らかになる。人びとはタンバリンやカスタネットや、ギリシャ起源と言われるその他の楽器を大いに用いる。

ローマ教会のすべての儀式が華々しい祭なのは確かだ（一）。司祭たちは、もしこれに加担しなかったならば、とても阿呆で、自分たちの土地で力が持てなかっただろう。したがって、宗教は活気にあふれた迷信だ。祭の日には、教会は一種の劇場に変わり、布や音楽で飾られ、すべての椅子は、祭壇の方でなく、合唱席の方に向けられる。

ランベール氏の家にいたあいだ中、隣の聖母像のために耳が聞こえなくなった。その聖母の祭だったのだ。十分ごとに、三、四のトランペットが力の限りに鳴り響いていた。夕方、私たちが劇場に、あるいはキアイヤの海岸に行くためにその前を通ると、聖母像は隅なく照らされていて、子どもたちがその周囲を大喜びで跳ねまわり、聖母像を祝って私たちの脚に花火を投げつけた。この祭の費用はかなりのものであったが、近隣の人びとやコントラーダ・エジツィアカ〔エジプト人通り〕のラザローニによって大そうな熱意で負担されていた。

クリスマスのときには、救世主の誕生を、とてもうまく作られた人物像や風景でもって小規模に展示するプレセピオ〔1〕で、どこもかしこもいっぱいになる。それは家々のなかにも見られ、そのいくつかは趣味人の注目に値するものだ。建築、田舎家、廃墟、様ざまな衣服、動物、川、橋、山、空、遠景、すべてがそこでは限りなく巧みに作られ配置されている。

クリスマスには、人びとはプレセピオの前で、あるいは街角にある聖母像の前で、九日祈禱をする…。その時は山岳地方から頑健な百姓がやって来て、聖母像の前でコルヌミューズ〔バグパイプ〕やその他の吹奏楽器を演奏する。

（一）　すべてこれは真実。L

第六十六章

芸術に対するその土地の趣味は葬儀に表れている。金縁取りのビロードに覆われた車が使用される。何かしらの組合に所属していないナポリの人はほとんどいない。組合の仲間が交代で葬儀の手助けに従事する。

フランス人の国王になるまで、〔1〕土地の人たちは高価な布を身にまとうことを好んだ。その布は今では、もはやアパルトマンのなかでしか見られず、アパルトマンの大部分は壁が絹布で覆われている。この趣味は絵画趣味を凋落させたが、今日ポンペイやヘルクラネウムで発見された絵画が、かくしてアパルトマンを飾る流行を甦らせた。

ナポリでは、パリと同じく、宮廷が喪に服したとき、職人に至るまで、みんなが宮廷と共にあることを示し、黒い服を着た。

ナポリには多数のアイスクリームやコーヒーの店がある。（一）一日四六時中、それらの店は人びとでいっぱいだ。彼らは身振り手振りをし、とても大声で話し、通行人を眺めることに忙しい。ある階層の人はそれでもあえてコーヒー店に居座ろうとはしない。彼らには、コーヒー店に代わって会話サロン（二）がある。

ナポリの人は政府にとても服従している。しかし彼らは何ごとについても話し、何ごとも決めたがり、彼らは大声で叫びながら決めている。(三)

いちばん零細な職人でもコーヒーを取るが、コーヒーはそこでも、フランスのように、ワインを一杯やる習慣の代わりになっている。

ナポリの会話サロンの大きな欠点は退屈だ。政府と諸状況は、会話サロンで愉しくできるようには態勢が整っていない。そこでは情報屋が好ましいものとして追いまわされている。(四) それだけで、注意深い人の目には、その方面ではどのくらい文明が進歩していないかが明らかだ。そこからデュ・デファン夫人のサロン[2]までは程遠い。ナポリでは、政府の動向が検討され、極端な暑さが嘆かれ、それから賭け事が始まる。一八〇三年には二つのクラブがあった。最良の社交グループは劇場の桟敷席に集まっていた。そこでアイスクリームを食べ、一、二のアリアを聴き、それからもっと興味をそそる物事に専念する。

女性は産褥に着くと、しばらくのあいだ家を開放しておき、つまり多くの人びとが彼女に会いにきて、彼女は彼らにアイスクリームを振舞うのが習慣である。

フランスの王たちによって引き起こされた変動を生き延びたのは、貴族が陽の沈む一時間前に、キアイヤやメルジェリーナの海岸を四輪馬車で散歩するという習慣だ。(五) たくさんの馬車が集まる。夏は日没後に埠頭やポジリポに出かける。

(一) とてもよいし、とても正しい。L

(二) ローマやナポリでは会合をこんな風に呼ぶ。(一八一三)

(三) とても真実。(一八一三)

(四) ほんとうだ。L
完全な対照、ジュネーヴとナポリ。(一八一三)

(五) まだ存在する。L

第六十七章

これらの人びとは極端に大騒ぎする傾向がある。彼らはほんのわずかのことで怒りだし、同様にして静かになる。下層民はいかなる種類の教育もない。彼らは自然人である。(一)

(二十行空白)

ある種の未開の荒っぽさが、社会の第一の階級にまで感じられる。庶民はナイフで武装しようとする。彼らには卑しさと低俗さの驚くべき性格が見られる。話においても行動においても、すべてが卑屈だ。ナポリの人は、教育がないし、また偽善もない。彼らは自分の土地を熱愛し、旅行はしない。職人は自分の稼ぎをすべて食べてしまい、年を取ると物乞いになる。土地では当たりまえのつましさと、貧者に対して行なわれる多数の施しという生活形態は、かなり好都合だ。こゝでは犯罪は残忍な性質を取らず、年に四十件以上の殺人はないと言われる。

庶民の言葉は最初は喧《やかま》しく下品に思える。それはすべての方言と同じようにエネルギーにあふれ表現力に富んでいる。しかしそれには独特な魅力がある。それは笑わせるために作られたみたいだ。多くの作品がこの言葉で書かれている。様ざまな地域が異なる方言を持っている。生命力にあふれた人びとのなかでそれが発生するのは自然の成り行きなのだ。その人びとにとっては、宗教は抑制にならなくて、情熱になるが、それはいかなる法律によってもほとんど邪魔されないし、自然さにあふれている。(二)

(一) すべてこの段落は真の観察家によるものであり、非常に正しい。ナポリの人である著者は、身内のちょっとした盗難にはどんなものにも目を瞑《つぶ》る民衆の傾向、彼らをイタリア中の物笑いにした傾向については話すことができなかった。原理はいつも同じである。働かずに楽しむこと、したがって楽しむためにかすめ取ることである。狡猾さを、つまり諸君から十スー盗むために発揮される才能を見抜くには、泥棒たちが必要であろう。これはとりわけ特別にナポリに適用される。L

(二) この関係全体は、私が一八一一年に感じたことに較べてとても冷やかだ。

第六十八章

私は一八一一年十月十一日、翌日にも噴火が予想されるのに、都合のために断念して、ナポリを出発した（一）。それは私のするかもしれない最大の犠牲であり、そうするなんて私は阿呆だった。熱意のなかにはいつも四分の三の愚行が入る、とタレーラン氏は言っている。しかし、あの時は、私は本気だった（二）。ナポリからローマへの帰路、二回目のローマ滞在、そしてアンコーナへの道。

（一）一八一三年三月二十日に書く。
（二）四ページの白紙を残しておくこと〔1〕。

第六十九章

◆一八一一年十月十九日

アンコーナ――私はこの条《くだり》をリヴィア〔ビアロヴィスカ〕〔1〕の部屋の机の上で書いている。正面は、アンコーナのすべての煙突の彼方に、海が視界を遮っている。海、つまりその岸辺は（一）、ナポリのように美しくはない。それは不毛の岩場だ。

アンコーナでは登り下りの道ばかりで、これが馬車の使用を大いに制限している。家は煉瓦で出来ていて、とても高く、街路は非常に狭

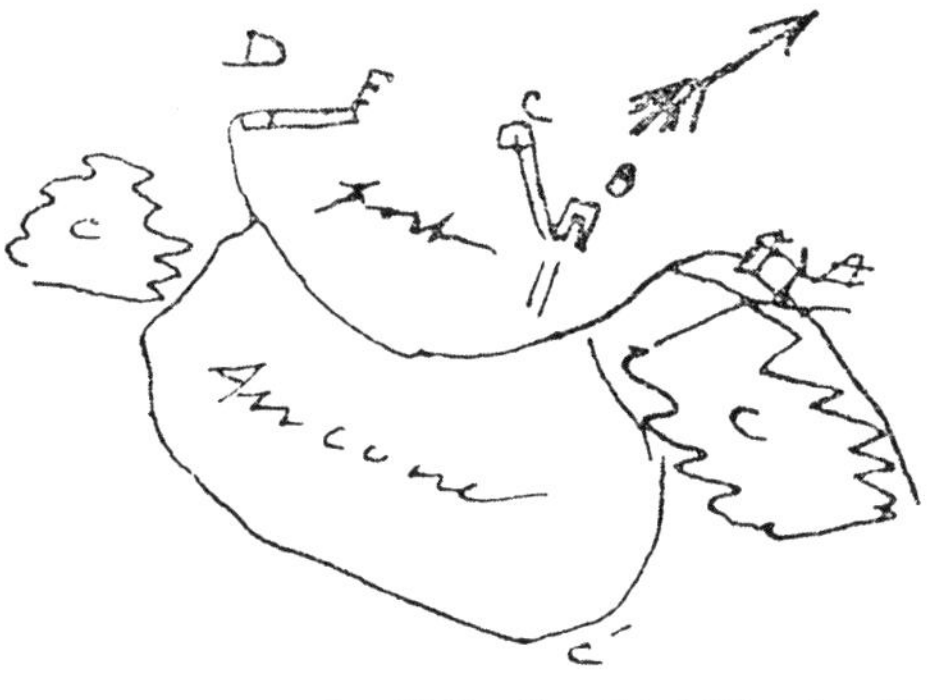

港＝アンコーナ、C・C＝城塞、C'＝日に1,200エキュ費やしていると言われる大工事、B＝凱旋門、c＝埠頭先端の標識灯、D＝フランス門、E＝単なる石の固まりの小突堤。

い。
昨日十八日、サン・チリヤコ大聖堂に行った（Aで示す）が、そこで有名な聖処女を見ることは考えていなかった。その聖処女は、フランス軍の到来後に目を開けたが、それはフランス軍が追いだされるのを見たいためだと言われていた。

アンコーナには木立ちがない。剝きだしの荒目土の上に造られたフランス門[2]へ、そして新しい防塁の方へ散歩する。

リヴィアは十月……日[3]、私の到着した日に、この二つの散歩に連れていってくれた。

私は、彼女には言葉の微妙な言いまわしとウィットの両方ともが、私の考えていたよりもずっと足りないと分かる。私の到着した当日の夕、彼女を劇場に連れていくときに、彼女は一種の帽子で顔を隠していた。彼女はピエトラグルア夫人とほぼ同じ背丈があるので、しばらく歩くあいだ、夫人と一緒にいるような甘美な錯覚を起こした。

リヴィアはアンコーナの小さな町で退屈していて、まだほとんど人と会っていない。退屈は彼女を無気力にして、彼女を少し不機嫌にもしているにちがいない。彼女の父親は家政婦と暮らしていて、これがリヴィアの不幸の原因だ。この父親は私の親戚のルビュフェルと同じく多くの気骨と才気を持っているようだが、彼と同様、あまり尊敬されていない[4]。私に会うとただちに、彼は自宅に滞在するように申し出てくれた。少し躊躇したが、最後には受けた。私はリヴィア夫人が暇で退屈に陥っているのに気づいた。パルフィ夫人や、ミミ・ド・ベズィユー嬢、そしてビアロヴィスカを比較すると、退屈の結果が、無気力な不活発に陥らせ、それがさらに退屈を増やしているのが分かり、また、この恐ろしい渦を避けるほぼ確実な手段は、レイディ・パルフィのように、とことん活動に専念することだというのが分かる。

退屈している女性に愛されるには、理論を隠さねばならないが、少しずつ理論を行動へとさらに近づけていかなければならない。諸君はまもなく彼女にとって楽しみの源になるだろう。

欲しい女性に直接言い寄るのは、愚かさの極みだ。それは虚栄心のまったくない女性としかうまくいかないだろう。そして女性の虚栄心は、すべての哲学者の常套句だ。AとBの二人の姉妹がいるとして、もし諸君がAに気に入られたいなら、Bへの注意を欠かさないことから始めなくてはいけない。

ビアロヴィスカは倦怠の無気力に沈んでいて、何の理由もなく、今朝レッスンを受けたがらなかった。私は冗談を言ってそれを受けるように仕向けた。私の前で歌うこと、しかもそれは恋の歌なのだが、それが彼女を確かに夢中にさせた。私は彼女へモーツァルトの楽譜を送るために、彼女の声の音域表を書いた。

私は彼女の師匠から私の考えの確証をすっかり引きだした。音楽には新しいものが必要だ。これがイタリアでは例外なき規則だ。そしてそれは芸術のために生まれたこの国民の感受性と、うまく合致する。

わがマエストロが私に言ったばかりのことだが、もしチマローザのオペラを上演したとするなら、どんなものでもアリアの一小節目でみんなに分かってしまい、オペラを続けることはできないだろう、と。

おそらく三十年後にはチマローザのオペラは、少し忘れられ、新たに大成功することがあるだろう。

リヴィア夫人の声の音域、モーツアルトのマリア。

（一）　私はこれらすべてを退屈と無気力のなかで書いた。（一八一三）

第七十章

◆一八一一年十月十九日

私はリヴィアと一緒にいて彼女の……〔空白〕を奪うところまでいくが、彼女は怒りもしない。彼女は私に愚かなことしか言わないし、しかも笑いながらだ。彼女は私に接吻をするが、初日はミス・アンジェラ・ボッローニの接吻のようにではなかった。私は二、三日のうちに彼女を手に入れることができようが、しかし彼女に欲望を抱いていない。私が欲しているのは、わがアンジェラと再会することだ。

今朝八時に、わが善良なるミラノの人シニョール・カザーティに会いにいった。フォリーニョ以来彼と一緒に旅をしている。私たちは明朝出発できるだろうと言われた。明日は十月二十日日曜日、私たちは二十三日水曜日にミラノへ着くだろう。

自家用四輪馬車よりも、こうして行き当たりばったりで旅行する方が、習俗をずっとよく見られる。四輪馬車に乗り、クロゼと一緒では、フランスの雰囲気から離れられなかっただろう。わがミラノの人はイタリアを旅しながら騙されない術を私に教えてくれる（二）。私にはむずかしいことだ。たえまなく何かを求められ、いつも不満な様子をされる。宿駅ごとに買物をしなくてはならない羽目に陥りそうになる。あらゆる他のことと同じように、この点でフランスより文明が遅れている。しかし彼らには感受性が、そしてその結果の自然さがある。この国はしたがって何にもまして芸術の国だ。

分かっているけれど、自然でいるとき以外は、私は雄弁ではないが、それでも女性たちに愛想よくしている。したがって、レイディ・アレクサンドリーヌに対しては完全に自然でいること。

イタリアでは、私が予期していたよりも、すべての友人に才知が足りないことが分かった。数年前は、私も彼らと同じ程度だった。私は知識《ノウイング》の大河を数リュー〔一リューは約四キロ〕来たようだ。私にはバラルとランベールは才知が欠けているように思えた。ビアロヴィスカも同じだ。昨日少し退屈して、チェザロッティのユヴェナリスを読んだ。その序文で、趣味についての私の考えを確認して嬉しかった。

私の分からない用語がいっぱいの風刺詩は、仮にそれを理解したとしても、同じく私を退屈させただろうと思う。ユヴェナリスには、良い点だろうと悪い点だろうと私は同意できない。そして第二に、いくら悪が私たちにとってお馴染みであっても、悪を怒り、悪を悲しむ（もしくは諦める）ことは、私には甚だしく愚かに思われるし、私はその愚かさから脱したい。

以下はチェザロッティの一節だ……〔1〕。ペルシウスの翻訳のなかのモンティの註釈を見ること。チェザロッティの序文はよい。そこでは、穏やかにそして激情《インペト》なしに表現するのが見られ、私の原理の必然的な結果が多く見られる。つまり、たとえば、性格描写と喜劇性《ヴィス・コミカ》がホラーティウスには完全に欠けている、というのだ。これはある間抜けどもの階層に気に入るために、彼が掲げた標題のひとつだ。

チェザロッティはコミックの本質を見ていない。しかし、彼は「ルテリエ」におけるように、二つの滑稽な情念の闘いをうまく指摘している。（「チェザロッティの序文の」十九ページ）

ここにチェザロッティと私の一致する一節がある。（二十二ページ）

《世の好み《グスト》には本質的に節度があり、地味で、慎重である。多いことよりも少ないことを好み、美を危険に晒すよりもむしろ過ちを避けようとする》

これこそ、パリで全体的に芸術家を減らしているものだ。『モーゼ像』の作者に匹敵するには、パリではミケランジェロが二人いなければならない〔二〕。このことからパリでは若者の冷淡さと変哲のなさが生じる。聴衆にその驚くべき一例がある〔三〕。

チェザロッティは続けているが、彼の文体は凡庸に陥っている。

《反対に情熱は、旺盛で、無頓着で、迂闊である。怒って碌でなしに話しながら、自分の言葉を評価し、状況に不足のない言葉づかいに止まる人間とはどんな人間だろう？》

私はもっかのところ自分用にたっぷり五、六ページを口述したいところだが、私は書くのにうんざりしている。パリに帰ったらチェザロッティ、モンティ、フォスコロ（『ヤコポ・オルティスの手紙』の著者）の著作を貸してもらうこと。それらの序文と註釈を読むこと。

（一）　ローマの駅逓員の抜かりなさ、悪賢さ、そして自然な調子、私の到着前日にローマで飛ばされた《サルタート》のと同じことだ。（一八一三）

（二）　九月二十日私には自然さに欠ける二つのものがあった。つまりシャルスの縁飾り、…のピストル。ヴォルフェンビュッテルの森で止められ、そしてただちに二つの成功を失う。滞り。〔2〕

（三）　この四行をページ下の註に入れる。

◆一八一一年十月二十日〔3〕

十九日、夕食後、彼女の前で、父親が出発のことを私に話す。悲しみは、暗さ激しさはないが、いつまでも続く。それは私に影響しなかった。というのもミミ・ド・ベズィユー嬢の悲しみを私に思いださせたからだ。メラニーとの最後の頃の散歩のような（一）、フランス門外の海辺の散歩。私たちは芝居に行き、そこでの『黄金で愛は買えない』が私を楽しませる。

カザーティ氏がそこへ、都合がよければ明日七時に出発すると言いにくる。彼は、そこにいた婦人たちを知らないのに桟敷席に入ってきて、そこで十分間の会話をする。それが彼女らには不思議ではないようだ。文明は遅れている。

私は旅行用鞄を準備したあとで、朝の二十分を使って、まだ彼女のテーブルでこれを書いている。十月二十日私はミラノへ向けてアンコーナを発つ。

（六ページの空白）（二）

カザーティ氏と私は海岸沿いをカーゼ・ブルチャーテへ行く。これまでこれほど便利な道を見たことがないような美しい街道。アペニンから落ちてくる奔流を渡るいくつもの煉瓦造りの橋の限りない長さ。橋はとても狭いので馬車一台しか通れない。ミラノの人〔カザーティ氏〕のペーザロ訪問〔4〕。商売気たっぷりの小商人。ミラノの人の気安さと自然さ。この小商人の持つ絵入りの祈禱台。モスカ伯爵の別荘への散歩。旅行中のあらゆる危険の原因となる失敗。（一八一一）

（一）　悲しく、静かな、不機嫌の。《あなたが出発するのに、何も言うことはない》（一八一一）

（二）　次にミラノ日記。二冊目のノート、Bポイントに行くこと。

第七十一章（一）

一八一一年十月二十二日、日暮れに私はミラノへ到着する。イタリア中を見るのに、一か月とかけなかった。街路〔ミラノの〕を歩いても、舗石を踏むことがなかった。同伴者のミラノの人は、ローディからの道みち、闇討ちされることを心配していた。私はついにポルタ・ロマーナを再見する。

私の旅がよくなるにつれて、私の日記は悪くなる（二）。しばしば私にとって、幸福を叙述することは、それを弱めてしまうことだ。それは、触れてはいけないあまりに繊細な植物だ。以下は私の再度のミラノ滞在の時々刻々を記したいくつかの断片だ。しかし、その時の私のたえざる無上の喜びを、また夜も昼も私から去らなかった常軌を逸した元気を、どうあっても表現できない。（一八一一）

（一）　（この章の頭に）一八一一年のイタリア旅行の全巻〔1〕——一八一一年イタリア周遊記——最後のノート。他のノートと同じく書き写したもの。——用心から、政治的なものは何もない、PORUTH。

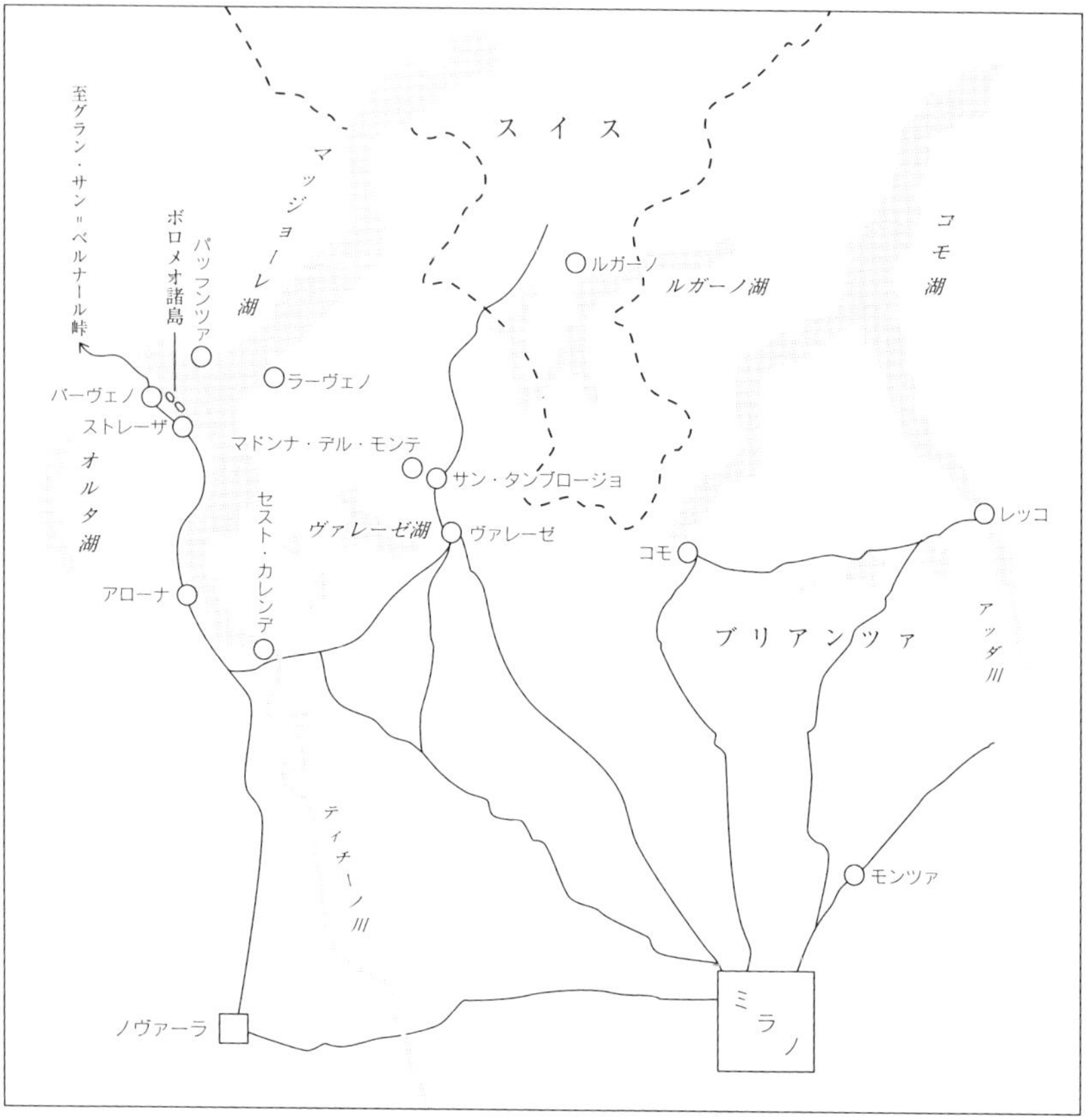
スイス
マッジョーレ湖
至グラン・サン＝ベルナール峠
ボロメオ諸島
パッフンツァ
ラーヴェノ
バーヴェノ
ストレーザ
オルタ湖
アローナ
セスト・カレンデ
マドンナ・デル・モンテ
サン・タンブロージョ
ヴァレーゼ湖
ヴァレーゼ
ルガーノ
ルガーノ湖
コモ湖
コモ
レッコ
ブリアンツァ
アッダ川
ティチーノ川
モンツァ
ノヴァーラ
ミラノ

ミラノと湖水地方

日記の最後の部分。つまりミラノへの二度目の滞在。
（二）　アンコーナの記事のあとに、これを筆写せよ。

◆一八一一年十月二十四日木曜日[2]、ヴァレーゼにて書く

昨日二十三日、賢明なやり方の教えに従っていると信じ、かつ恋の激情でいっぱいになって、私は午後二時半にミラノからヴァレーゼに向けて出発した。その激情は、私の魂を動揺させてはいたが、困難な事柄を成し遂げたいと思う男の冷静さと柔軟さを留めていた。

ヴァレーゼには午後八時半に到着した。私はオシアンを読んだことがなかった。貸し馬車のなかではじめて『フィンガル』を読んだ。

今日は、オシアン的な冒険と天候があった。

午前六時半に馬でマドンナ・デル・モンテに向けて出発した。青春のあいだずっと想像していたのとぴったりの美しい丘を巡り歩いて、この高く独特な場所に到達した。マドンナ教会のまわりに形成された村の眺めは風変わりだ。壮大な山々。ヴァレーゼから村まで四マイル〔約七キロ半〕ある。

二マイル来ると、ヴァレーゼ湖が見え、さらに一マイル上がるとアローナの湖（マッジョーレ湖）が見える。

太陽は靄のなかを昇る。下方にある丘は白い雲海のなかに島のように見える。

これらすべての美しさを眺めるのに立ち止まることはほとんど考えなかった。ただ考えたのは、もし数か月を自然のなかで暮らすことを望んだとしたら、ヴァレーゼの彼方一マイルのサン・タンブロージョに来て身を落ち着けるべきだということだ。ヴァレーゼは小さな町だが、サン・タンブロージョは村だ。

道程の三分の二のところで私は馬を降りた。なぜなら、馬が滑り、また私はもっと早く着きたかったからだ。

私は下っていくピエトラグルア氏（夫《マリート》）が目に入る。彼は私に歓迎の挨拶を送る。私はさらにもっと急いで登

る。ついに村のなかに入る。宿に着くのには階段を昇るように言われる。非常に装飾の多い教会に到着し、そこでは祈りが唱えられていた。

私は再び下り、ピエトラグルア夫人の住まいがどこかを訊ねる。とうとう彼女に逢う。私の心のなかで起こったことを記述する時間はない。

彼女のために私が喜んでローマとナポリを立ち去ったことを思いだしてくれたまえ。

ローマからフォリーニョへと宿駅を駆け抜ける途中で、愛情をこめ、心を魅了するようなことを考えたが、私は彼女に言わなかった。私はすっかり混乱していた。彼女に口づけをしようとしたが、彼女は、それが土地の習慣ではないことを思いだすようにと言った。

彼女は、起こったことすべてを知っているかどうか私に訊ねた。たとえば、彼女が酷く危険に晒されたこと、アラマンニの浴場の待ち合わせが知られたこと、あばずれ小間使いがチュレンヌ氏の恋の炎の結構な対象になり、彼女を裏切ったこと、等。また私が彼女の手紙を受け取ったかどうかも訊ねた。

彼女は次に私を攻撃した。私が頼んだので、彼女はフォールからの手紙を開けていたが、彼女はそれを見て、私がミラノを通るときに前もって計画的に彼女を誘惑の対象にあげていたと信じたのだった。私は注意深くフォールの手紙を読んだところだ。それはピエトラグルア夫人に対する私の愛しか証明していない。愛すべきアンジェラに曖昧と思えたかもしれない文章が一個所ある。しかしそれを彼女に再読させ、この文章がまた彼女に対する私の愛しか示していないと彼女に認めさせるつもりだ。

私は自分がどうしたらいいかあまり分からなかった。彼女と一緒にココアを飲み、散歩に出た。この山には繁みはなかった。

夜なかにローマからフォリーニョへ向かいながら、私たちの最初の会見の筋書きを作っていた。彼女に対して私がどんな風に感じているかをうまく描きながら、とても愛情のこもった、とても愛想のいいことを頭のなかで唱えていたので、私は思わず目に涙が浮かんだものだった。

今日、私はすっかり混乱して、夫《ハズバンド》の留守のあいだにすべてを予定し、すべてを取り決めようとしたので、堅苦しく、勿体ぶって見えたにちがいない。私は、自分が実際ほど愛情がこもっているようには見えないと思っていた。しかし、ピエトラグルア夫人が来るのを見るたびに不安になる気持ちが、いつまでも私を混乱させていた。早くミラノに帰るよう彼女を説得しなければならなかった。私は相変わらず何かを忘れるのを心配していた。結局、私は愛想よくなかったし、それが彼女の愛を減らしたのではないかと心配している。(一)

(一) 彼女にとって私が理解できないことは何度もあったと思う。話しかけてくる男たちを最初のひと言で理解することに慣れた女にあっては、それは冷たさを生みだしたにちがいない。(一八一二)

第七十二章

◆一八一一年十月二十五日、夕の九時、イゾラ・ベッラで書く

昨日、アンジェラに見せるつもりで以上のことを書いた。

立派な青年〔アンジェラの息子のアントニオ〕がいたことで、また、彼が入ってきて傍らにいることによって私の幸福が終わるのではないかという心配で、昨日は引きつっていた。少し気むずかしくなり、おそらく自然さが足りなかった。私はたぶん少し知ったかぶりの様子をしたのだろう。日記をアンジェラに見せてそのことを謝る代わりに、たった今、さらにもっと率直に彼女に手紙を書いた。

おそらく、魂が全力を要求する行動の瞬間に、上品にしていられないのは、大きな物事の源泉である魂の特性であろう。私の昨日の行動に付されたこの大きなという形容詞は嘲笑されることだろう。重量は小さかったが、梃《てこ》はびくともしなかった。

今朝八時に、ヴァレーゼからラーヴェノへ向けて発つ。ここに十一時に到着する。私の余計な想像力が何も付け加える必要のないような土地を横断する。とうとう、大都会から六時間のところ、自然を楽しみに来なければならない土地にいた。何も欲しいものはない。

あいかわらず雨混じりの霧の合間を、舟で出発し、ボロメオ諸島に向かう。一時間十五分の横断ののち、イゾラ・マードレに接岸して、そこを半時間かけて見る。

そこからイゾラ・ベッラに行き、そこでこれを書いている。宮殿、そしてジョルダーノ（ナポリの）の放置された絵を観た。一六七〇年に建設された庭園を見た。建設されたというのは名言だ。ヴェルサイユと同時代のものだ。国王用のヴェルサイユよりも、個人用にしては大きい。しかしヴェルサイユと同じくらい人の心には響かない。

そのテラスからは心地よい眺め。左手に、イゾラ・マードレとパッランツァの町の一部、ついで遠くスイスの方に伸びている支湖。正面にラーヴェノ。右手に、セストへ伸びる支湖。

雲に隠れた山々の五つ六つの陰影。

この眺めはナポリ湾の眺めと対をなし、それ以上に心に触れる。これらの島々は、サン・ピエトロよりもたくさんの美的感情を生みだすように思える。

ついに、私の才知は、あまりに美しすぎる美への愛で、非難を口にし、そこに非難の余地のない何かを見つけた。それは、ヴァレーゼとラーヴェノのあいだの土地、そしておそらくブリアンツァのすべての丘陵だ。

ピエトラグルア夫人の存在や思い出がなくてさえ、私はナポリやローマよりもミラノを好きになったことだろうと思う。

いくつもの円蓋の上に運ばれた二ピエ〔約六十センチ〕の土のなかに生えた松や月桂樹のすごい太さ大きさ。

私は八ページの手紙を書いた。昨日は混乱から少し愛想よくすることができなかった。私の愛は衰えたが（一）、今日はすっかり回復した。昨日勿体ぶっていたことを私は心配している。彼女は私たち二人が顔を黄色くしていると指摘した。彼女は、いい気になってチンバルの手紙を見せたが、チュレンヌの手紙はたった一行だった。

今晩、雨音と、雷鳴さえ響くなかで、『フィンガル』を読み続けた。

（一）　書きながらそう思っている。私にとっては、十一月なかばにミラノを去るのが幸いだった。もしそこでさらに一か月過ごしたら、辞任を届け、そこに居残った。

◆一八一一年十月二十六日

起きると、神様のおかげで、深まる秋の見事な天気なのに気づく。つまり雲は厚かったが非常に高く、湖の北にある山々の頂には雪があり、完全に澄んだ眺めだ。それは次の夜のはじめと終わりに私が辿らねばならない八マイル〔約一五キロ〕を大いに容易にしてくれるだろう。

この日記は、一八二一年にまだ生きているとして、アンリのために書いている。私は、今日生きている当人と引き替えに、彼に笑う機会を与えたいと望んでいるのではない。一八二一年の彼は冷静になり、もっと憎々しくなっていることだろう。

いい、大きなという語について、〔1〕オデュッセウスの譬え。岩石の塊で閉じこめられた洞窟のなかで、持ちあげる器具もなく、その器具を持つ木樵《きこり》もいない。

第七十三章

◆マドンナ・デル・モンテ、一八一一年十月二十六日、午後八時

これを書いている宿と同じくらい便利な宿は、これまでに見たことがなかった。それは教会に隣接したベッラーティの小さな宿だ。私は夜間に自由に出かけたり帰ったりすることを望んでいた。それはとてもむずかしいだろう

と予想していた。すべては自然にうまくいった。教会の柱廊玄関下に面して部屋があり、ポケットには私を自由にしてくれる神の祝福を受けた鍵《ベネデッタ・キアーヴェ》を持っている。司祭の兄弟であるベッラーティ氏が、丁重このうえなく、一時間半のあいだ私を楽しませてくれた。私の方は、鍵の件に取りかかるために、これ以上ない親しみをこめて彼のご機嫌を取ったのだった。私はあの無茶を犯す必要はなかった。

アンジェラは無茶を一度犯したが、それがイタリア人の愛とフランス人の愛の違いをよく理解させる。酷い天気のなかを、駕篭《ポルタンティーナ》と呼ばれるもので私は出かけた。この惨めなポルタンティーナは少しも格好良くなかった。それは何本かの棒と、格子板と、棒に掛け渡した布切れで作られていた。雨除けは上の棒のあいだに渡した蠟引き布で、その垂れ下がったのが私の頬に触れていた。

私はベッラーティの宿が、ピエトラグルア夫人の滞在する宿とは反対の村はずれにあると思っていた。宿についてはその通りだった。しかし、足もとは三本の松明に照らされ、大騒ぎをして、私を小さな宿に連れていってくれた。この照明が六時半に……〔1〕の門前を通り、夫《ハズバンド》の専用門の前、いつも開いていた門の前の狭く暗い通路を通った。

私は背中を丸め、首を引っこめた。そして私の滑稽な歩みはアンジェラにしか気づかれなかった。すぐあとでは、彼女はその息子と私の小さな家に来た。彼女は私に短い手紙をくれていて、そこでは次のようなことを言っていた。私が入って通り抜けるはずの部屋に丁度今二人の尼僧が泊まっている。しかしながら私が真夜中に行くのに出来るだけのことをする。また彼女は月曜にはミラノに行くだろう、と。それを語る彼女は私には魅力的に思われた。以下は彼女が私の手に滑りこませた手紙だ。

《真夜中に、わたしの夫の嫉妬は激しく目覚めます。用心を！　そして明朝は、万端整えて、七時より遅くならないように出ていって下さい》

しかしこちらの手紙は、呪わしい尼僧たちが来る以前に書かれたように思える。

その時には、私は〔日記の〕別のページの最後の行を書いていたので、私の部屋の戸口に誰かが歌いながら来たが、ベッラーティ氏が来たときに戸を閉めたあとでは、再び開けようとは考えなかった。それはたぶん美男のアントニオだ。彼はおそらく私に待ち合わせの取り消し命令を持ってきたのだ。そう思うと、すぐさま開けにいった。そのせいで、私はモン＝スニ峠にいるかのように風に吹かれた。

私のアンジェラは正しかった。彼女が来た方がよかった。だが、私は総合的に考えてこの考えを押しのけた。宿は村の他端にあることを考え、実際今晩、真夜中には恐ろしい天候になるだろうと私は考えた。私の住まいの位置を確かめればよかったのだ。

それにここは、悲劇を作りにくるのには、私の知る限りもっとも趣があり、もっとも都合がいい。

今朝八時から九時までイゾラ・ベッラを経巡った。パッランツァに昼食に行った。正午にはラーヴェノにいた。そこをただちに出発。二時半にヴァレーゼに到着。私は料理にきわめて多忙の最中の店に飛びこみ、物好きな主人（ロンキ氏）と会話をし、私が探しまわっているシュトロンベック氏についての私の作り話を彼に語り、またとりわけ悪天候がアンジェラを追い払わなかったかどうかを知ろうとした。

すべてはかなりうまくいった。会話はうまく書きとめたが、観念がかなり空っぽだった。そのあとで、モン＝スニの天候のなかを、四時十五分に、弁護士のデッラ・キエーザ氏と一緒に出発した。半分来て、サン・タンブロージョを過ぎたところで、馬車と別れ、ポルタンティーナに乗った。諸君は残りをご存じだ。今、夜の八時半に、私の便利な部屋に独りでいる。嵐と霧が襲来して窓ガラスを打つし、その音と私の暖炉の小さな火の音だけが聞こえる。荷物になっているオシアンの一巻を読もうとしている。

第七十四章

◆マドンナ・デル・モンテ、十月二十七日、七時十分

昨日、夜の九時半に二番目の手紙がきて、《もう希望はない》等と書いてある。したがって、やむなく寝て、オシアンを読むことにした。眠くて死にそうだった。日中に眠ることを考えていなかったのだ。眠るのを忘れないこと。さもなければ、危険な場所で眠りこむとか、日の出にしか目を覚まさないかもしれなかった。もしくは、疲れに打ちのめされて、幸福を不完全にしか味わえないだろう。その幸福を、二人の尼僧が昨日はわざわざやって来《アポースタ》て私から取りあげたのだ。

これらの二人の尼僧は現実の人間だろうか、それとも恐怖の息子たる幻だろうか。一晩中、英雄たちの魂は、嵐の真っ盛りに呻き、これらの痛ましい魂は今朝もさらにもっと呻いている。今朝、日は暗く、霧が私たちを取り囲んでいる。もし私がこの夜しあわせを得られたら、今日の日中はここに身を隠して過ごすことを申し出て、月曜の朝にしか出発しないことを計画していた。彼女は、明日の夕方にはミラノにいるだろうと手紙に書いている。私はそこミラノに、今日の二時に行くつもりだ（一）。

（一）　一八一三年に書き写す。第二巻、一七九ページ。

第七十五章

◆ミラノ、一八一一年十月二十九日

私はこの日の日記を、私がアンジェラに書いたばかりの不幸な恋人としての手紙の写しで始めるつもりでいた。

しかし書き写すのは、それを書くよりももっと退屈になるだろうし、しかも多弁になる。
神に誓って言うが、私は繊細さにあふれ、しっかりした文体で、不幸な恋人としての手紙を昨日アンジェラに書いた。それはデュクロ風のものだったし、『＊＊＊伯爵の覚書』におけるような染みを付けはしなかっただろう。それが異なる系列のものであり、様ざまな自然の見方があるものだということを見られたい！　この手紙はアンジェラには嫌悪すべきものに思われた。「あなたは不幸だったら、こんな風に書くの？」と今朝コントラーダ・デイ・ドゥエ・ムーリ〔二つ壁通り〕（一）の家で私に言ったものだ。

そこでこそ、私ははじめて自由に彼女に逢ったのだ。常軌を逸しないように、そこに行く前に、この待ち合わせのことを考えまいとしていた。私にはそれを楽しむ時間がなかった。自然でいる時間が、したがって楽しむ時間が、ほとんどなかった。彼女に私の休暇の延長を教えた〔1〕。彼女の方は、彼女のハズバンドが、私の再度のマドンナ・デル・モンテ行きを、私と一緒にいた当の男から知ったということを私に教えた。私たちの愛はあらゆる起こりえる偶然によって迫害されている。すなわち、二人の尼僧、ハズバンドと長い会話をするあの男〔2〕。

彼女は何度も繰り返して言った。彼女の男友だちの一人が私たちに起こったことを喋りにきたなら、それを作り話だと一笑に付すだろう、と。この考えは彼女の心を捉えたようだ。ノヴァーラで彼女は私たちの話を書くつもりだ、と今晩私に言った。

今朝彼女はほんとうに不安に怯えていた。チュレンヌと彼女のあいだで利害問題があるようだ。勝利を得るには、もっと媚び諂うことだけを私は考えるべきだ。

今晩、六時半に、母親《マザー》のそばで、彼女が真に恋し、しかも恋で美しくなっているのを、半時《はんとき》のあいだ見た。マザーが商売人たちと忙しくしているあいだ、店にあった長椅子で私たちは話した。私たちは冗談混じりで話さねばならなかった。ふざけながらも愛情をこめなければならないこの類のものは、私の得意とするものだ。そこでは私はまったく自然で、まったくしあわせだ。彼女の目に、そして頬に広がる赤味に、自然な広い魂が同類の心に及ぼす確かな効果を見た。彼女はすべてを棄てて、フランスへ付いてくることを私に話した。彼女はイタリアに我慢ならないと私に言った。

　彼女はまわりのものすべてに自分が及ぼす影響を確信しすぎているように思われる。彼女は他の女性たちよりこんなにも傑出しているので、彼女の友だちの誰もが、彼女をなおざりにすることを思いつきもしない。彼女の長所に無関心でいることができても、ひと度それを認めると、ミラノでは、この点で彼女が唯一の女性に見えるので、彼女の足もとに留まっていなければならない。

　それが彼女の自尊心をくすぐるのかもしれない。彼女がそのために必要な推論をしているかどうかは分からない。しかしこの確信は彼女にあくびをさせている。

　今朝、私が彼女に休暇の奇跡的な延長を告げたとき、彼女は、私たちに逆らって向かってくるすべての偶然にすっかり混乱して言った。

「出発しなければならないわ」

　彼女はノヴァーラへ行くと私に知らせた。ハズバンドの嫉妬心が、あらゆる悪魔どものように目覚めた《セ・デスタータ》のだ。しかし私は彼がやきもちを妬くとは思わない。彼はチュレンヌの利益の番人だし、その存在が彼の利益に役立っている。

　今晩この大きな駆け引きが待望されている。おそらく彼は明日になってしかやって来ないように私には思われる。その間に、私は十時に待ち合わせをする。しかし、私が部屋を借りた家の鬘師のろくでなしが、彼女の新しい家（コントラーダ…）までアンジェラに付いていく気になった。

（一）　A家具付きの部屋。

第七十六章

昨日二十八日はしあわせな一日だった。私はこう呟いているのに驚いた。「ちくしょう、オレは何てしあわせなんだ！」すべてこれは、フェリックスの手紙のせいだ。それは私に一か月の延長を知らせてくれたのだ。（私は一五〇〇フラン手にした）

芸術に対する私の呪われた愛、これはあらゆるジャンルの美について私をあまりに気むずかしくしているが、これがなければ、私の考え方とか、私に生じた三、四のしあわせな偶然のおかげで、私はもっとも幸福な人間の一人になるだろうと考えていた。

今朝、私は一度あれをした。今晩はとてもかなりの数に達していることだろう。しかし、まず待つことの不安、そして次に彼女が私に言ったことで、精神があまりに動揺していたので、体が元気でいられなかった。

◆一八一一年十月二十九日〔1〕

コントラーダ・デイ・ドゥエ・ムーリの部屋で、ランツィを百五十ページ読んだ。彼の批評的、歴史的、かつ慎重な無駄口の最中でも、イタリア人の特質で、彼には芸術がよく解っている。私が心配したほど最上級の表現がなくて、五箇所にまでならず……〔空白〕。

たとえば、ここに記すお喋りすべては彼のせいだ。彼はレオナルドを、つねに傑作を作りたがったことで非難している。この特異な人と同じ過ちに陥らないように、私は四ページの平板な文章を書いたばかりだ。

チンバルはボッローニの店に私といた。つまり、丁重に配慮して彼の機嫌を取ろうとした。それはかなりうまくいった。しかしハズバンドが私の前で彼のワイフを、今朝いなかったことと、息子が傘を持って帰ってきたことで非難した。

私は一か月前からあまり眠っていない。感受性が、コーヒーと旅行と、馬車で過ごした夜と、最後に興奮によって刺激されている。少し痩せた。とても元気ではある。昨日入浴のあと、はじめて八、九時間眠った。最良の健康を享受していることを繰り返し言おう。最初の寒さ到来により、一度だけ少し熱があった。アンコーナからフィリッポ・カザーティ氏と戻りながら、パルマでは寒気にぶつかった。マドンナ・デル・モンテへの魅力的な探検旅行中は、たえざる雨、霧、寒さ、等に出くわした。

第七十七章（一）

◆一八一一年十月三十日

二時に親切なアントニオが次の手紙を渡してくれる。
《水曜日（二）
《ただ一行、わたし自身の命以上に愛しているあなたに、わたしを思いだしていただくため、またどんなに運命的な状況が十一時以降まで私を縛っていたかをあなたにお伝えするためです。約束の場所に可能な限り早く参りました。でもあなたはすでに出ていらした！…明日、十時にこれまで以上にしあわせになりたいし、あなたにどのくらいわたしがあなたを愛し、どのくらいあなたのためにわたしが苦しんでいるかをお話ししたいと思います。
《追伸――今晩六時に、わたしの新居近く、サンクィリコのカフェの前を通ります。このカフェはボッケット通りの角になります》
とにかく、彼女としては誤りは当然のことだったろう。私は部屋で十一時半までランツィを読んだ。しかしこの不幸は益がないことはない。それは彼女の愛を増したことだろう。

もし彼女がノヴァーラに行かなかったら、私に欠けるものは何もないだろう。十一月のあいだは自由になると思う。今朝は私の資金を点検して過ごした。

私が持っているのは、

二カドリユープル金貨……………一六六
二〇ドゥーブル・ナポレオン金貨………八〇〇
一二ドゥーブル・ナポレオン金貨………四八〇
一〇ナポレオン金貨…………………二〇〇

計一六四六フラン

私はこれ以外に通貨で七ナポレオン持っていて、ここからフィリッポ・カザーティ氏にフォリーニョからミラノまでの運賃のために一五六・二五〔リュー〕＝一三一〔フラン〕を支払う。これは高くない。

私は善良なミラノの人に、フォリーニョからミラノまでの郵便馬車料金二分一の一三一フランを支払った。カドリユープル金貨を消費しただけになる。

私はランツィを翻訳することを考えた。一九〇〇ページあり、それを各四五〇ページで二巻にする。だけど利益〔三〕は何だ？　わがマンキュスにフランス語を口述しようと考えた。それに三十ないし四十日費やすことになる。（一八一一）

（一）一八一一年十月二十九日ミラノ——訂正なし、おそらく書き写しなし。
（二）日付はたやすく訂正できる。私には一八一一年の王国年名鑑がある。
（三）いつも名声を。私は六か月で半分を済ませた。

◆一八一一年十月三十日もしくは三十一日

昨日、十月の最終日に、部屋で待ちながら以下の手紙を書いた。

《拝啓

私は十三世紀末頃の芸術のルネサンスから今日までのイタリア絵画史を二巻で書きました。この著作は三か年の旅行と探求の成果です。ランツィ氏の美術史は私にはとても有益でした。

私は著作を出版していただくためにパリへ送ります。あなた様にそれを伏してお知らせするよう勧められております。一八一二年末に八折判二巻で出ることを望んでおります。もし次の記事が不都合でしたら、お直し下さるようお願い申しあげます。

「一八一二年末に、十三世紀末の芸術のルネサンスから、今日までのイタリア絵画史が出版される。この作品の著者は、三年前からイタリアを旅行し、フィオリッロ氏とランツィ氏によって刊行された歴史を参考にしている。予告されているものは、八折判二巻で構成される」

敬具

一八一一年十月二十五日ボローニャにて　シャルリエ拝》

アンジェラは私とドゥエ・ムーリの部屋で一時間半を過ごした。彼女は快感を得たようだった。私自身が数えたところでは、私がそれを二度得たのに対し、彼女は三、四度得た。

私は二時半に外出した。ブレラ美術館へ行った。入館許可証が必要で、それを取りに戻った。私の頭のなかに浮かんだ常軌を逸した考えのゆえに、ジョットの絵画、アンドレア・マンテーニャの絵に興味を抱いた。その考えから私はすでに一〇四フランを費やした。使い道は以下の通り。

ランツィ……………………二二フラン　三巻

ボッシ……………………二四フラン　一巻
ヴァザーリ………………五五フラン　十一巻
（さらに五巻以上ある）
ビアンコーニのミラノ案内……三フラン　一巻
計一〇四フラン

この考えは、モチェニーゴとしての私の時間を失わせるだろう。しかし、自尊心が続けば、絵画についての本物の知識を獲得できようし、おそらく二度目のイタリア周遊のために、充分な金を獲得できるだろう。

私は夕方二十五分間彼女に逢った。彼女は朝方、手紙の成功を私に語っていた。この話をいずれ書こう。

第七十八章

彼女のいないあいだ、十一月二日から十五日まで、私にはヴェネツィアやジェノヴァに行く時間ができるだろう。しかしこれらの旅は楽しくない。私が渇望していないときに、「私は全部見た」と言うためにすべてを見て、ヴェネツィアが与えてくれる楽しみを磨り減らすのは賢明だろうか。

用心ゆえに、彼女は私がヴェネツィアに行くのを望むのだろう。そこには二十四時間ないし三十時間で行ける。

◆ミラノ、アルベルゴ・デッラ・チッタ、一八一一年十一月二日（一）

おそらく私が手に入れ、そしてたぶん私が会った最高に美しい女性、それがアンジェラだ。今晩一緒に街路を、商店の明かりにほのかに照らされて散歩をしながら、私には彼女がそんな風に見えた。どうしてか分からないが、あの卓越した自然さで虚栄心なく、私に打ち明けたのは、彼女が男友だちの何人かから怖いと言われたということだ。それはほんとうだ。今晩彼女は生き生きしていた。私を愛しているように見える。昨日と今日、彼女は快感を得た。彼女は私とひと気ない店の奥でコーヒーを飲んだばかりだった。彼女の目は輝いていた。なかば光の当たった彼女の顔は、柔らかな調和があり、それでも超自然的な美しさでゾクッとさせた。この姿が他の姿より彼女にふさわしいゆえに、美をまとった卓越した生きもの、鋭い目で諸君の魂の奥底を読む卓越した生きものとも言えただろう。この顔は崇高なシビュラにもなったことだろう。

私はカフェ・サンクィリコ近くのボッケット通りで六時に彼女と逢った。私たちの普段の待ち合わせだ。私は彼女と、サン・ロレンツォ教会の近くポルタ・ティチネーゼ〔ティチーノ門〕と思われる場所の彼女の義妹、有名な化学者の妻であったが、その家まで一緒に行った。私はカフェで待ち、十五分後に彼女は戻った。私たちはコーヒーを飲みにいって、最後に半時間の散歩ののち、メルカーティ広場のアーケードの近くで別れた。ずっと美男のアントニオと一緒だった。

（一）一八一三年三月三〇日訂正、書き写す。

第七十九章

◆一八一一年十一月六日

ボッシの『最後の晩餐』を観にラファエリ氏のところへ行った。私はそれに以下の点から見て不満だった。つまり第一に色調、そして第二に表現で。

第一の色調はレオナルド・ダ・ヴィンチのそれと反対だ。ダ・ヴィンチの黒く荘重なところは、とりわけこの場面にふさわしかった。ボッシは至るところでピカピカ光る色調を採り入れていた。教会のなかでは、彼の絵はレオナルドのものよりもっと多くの効果を出すことは確かだ。というのは、彼の絵は目につくだろうし、レオナルドの絵は見ようにも見えないからだ。

しかし、ギャラリーでは、ボッシの絵はいつも喜ばれない。絵の作者によって書かれた本が、心に触れるのに必要な品格をこの画面から取り去っている。それを証明するために、反対の効果を考えてみよ。つまり、偶然見た、不遇で目立たない作者の絵はただちに興味を引く。

第二の表現

表現に関しては、私は、ユダがアンリ四世に似ていることを証明するのを引き受けよう。突き出た下唇は善良さを、しかも、その善良さが才知によって壊されていないだけに、大きな善良さを彼に与えている。

ユダは善良な男だが、不幸なことに赤毛だ。

自然さから見れば、ノルヴァン氏（ローマの）の顔は、もっとユダにぴったりの顔をしていた。A…将軍の顔は…。

キリストの顔の背後に見られる田園は、そこにほんとうの緑があると覚《さと》るまでもなく、私を大いに楽しませてくれた。

ラファエリのアトリエで観たグイド・レーニのキリストの顔は、私にとってはボッシ氏の絵の情け容赦ない批判であった。

モルゲンの版画は私にボッシよりも大きな喜びを与えてくれる。それがボッシを批判するひとつの決定的な理由ではない。私にはさらに何人もの画家による見方を考えてみることが必要だ。たとえば、カラッチ一族だ。その黒い色は私には気に入らないけれど。

◆一八一一年十一月七日

今朝、大司教館のギャラリーを見学。J・チェーザレ・プロカッチーニの美しい像。コレッジョのマグダラのマリアの複製、これは私にはきれいに思える。ティツィアーノ作と言われる教皇の、小さいが美しい肖像、ティツィアーノの横顔のレリーフ。

第八十章〔1〕

そのあと、私は幸福すぎ、あれらの紳士方の嫉妬に気を取られすぎて、書く時間がなかった。私は十一月十三日にミラノを出発し、十一月二十七日五時半にパリに到着した。すごい《グレート》。
翌日、戦闘は敗北〔2〕。

イタリア旅行記のこの最後の部分は、おそらく一八二一年にはまだ存命していて三十八歳になっているアンリ・ド・ベール氏に、彼の謙遜なしもべであり、彼よりももっと陽気な一八一一年のH・Bによって、謹んで贈られるものである〔3〕。

終わり

訳　註

本文扉（七頁）

〔1〕スタンダール＝アンリ・ベール（以下Sと省略する）は一八一一年のイタリア旅行の際に記していた日記を、一八一三年になって一巻の「イタリア旅行記」として出版することを計画。それをとりあえず軍人のレリー氏が書いたものという設定にしている。

序文（八頁）

〔1〕一八一三年に付け加えられた。

〔2〕ホラーティウス『歌章（カルミナ）』第四巻第一歌三「今の私は、優しいキナラの言うままになっていたかつての私ではないのです」より。

〔3〕S（スタンダール＝アンリ・ベール）は、イタリア旅行から戻って役人生活（参事院書記官、帝室財産検査官）に復帰するが、翌一八一二年、ロシア遠征に向かったナポレオン軍へ文書を届ける役目を与えられる。七月二十三日ヴィルナ（現ビルニュス）に向けてパリを出発。そこで役目を果たせず、スモレンスクの手前でやっと軍司令部に追いつくが、そのまま軍と行動をともにして、九月十四日から十月十六日までモスクワに滞在した。モスクワを出発してスモレンスクに帰着したのは十一月二日。この十八日間の帰路は、コサック兵の攻撃で気の抜けないものとなった。とりわけ十月二十四日は、大群に包囲され、あわやという状況が勃発した。十一月二十七日ベレジナ川を渡り、命からがら逃げ帰った。

〔4〕モチェニーゴはSが一八一一年のイタリア日記ではじめて自分に用いた仮名。以降も使用されているが、どのようなときに使われているのかはっきりしていない。モチェニーゴという名前はヴェネツイアの古い貴族の名前のなかに見受けられるという。

　セルバンテスの『ドン・キホーテ』は小さい頃からのSの愛読書。

第一章（九〜一一頁）

〔1〕「ルテリエ」はSが一八〇四年から取り組んでいた喜劇。当初「ボン・パルティ」という題名で着想したが、変更。劇作家を目指して習作を重ねていたなかで、最後まで手を加えていた作品だが未完成に終わった。

〔2〕Sはパリへ出て以来、母方の遠縁ダリュ家に多くの恩恵を蒙っていたが、一八〇二年ピエール・ダリュ（一七六七〜一八二九）と結婚したアレクサンドリーヌ夫人（Sと同年の一七八三年生まれ）を密かに慕うようになったのは、一八〇七年九月任地のブラウンシュヴァイクで夫人を案内

して以来であった。夫人はベルリンにいる夫のもとへ向かう途中であったが、Sは彼女が示した友情に感激した。その後一八〇九年ウィーンでやはり夫のもとに来ていた夫人の案内をするなどして友情を深めた。一八一〇年Sはパリへ戻ると、ナポレオンの側近として多忙なピエールに代わって、あたかも扈従騎士（第二十五章訳註〔1〕参照）のように夫人に仕え、翌年にはベーシュヴィルの別荘へも付き従った。

　夫人は一八一一年には六人の子持ちだった。ちなみに夫人は八人の子どもを出産しているが、一八一五年その八人目の出産時に産褥で亡くなった。

〔3〕一八一一年、ダリュ夫人がベーシュヴィル滞在中（五月二十五日〜六月二日）の五月三十一日、Sは自分の夫人に対する気持ちを打ち明けるが、もちろん受け入れられない。Sは《戦闘は敗北》と称している。

〔4〕Sの上司であるピエール・ダリュは皇帝ナポレオンの総監督官として皇帝のコンピエーニュ滞在に随行して、その地にいた。

〔5〕ドラゴンの噴水は、ヴェルサイユ宮殿の正面テラス右手、マルムーゼの小径の奥、ネプチューンの噴水の手前に位置する。現在のドラゴンの彫像は十九世紀後半にトニー・ノエルによって制作されたが、それ以前にはG・マルシー（一六二六〜八一）のものがあったという。Sの記す皇帝の行幸は何のためなのか不詳。

〔6〕モンモランシー（現ヴァル・ドワーズ県）は、ダリュ家の別荘ベーシュヴィルを隠すための変名として用いられている。ベーシュヴィルは、ヴェルサイユを中心都市とする現イヴリーヌ県のムーラン近郊ミュロー村に一八一一年ダリュ家が購入した土地の名。

〔7〕レイディ・レシュノーは、当時Sと結婚話が起こっていた女性とされるが不詳。Sはこの偽名で他の女性のことを言っているのではないかとも推測されている。

〔8〕マリヴォー（一六八八〜一七六三）の『偽りの告白』第十二場、アルガルト夫人の娘アラマントの台詞。

〔9〕フェリックス・フォールはSの同郷の友人でのちには貴族院議員となったが、この時期は親しく交際していた。以下にあるように、フェリックスは少し神経衰弱気味なところがあった。彼はここに記されているアメリー・ベズィユーと一八一二年に結婚した。

〔10〕Sはピエール・ダリュをZ（ゼッド）、その妻アレクサンドリーヌをZ夫人という呼称で記すことが多いが、ここではピエールの母ノエル・ダリュ夫人スュザンヌを指している。

第二章（一二〜一四頁）

〔1〕テラス氏はフランスのブルジョワの典型としてSが想定した人物。ラ・テラスはSの郷里のドーフィネ地方グル

ノーブル近くの村の名でもあり、ダリュ家とも繋がりのあるルビュフェル家の出身地である。Sの頭にはこの名前はたやすく浮かんだのではないだろうか。

〔2〕『人生の悲惨』という題名であがっている本は、オックスフォード大学マートン校のジェイムズ・ベレスフォードが集めた人生模様を記した本の翻訳。木版画が付されていた。

〔3〕Sは「一本の瓶に」と書く前に「ひとつの川に」としているが、いずれにしても分かりかねるのは、諸版註釈者の指摘を待つまでもない。

〔4〕馬車の屋根席はカブリオレと言われる。大きな乗合馬車の屋根に設けられた席で、その席は折りたたみの可能な幌で雨風を防ぐことができた。幌付小型馬車や、現在は自動車のオープンカーがカブリオレとも呼ばれている。

〔5〕これは英国最初のフェミニストであるメアリ・ウルストンクラフト・ゴドウィンの教訓小説『メアリ・キャロライン、ある女教師とその生徒たちとの対話』で、一七九九年に仏訳されたという。なお、著者の遺児メアリは詩人のシェリーと結婚し、小説『フランケンシュタイン』（一八一八）の著者として有名になる。

〔6〕フロマンタン親父とは、土木技師のジャック＝クレマン・フロマンタン・ド・サン＝シャルル。サン＝フロランタンに住み、ブルゴーニュ運河の建設に携わった。その息子のアドリヤンはSと同じ軍主計官補を経て、のちに主計監察官副部長になった。

〔7〕旅の同伴者としてSの出会ったレーキは、ジャコモ・レーキ。その兄ジュゼッペは、一八〇〇年にイタリアのフランス軍の総指揮官で将軍。弟にテオドールがいる。ゲラルディ夫人はジャコモの妹のフランチェスカで、フランチェスコ・ゲラルディと結婚したが、一八〇六年に死去。Sは夫人をギータとも呼び、その死を惜しんでいる。

第三章（一四〜一六頁）

〔1〕一八〇一年七月二十八日の日記に、「マリーニ夫人はアレン夫人の取り持ち役を務めていた」とあり、また一八〇五年四月二十五日には、メラニーの顔が「バグッタ通りのマリーニ夫人の顔」に似ていると書いている。ここではSは前の段落までと無関係に、マリーニ夫人のことを突然思いだしたのであろうか。「言い寄った…云々」は一八一三年に追加。

第四章（一七〜二〇頁）

〔1〕これは一八一一年の三月二十三日に発見された彗星。この彗星はナポレオンの失墜を予言するものと騒がれた。

第六章（二一〜二三頁）

〔1〕ミッソンの『一六八八年の新イタリア旅行記』は一六九一年に刊行された。アーサー・ヤングの『一七八七、一七八九年のスペイン、イタリア紀行』の仏訳は一七九六年

に出版された。またデュクロの『イタリア紀行、もしくはイタリアについての考察』は一七九一年に刊行された。
〔2〕 クルーゼ・ド・レセールの『一八〇一、一八〇二年のイタリア、シチリア旅行記』は一八〇六年刊。

第八章（二四〜二六頁）

〔1〕 ポリニーの峡谷を通る街道は、十八世紀末から着工され、一八一〇年に完成した。ジュラ山脈を横断し、ジュネーヴを経由して、一八〇七年に開通したシンプロン峠からミラノへ出ることで、これまでのリヨン、モン＝スニ峠、トリノ経由でミラノへ行くよりも、百六十キロ以上も短縮された。
〔2〕 十八世紀末に、ヴェネツィアでかつてのソチーニ主義が復活した。これは三位一体を否定する宗教団体だった。セクトの信者の数は少なかったが、カトリックを保護するマジストラート・アッラ・ベステンミア（瀆聖審問会）によって監視されていた。ある司法官は、この職務の構成員でありながら、ソチーニ派が何かを知らないで、このセクトに対してあまりに熱くなっていた人物に答えて、ここに書かれているように言ったという。

第九章（二六〜二九頁）

〔1〕 ヴェルギリウス『牧歌』第四歌（黄金時代の始まり）五「偉大なる世紀の秩序が再び始まる」より。
〔2〕 ホラーティウス『書簡詩』第二巻三（詩論）一七三「過ぎ去った日を讃える者」より。

第十章（二九〜三〇頁）

〔1〕 シャンパニョルからサン＝ローランを経てモレーズに出て、レ・ルースからダップ峡谷、ラ・ヴァテー、フォーシル峠という具合にジュラ山脈を越えてジェックスへ至る道は、工事に一八〇二年から一八〇六年までを要した。

第十二章（三二〜三三頁）

〔1〕 Sは一八〇四年三月下旬から四月はじめにかけて、グルノーブルからパリに向かうときジュネーヴに滞在した。その際、一五四一年にジュネーヴ市長となったカルヴァンが、そこから週に二度市民に説教したという窓を見たという。
〔2〕 ジャン＝ジャック・ルソーを暗示している。

第十三章（三三〜三七頁）

〔1〕 コルソ・ディ・ポルタ・オリエンターレ（現コルソ・ディ・ポルタ・ヴェネツィア）の八十一番地にパラッツォ・ボヴァーラがある。そこは一八〇〇年にチザルピーナ共和国（のちのイタリア王国）の大臣クロード・プチエ（当時ピエール・ダリュの上司）が住んでいて、Sがナポレオンの第二次イタリア遠征に従ってはじめてミラノに到着したときにそこに滞在したことがあった。
〔2〕 ここではクロード・プチエのこと。アレクサンドル・プチエの父。

〔3〕「アンジェリカのリング」はアリオストの『怒りのオルランド』に出てくる魔法のリング。これを身に着けると姿を消すことができる。

〔4〕……部分は、版によってはbr……とある。

〔5〕ユトレヒトの和約（一七一三）そしてそれに続くエクス・ラ・シャペル（アーヘンの仏語名）の和約によって、イタリア北部ロンバルディーアは、一七九七年フランスが支配するまでオーストリアに帰属することになった。

第十四章（三七～三九頁）

〔1〕一八〇五年七月、Sはマルセイユの劇場と契約した女優のルアゾンことメラニー・ギルベールを追ってマルセイユに来て、一八〇六年までサント街に下宿した。友人フォルチュネ・マントと起業することなどを企てたが、報われることの少ない日々だった。

第十五章（三九～四〇頁）

〔1〕S自身の日記によれば、アンジェラを見かけたのは、第九年フリュクチュドール二十五日（一八〇一年九月十二日）。二台の馬車を仕立ててヴェネツィアへ行くジョワンヴィル、マゾーらフランス人士官とアンジェラの夫たちのなかに彼女はいた。「九年弱の間」というのは勘違い。

第十六章（四〇～四二頁）

〔1〕ランベルティ夫人は、アンジェラ・ピエトラグルアの姉、もしくは異母（父）姉と考えられている。夫はレッジョ出身の貴族で、夫妻は一七九〇年から九二年にかけてウィーンで過ごし、夫人はレオポルト二世に愛された。一七九七年から夫はチザルピーナ共和国の政府に参画し、夫人はミラノでもっとも注目を集めたサロンを開いていた。夫人は晩年になって、ジャコモ・レーキと再婚した。一七八九年にアーサー・ヤングが会ったランベルティ夫人と同一人か？

第十七章（四二～四三頁）

〔1〕オペラはロジェ・ド・シャバンヌ作曲、ルモワーヌ作詞の三幕のオペラで一七八九年に初演された。

第十八章（四三～四五頁）

〔1〕この料理屋はあとから出てくるヴィエイヤールであろう。Sはヴィエイヤールと言っているが、現実の名前はヴェイヤール。主人のヴェイヤールはリヨン生まれで、結婚した女性が仕えていた貴族が転居したため、それに伴ってミラノに来てレストランを開業したと言われる。当時のスカラ座の建物の一角にあった。ミラノ第一のフランス料理店という評判を取った。『ローマ、ナポリ、フィレンツェ（一八二六）』（拙訳『イタリア旅日記Ⅰ』）十一月二十七日付を合わせて参照されたい。

第十九章（四五～四七頁）

〔1〕メジャン伯爵は革命期の政治家ミラボーの発行した『クーリエ・ド・プロヴァンス』紙に協力した。

〔2〕 イタリア王国副王ウジェーヌ・ド・ボーアルネ（ナポレオンの義理の息子、つまり最初の妻ジョゼフィーヌと一七九四年に亡くなったボーアルネのあいだの息子）のこと。ちなみにイタリア王はナポレオン・ボナパルト。

第二十章（四八～五〇頁）

〔1〕 サン＝ロマン氏はトリノからローマへ転任を命じられてローマへ行こうとし、氏と旧知のSは一緒の馬車に乗ろうとしている。

第二十一章（五〇～五二頁）

〔1〕 ブレラ館は元のイエズス会学院で、十七世紀にフランチェスコ・マリア・リキーニの設計に基づき建設された。ナポレオンはミラノを占領するとこの建物を美術館に変更した。中庭にはカノーヴァ作のナポレオン像がある。

第二十三章（五四～五六頁）

〔1〕 この医者とは誰か推測が分かれるが、『ローマ、ナポリ、フィレンツェ（一八二六）』（拙訳『イタリア旅日記Ⅰ』）十一月二十九日付に、ラゾーリ医師の名が出ている。

〔2〕 デル・リット編のプレイヤード新版では「ラップランド人（Lapon）」となっている。編者は、Sの遊び心で「ラポン」とした（草稿）ところ、筆写した者がこれを奇妙に思い「ライオン（Lion）」に変えた（コピー・クロゼ＝ロワイエ〔訳者解説参照〕）と言っている。ラップランド人は羚羊《かもしか》の生肉を食べると言われた。

第二十四章（五六～五八頁）

〔1〕 Sはアルフィエーリの『自伝』で、この詩人が部屋付き従僕に髪の手入れをさせているときに、それを引っぱったことから燭台で殴りつけたという記述を読んで、その激しい性格に衝撃を受けた記憶があった。『一八一七年のローマ、ナポリ、フィレンツェ』（拙訳『イタリア紀行』）三月八日付参照。

第二十五章（五八～五九頁）

〔1〕 扈従とは夫人に付き従うことで、ミラノがスペインの支配下にあった十六世紀に持ちこまれた習慣と言われる。既婚女性が、夫公認で夫とは別にお供の紳士（扈従騎士）を従え、仕えさせた。このお供が時として恋人となることもあった。

第二十六章（五九～六〇頁）

〔1〕 ダンテ『神曲』「地獄篇」第三十三歌のウゴリーノ伯爵のエピソードから。ウゴリーノが捕らわれて幽閉された塔の部屋の隙間から「幾たびも新月や満月」を見て過ごしたことが語られる。

〔2〕 この模写は一六一二年から一六年にかけて、アンドレア・ビアンキによって実施されたとされる。

〔3〕 この引用文（出典不詳）は、プレイヤード新版では、前の段落の前に置かれている。

第二十七章（六一～六五頁）

〔1〕 当時Sは帝室財産検査官として、家具調度に詳しかった。ジャコブは高級家具職人として各王朝風の家具を手がけていた。

第二十八章（六五～六七頁）

〔1〕 カノビアーナ劇場のことか。フランスの支配下でフランスの作品を上演した。

〔2〕 Sがダリュ夫人アレクサンドリーヌに恋を打ち明けて拒否された日のこと。第一章訳註〔2〕および〔3〕参照。

第二十九章（六七～七〇頁）

〔1〕 ピエモンテのマレンゴ村でナポレオン軍とオーストリア軍が激突したマレンゴの戦いは一八〇〇年（六月十四日）にあった。Sはミラノに滞在していて、従軍していない。

第三十章（七一～七四頁）

〔1〕「アヴェ・マリアの時刻」とは、お告げの祈り（晩禱）の時刻のことで『恋愛論』の断章六十六に次のようにある。「アヴェ・マリア（トワイライト）、イタリアでは心優しい、魂の喜び、憂愁の時刻、あの美しい鐘の音で気持ちは増幅する」

〔2〕 一八一一年に起こった彗星群の出現になぞらえた比喩だが、ピエトラグルア夫人の人生に関わった人たちなのだろうか。画家のグロは一七九三年から一八〇六年までミラノに滞在していたが、夫人との関係については不明。

〔3〕 ブランシャール夫人は、この日、気球で四一回目の上昇を行なった。一時間ほどの上昇だったと言われる。

第三十一章（七四～八一頁）

〔1〕 シモネッタは旧シモネッタ家の別荘。ミラノから二マイル（三・六キロあまり）のところにあった。木霊で有名だったが、建物の改築でこの現象は少なくなったという。Sはこの遠足以降アンジェラをシモネッタ伯爵夫人と呼ぶことがある。

〔2〕 Sはトゥルコッティをチュレンヌと呼んで書いている。ここではトゥルコッティとチュレンヌが別人のように書かれていて、このことは諸版の編者のあいだにも混乱を起こしている。この人物を別人格として記す理由がSにはあったのだろうか。

〔3〕 ここに述べられているエピソードは分かりにくいが、訳文中の傍点を付した部分がいずれもフランス語で **en bas** という表現であるところにヒントがありそうである。

〔4〕 クロゼ宛の手紙のこの段落以下は一八一三年に付け加えられたものである。

第三十二章（八一～八三頁）

〔1〕 タレーランの「北京と市民の逸話」とは次のようなものらしい。〈ドルセンヌ将軍がタレーランに晩餐へ招かれ、少し遅れてテーブルに着くと、「忌まわしい北京に引き止められまして」と言って丁重に謝った。するとタレーランは「北京って何ですか」と訊ねた。将軍は「軍に関係する

人物以外は、われわれは北京と呼ぶ習慣になっていまして」と答えた。それを聞いたタレーランは言った。「それではわたしたちと同じですな。市民でないものをわたしたちは軍人と呼んでいます」〉

〔2〕コレの小唄のタイトルと思われるが、不詳。

第三十四章（八五〜八七頁）

〔1〕国務長官のカドール公爵は、九月の布告で官房長官となったダリュ伯爵ピエールの後任として帝国の行政長官に任命され、Sの上司となった。

〔2〕ヴェルギリウス『農耕詩』第一巻（穀物）二「葡萄の樹を楡の支柱に結わえる」より。

第三十五章（八七〜八九頁）

〔1〕前章と日付が混乱しているが、内容的には章の順序である。

〔2〕ボローニャのシンボル的な斜塔ガリセンダ（四十八メートル）とアシネッリ（七十七・六メートル）は十二世紀はじめに相前後して建てられた。（本書カバー表4参照）

第三十六章（九〇〜九三頁）

〔1〕リヴィア・ビアロヴィスカを思いだしている。彼女はのちにアンコーナで再会する。第六十九章を参照。

〔2〕ベンヴェヌート・ダ・イーモラという画家は存在しない。プレイヤード新版の註釈者は、インノチェンツォ・ダ・イーモラと、ジョヴァンニ・バッチスタ・ベンヴェヌートを混同したのではないかと見ている。いずれも十五世紀末から十六世紀にかけての画家である。

〔3〕ヴィルヘルミーネ・フォン・グリースハイムは、Sが主計官補としてブラウンシュヴァイクに滞在していたときに現地の社交界で知り合った女性で、彼は彼女に恋心を抱いていた。Sの在任中にグリースハイム一家は転居していった。これについては拙著『スタンダールとは誰か』の「ドイツのスタンダール」を参照。Sは彼女をのちのちまで、ミネット、またはミーナと呼び、しばしば思いだしている。

第三十八章（九四〜九六頁）

〔1〕アペニン山脈の隣り合う山頂の彼方にロンバルディーアの平野を望むことは不可能であろう。

〔2〕フールミのマドンナについては不詳。フールミ（イタリア語では単数がフォルミカ）は「蟻」を意味するが、それと合致する固有名詞があるのだろうか。ご教示願いたい。

第三十九章（九六〜一〇〇頁）

〔1〕サックス元帥の墓はストラスブールのサン＝トマ教会にある。ピガール（一七一四〜八五）が制作にあたった。

〔2〕カノーヴァの作ったマリア・クリスティーネの墓碑はウィーンのアウクスティヌス教会にある。

〔3〕パリのフランス記念物博物館は、アレクサンドル・ルノワール（一七六二〜一八三九）によって設立され、プチ＝ゾーギュスタン街にあった。

〔4〕死後二六六年は、もちろん二六〇年の誤り。一五二七年に死去して一七八七年に墓碑（インノチェンツォ・スピナッツィ作）を建立するわけであるから。

第四十章（一〇〇～一〇二頁）

〔1〕ガリレオ・ガリレイの墓がキリスト教会にあるのは奇妙なことと言わねばならない。彼はコペルニクスの地動説を支持して破門された。死後、葬儀さえ行なわれず、百年近く経ってからの一七三七年になって、ハプスブルク家出身のトスカーナ大公フランチェスコ二世の要望が教皇庁に受け入れられて、サンタ・クローチェ教会内に埋葬され、ジョヴァンニ・バッチスタ・フォッジーニ（一六五二～一七二五）によって制作された墓碑が置かれた。それでもガリレオの異端裁判が見直され、異端が取り消されたのは一九九二年ヨハネ・パウロ二世によってであった。ここでSの述べているガリレオの墓碑と十七世紀の占星術師マチュー・ランスベールの関わりについては未確認。

〔2〕四人のシビュラを描いたヴォルテラーノのフレスコ画は現存しない。

〔3〕この絵はあとで記されているようにアーニョロ・ブロンズィーノの『キリストの冥界下り』（一五五二）である。

〔4〕デル・リット編セルクル版、プレイヤード新版では、この日付はなく記事が連続している。

第四十一章（一〇三～一〇四頁）

〔1〕「爆弾」と題されたこのスケッチは、おそらく一八〇二年九月八日パリの娯楽施設カフェ・フラスカティの花火を暗示している。このときアデール・ルビュフェルはSの肩にもたれて花火を見ていた。この頃Sは彼女に恋し、アデールも髪の毛を切って彼に与えたりしていた。一八〇四年には「フラスカティの幸福」の思い出は少しずつ魅力を失い消えていく。ルビュフェル家はパリのダリュ邸内に住んでいたために、小さい頃からのアデールをSはよく知っていた。

〔2〕ヴェルギリウス『牧歌』第二巻（ガルス）三九「スミレは黒いし、ヒヤシンスも黒い」より後段。ここではもちろん意味は無関係。

第四十二章（一〇四～一〇六頁）

〔1〕フィレンツェの自然誌博物館は一七九〇年トスカーナ大公レオポルド二世によって設立された物理・自然誌博物館ラ・スペーコラ（現フィレンツェ大学自然誌博物館動物学別館）のこと。

〔2〕ボローニャのものとは、ボローニャ大学のテアトロ・アナトーミコのことであろう。ボローニャ大学は中世以来解剖学で有名で、人体の解剖展示物がテアトロ・アナトーミコで見学できる。これについては第三十六章九月二十四日ですでに暗示されている。

ウィーンのものとは、ヨーゼフ二世によって創建された陸軍軍医養成学校のヨゼフィーヌムのことで、一七八五年に開設された。以下でSがアカデミー・ジョゼフィーヌと言っているのはこれである。現在はウィーン大学付属博物館ヨゼフィーヌムとなっている。
〔3〕 Sがウィーンに滞在したのはオーストリア戦役のあった一八〇九年で、その間の十月二十一日から一か月、ダリュ夫人アレクサンドリーヌは夫に会うために同地に来て、Sは彼女をあちこちへ案内した。

第四十三章（一〇六～一〇八頁）
〔1〕 ブルートゥス像には「ミケランジェロは大理石にブルートゥスの像を彫刻しているあいだに、その犯罪を思いだして、続けるのを放棄した」という碑文が刻まれていたという。しかしその像がミケランジェロの作であるかは疑問視されている。
〔2〕 これはもちろんローマのサン・ピエトロ大聖堂にある『ピエタ』の複製である。
〔3〕 フィレンツェの議員イポーリト・ヴェントゥーリの夫人マリア・アナの墓碑は、ステファーノ・リッチによって制作された。

第四十四章（一〇八～一〇九頁）
〔1〕 『旧約聖書』「創世記」第七章第七節に「洪水は四十日のあいだ地上にあった。水が増して方舟を浮かべたので、方舟は地から高くあがった」とある。

第四十六章（一一一～一一二頁）
〔1〕 レオポルトシュタットという呼び名が実際に用いられたものかどうか訳者は不詳。トスカーナ大公レオポルドの町といった意味でフィレンツェを指しているものと思われる。フランスが支配するまで、レオポルド二世をはじめとするハプスブルク家出身の三代の大公が君臨した。
〔2〕 不詳。原稿ではLbの以前に名前が記入されていたらしいが、強く線で消されている。

第四十七章（一一二～一一三頁）
〔1〕 アレクサンドル・プチエはこのときフィレンツェ勤務で、一八〇八年に結婚したアデール（旧姓ルビュフェル）と当地に滞在していた。Sがアデールを恋していたのは、第四十一章訳註〔1〕を参照。

第四十八章（一一四～一一五頁）
〔1〕 不詳。ここにはL…のあとに、aisseと記されていて、プレイヤード新版の註釈者デル・リットはL・Sと解読して、のちにアルフィエーリと再婚したアルバーニ（オールバニー）夫人（一七五三～一八二四）の旧姓ルイーズ・ストルベルクであろうと推測している。
〔2〕 「人間虎」とはアルフィエーリの反仏政治文書『ミゾガッロ』（一七九二）で著者がフランス人を「半猿半虎」と呼んだことを受けている。
〔3〕 Sは旅の途中で、フィレンツェからローマまでのあい

だに記したノートを紛失。それを埋めるものを一八一三年三月二十日に口述筆記により作成して、自筆で手を加えた。それをさらに清書して原稿を完成させた。

第四十九章（一一五～一一六頁）

〔1〕 以下は第五十六章「ナポリ」の手前まで、一八一三年三月二十日の口述筆記にさらに手を加えて作成したものである。

〔2〕 Sの母アンリエットの弟であるロマン・ガニョンのこと。女性に持てたダンディな叔父にSは憧れた。

〔3〕 一八〇一年イタリアで少尉に任じられたSは、ミショー将軍のもとで副官の一人に配属されたが、フィレンツェに来たことはない。

〔4〕 シャンフォール（一七四一～九四）の語っている逸話とのこと。『ローマ、ナポリ、フィレンツェ（一八二六）』（拙訳『イタリア旅日記Ⅱ』）一月十六日付を参照。

第五十章（一一六～一一七頁）

〔1〕 ヴィテルボの南十五キロのところにあるヴィーコ湖のことと考えられる。

〔2〕 ホラーティウス『歌章』第一巻第九歌一に「深雪も白くソラクテの山そびえ」とある。現サン・オレステ山のこと。

第五十一章（一一七～一一八頁）

〔1〕 クィリナーレ宮のことで、当時はローマがフランスの支配下にあったため、フランス政府が占用していた（第五十二章訳註〔2〕参照）。

第五十二章（一一八～一一九頁）

〔1〕 これは誤り。カノーヴァの制作したのはレッツォニコ家出身の教皇クレメンス十三世（在位一七五八～六九）の墓碑である。

〔2〕 モンテ・カヴァッロの丘は別名クィリナーレの丘。その上に立つ宮殿はかつて教皇の夏の宮殿として使われていたが、ローマをフランス軍が占領してからは、フランス政府が使用。パセつまりマルシャル・ダリュ（ピエールの弟）はローマの地方長官としてそこに居住した。現在はイタリア大統領の官邸。

第五十三章（一一九～一二〇頁）

〔1〕 『秘密の結婚』はSの愛好したチマローザの喜歌劇。ここで出てくる二重唱は、第二幕でジェロニモとロビンソン伯爵によって歌われる。

〔2〕 この部分は、一八一三年になって一八一一年を振り返って書いていることに注意する必要がある。Sはローマを通過する際に、ローマ警察署長ノルヴァン氏のもとに出頭することを怠り、警察を無視するような行動を取ったため、傷ついたノルヴァン氏はSの上司にそれを通告した。こうした行動によって、フランスへ帰国したのち、Sはピエール・ダリュに冷遇されたようだ。

第五十五章（一二一～一二二頁）

〔1〕《四盗人のワイン酢》は、大蒜《にんにく》と樟脳をワイン酢に漬けて消毒薬にしたもの。

〔2〕Sは「それはこれまでに私を感動させた唯一の記念建造物だった」と書いたあとでこのように訂正している。

〔3〕Aという道は、ヴィア・アレッサンドリーナと推測される。コロッセオからトラヤヌスのフォロへ続く道で現存しない。そこは今ではフォリ・インペリアーリの広い道に変わっている。アレッサンドリーナはSにアレクサンドリーヌ・ダリュを思いださせたのだろうか。

第五十六章（一二二～一二四頁）

〔1〕ローマを出てからの日付は混乱している。一八一三年になって記事を追加して書いたためと考えられる。

〔2〕ナポリの手前のモラ・ディ・ガエタで十月九日になっているのは、ナポリ到着の日付と合わないが、この部分も前行訳註〔1〕と同様であろう。

〔3〕日が空白になっているが、「十月三日」にローマを発っている。その次の次にある段落で「十月五日午前三時半にナポリに到着する」とあるが、プレイヤード新版ではここでも日付が空白になっている。

〔4〕ナポリの国王には、一八〇八年スペイン王となってジョゼフ・ボナパルトが去ったあと、ナポレオンの将軍で、ナポレオンの妹カロリーヌと結婚したジョアシャン・ミュラが後継として就いていた。

第五十九章（一二八～一二九頁）

〔1〕この章から第六十八章の終わりまで、ルイージ・ガランティの著書『ナポリとその周辺』（一八〇三年ナポリで出版された）をもとに、一八一三年に付け加えられた。

第六十二章（一三一～一三三頁）

〔1〕以下の部分についても、ガランティの著書に負っているとのことである。

第六十五章（一三五～一三六頁）

〔1〕プレセピオは、キリスト誕生時の廐《うまや》の様子などを想像して作成した大小様ざまの模型で、教会や公共の場、さらには家庭などでクリスマスに飾られる。

第六十六章（一三六～一三七頁）

〔1〕フランス軍によるナポリ占領は一七九九年に始まる。パルテノペーア共和国を建国するが、反動勢力によって失敗し、その後一八〇六年にナポレオンの兄のジョゼフを国王に据えナポリ王国が建設され、一八〇八年にはジョアシャン・ミュラがジョゼフのあとを継ぐ。ナポレオンがワーテルローの戦いに敗れて退位する一八一五年までフランスの支配は続いた。

〔2〕デュ・デファン夫人は、十八世紀にパリでサロンを開いた夫人として有名。はじめに一七三〇年ボーヌ街にサロンを開き、ヴォルテールやフォントネルらを集め、さらに

はサン＝ドミニク街のサン＝ジョゼフ修道院内にサロンを移して、マリヴォーやモンテスキューらの文学者、思想家など当代随一の知識人を集めた。サロンでは会話中心で、時には詩人、作家による作品の朗読などが行なわれた。また夫人は晩年になって、英国の作家・政治家ホレース・ウォルポール（一七一七〜九七）とのあいだで交わされた恋愛書簡でも知られる。

第六十八章（一三九頁）

〔1〕　これはもちろんローマへの帰路について記すためである。

第六十九章（一三九〜一四一頁）

〔1〕　リヴィア・ビアロヴィスカは、Sが主計官補としてブラウンシュヴァイクに滞在していたときに知己を得たポーランド系イタリア人で、ポーランド連隊の大佐シモン・ビアロヴィエイスキーの妻。夫が一八〇八年八月に亡くなると九月に帰郷した。

〔2〕　フランス門はのちにピア門と呼称が変更になった。

〔3〕　Sのアンコーナ到着は十月十七日と考えられる。

〔4〕　ルビュフェル夫人の夫ジャン＝バチスト（一七三八〜一八〇四）は、Sがパリに出てきた当時、サン＝ドニ街にバルブルー嬢という女性を囲ってそこに住んでいた。

第七十章（一四二〜一四五頁）

〔1〕　チェザロッティの『縮約版風刺詩撰』は一八〇五年にパリで出版された。ラテンの風刺詩人ペルシウスの翻訳は一八〇三年に出ている。

〔2〕　意味不明。ここではプレイヤード新版を参照して「…のピストル」を、「ヴォルフェンビュッテル」の前に置いているが、マルチノーの版では逆になっている。

〔3〕　デル・リット編のセルクル版、プレイヤード新版ではこの日付はなく、記事が前から連続している。

〔4〕　モスカ侯爵（伯爵でなく）の別荘はカプリーレ荘と呼ばれた。ペーザロから十キロほどのところにある。

第七十一章（一四五〜一四九頁）

〔1〕　意味不詳。底本としたマルチノー版では省略。

〔2〕　この日付はセルクル版では「第七十一章」（章題）の直後に入っている。

第七十二章（一四九〜一五一頁）

〔1〕　Sは前日（十月二十五日）の日記で用いたこの「大きな」という形容詞に拘っているようだ。

第七十三章（一五一〜一五三頁）

〔1〕　空白部分は不詳。日記のコピーのひとつ〈コピー・コルディエ＝アルブレ〉には「M……」とある。Mはムッシュウの略と考えられるが、……（空白部分）はアンジェラの扈従騎士のチュレンヌであろうか。

第七十五章（一五四〜一五六頁）

〔1〕　次の第七十六章冒頭に記されているフェリックス・フ

ォールからの手紙によって、休暇の延長が許可されたことをSは知る。

〔2〕チュレンヌのことか。

第七十六章（一五七～一五八頁）

〔1〕この日付はセルクル版、プレイヤード新版では、章の冒頭にあたる「昨日二十八日は……」の前に置かれている。

第八十章（一六四頁）

〔1〕この部分は一八一三年に付け加えられた。

〔2〕イタリアから帰ったSは、ローマでの仕事を求め、また勲章を申請するが不成功に終わる。

〔3〕この最後の段落はセルクル版にはない。プレイヤード新版では脚註に置いている。

訳者解説

1　スタンダールの日記

スタンダール（本名アンリ・ベール）は、十六歳のときに郷里のグルノーブルを出てから、ひと所に定住することなく、生涯を旅に過ごしたことで知られている。これは彼の年譜を見れば明らかなことである。晩年、イタリアのローマ近郊チヴィタヴェッキア駐在フランス領事に就任したが、亡くなるまでの十年余の在任期間中も、休暇を得てはパリへ戻ってきてそこからさらに旅に出、また任地では周辺のイタリア国内を旅行して歩き、外務大臣から任地を離れないよう、部署を空けないようにと再度に渉る注意を受けた。十九世紀前半、交通手段が現在に較べれば格段に不便だった時代に、馬車や馬で、時には船で、彼の移動した距離は生涯合計でどのくらいになるだろうかと考えると呆然となる。そんなスタンダールは、旅で移動しているあいだに、もしくは旅の宿にいるあいだに、たえず本を読み、また恐るべき量の文章を書いた。それら書籍やノートないし紙は、紛失したものも数多いと思われるが、断片に至るまで、郷里グルノーブル近郊のクレにあった彼の父が購入した別荘や、パリでは親友のルイ・クロゼのところ、チヴィタヴェッキアの勤務先ならびに住まい、ローマに借りていたアパルトマン、ミラノの友人の家などに遺された。書籍には欄外に多くの書きこみがあり、スタンダールにあっては、ノートや紙片と変わりないある種の原稿となっている。これら欄外書きこみ（マルジナリア）は、その当該書物と無関係なものも多く、思いついたことや予定などが、場合によっては略号、暗号で記され、日付を付したり付さなかったりと、内容とともに表記にも彼の作家としてのあり方の一面を窺い知ることができるものとなっている。

日記については、一八〇一年ミラノに滞在していた十八歳のときに、「私は日を追って私の人生の出来事を書こうと計画している」（四月十八日）と、まず日記を書く決意から記しはじめている。しかし、そのすぐあとでは書き続けることができるか不安を洩らし、実際日記を付ける多くの人びとが陥るように、日々書き続けることができなくなる。その書き始めた年はまだしも、翌年になるとまさに気息奄々となる。それでも、様ざまな判型のノートに、時には日付を遡ったり、書くつもりで空けたと思われる空白を作ったりしながら、十五年以上断続的に書き綴っている。この「日記」のほかに、スタンダールは若い時代（一八〇二〜〇五）に「パンセ」と題する読後感、書評、そしてラテンの作家の翻訳をはじめ、自分の文学や人間についての考えなどをその時どきに記した別の日記、いわば文学日記を付けていて、これは同じような分冊のノートで残っている。

これらスタンダールの日記草稿は、彼の書いたものすべてが残っているかどうかははっきりしない。現在の日記は、親友のルイ・クロゼがスタンダールから遺贈されたものと、ミラノのスタンダールの友人ルイージ・ブッツィのもとに遺され幾人かの手を経て出てきたものとの二つが中心となっていて、これらは今ではグルノーブルの市立図書館に設けられている《スタンダール文庫》に収蔵されている。とりわけ後者の日記は、ブッツィから、同じくスタンダールの友人アドルフ・ド・マレスト、マレストの蔵書を整理した古書店、収集家P＝A・シェラミー、出版社主エドワール・シャンピヨン、古書籍商ピエール・ベレースと渡って、最後に市立図書館が購入したという経緯がある。これで一八二三年までのあらかたの日記が、一応この図書館に収集されたと考えられている。しかし日記にはたくさんの欠けたところがあるので、その部分をスタンダールが書いていたとすれば、まだ断片が出てくる可能性がある。

イタリア日記については、一八一一年にイタリアを旅したときの日記であるが、スタンダールはこの部分を一八一三年になって、独立した旅行記にしようと手を加えたという点で、日記の他の部分と異なっている。このときの日記には、ノートの紛失によるものや書かずに過ごした部分などの欠落があり、旅行記に仕立てようとしたときに、この部分を不完全ながら加筆している。スタンダールはノートを口述によって筆写させながら加筆訂正を加え、その出来あがったものに、さらに自筆で手を加えた。これを清書させてまた訂正を行なった。訂正は最終的に一八一七年にも行なわれたが、結局存命中には本として完成することはなかった。そして日記の原本と二つの筆写原稿だけが遺された。この筆写原稿のひとつは日記などとともにルイ・クロゼのところに遺り、もうひとつはグルノーブルの弁護士オーギュスト・コルディエの手に渡った。前者は「コピー・クロゼ＝ロワイエ」、後者は「コピー・コルディエ＝アルブレ」と呼ばれている。コピー・コルディエ＝アルブレでは主として日記の後半で加筆されていて、全体で見直されているコピー・クロゼ＝ロワイエの方が最終稿と見做されている。

2　日記の出版

先に記したように、スタンダールの日記の全体はあらかた明らかになっているが、その出版は次つぎと発見されたものが採り入れられて膨らんできた。書誌によって調べてみると、一八五三年からミシェル・レヴィ書店によって逐次刊行されはじめた最初のスタンダール全集（のちにはカルマン・レヴィに引き継がれて、全二十巻になる）には日記は収められてなく、最初の日記は一八八八年にカジミール・ストリエンスキーとフランソワ・ド・ニヨンの編集でシャルパンチエ書店から『遺著』として刊行されたもので、サブタイトルに「スタンダール（アンリ・ベール）の日記、一八〇一〜一八一四」と付け加えられている。この本文は、一八六一年にルイ・クロゼの未亡人からグルノーブルの市立図書館に寄贈された大量のスタンダール関係資料のなかから、三八冊の日記のノートを刊行したものとされている。その後、未刊行断片が文学関係の雑誌などに発表されたが、前記の『遺著』を補う形で、一九一一年にポール・アルブレの編集で『イタリア日記』がカルマン・レヴィ社から出版された。ここにはスタンダールのイタリアに関係する日記を網羅しようという意図が見られるが、一九〇七年に『メルキュール・ド・フランス』誌上にアドルフ・ポープによってはじめて公表された一八一一年のイタリア日記の「コピー・コルディエ」による追加部分も収められた。

日記の刊行における大きな前進は、一九一三年から始まったシャンピヨン版のスタンダール全集によると断言できよう。「日記」はアンリ・ドブレとルイ・ロワイエによって編集されたが、間歇的に一九二三年、三二〜三四年のおよそ十年間をかけて五巻で刊行された。ここでは出版社主のエドワール・シャンピヨンが、P＝A・シェラミーからミラノに残されていた日記草稿を購入して、グルノーブル図書館のクロゼ夫人寄贈の日記草稿やロワイエの入手していたイタリア日記の「コピー・クロゼ」、そしてその後に発見された断片などを加えて、日記をいちだんと充実したものとした。しかしシャンピヨンが購入したミラノ草稿は、シャンピヨンの死後、その蔵書が整理された際に古書店に渡り、それは二十一世紀に入って古書籍商ピエール・ベレースが売り立てに出すまで、半世紀以上も姿を消していた。この草稿は先買い権によって購入することが決まり、二〇〇六年グルノーブル市立図書館に収蔵された。

したがって、シャンピヨン版に続いて刊行されたディヴァン版のスタンダール全集（索引を含めて七十九巻）では、全五巻の『日記』（一九三七）は、シャンピヨン所有の草稿を直接参照できなかった編者のアンリ・マルチノーが、その自分の版をシャンピヨン版全集によって補完するしかなかった。二つの版の細かな対照はここでは行なわないが、マルチノーは、シャンピヨン版が一八一八年までの日記を収めたのに対して、ほんのわずかながら付け加えて一八二三年までに延ばしている。これはその後第二次大戦後になって、同じ編者によるプレイヤード版のスタンダール『私的著作物集』（一九五五）のなかに収載されて引き継がれた。一方、シャンピヨン版は、一九六九年にヴィクトル・デル・リットの編集によって、セルクル・デュ・ビブリオフィルから五十巻の全集で再刊されたが、シャンピヨン版が一九四〇年に三十七巻で中絶したのを補って、ディヴァン版全集で『パンセ』という表題で二巻に収められたものを含む『文学日記』を二巻で刊行するなど、新編集で大きく増補している。セルクル・デュ・ビブリオフィル（以下セルクル版と省略）の『日記』は全五巻で、ここではスタンダールの死去した一八四二年までの記事が収められているが、これは日付の付いたメモや欄外書きこみから記事を拾いだして付け加えたもので、作家が日記として書いたものでないものが加えられている。これはデル・リット編のプレイヤード新版のスタンダール『私的著作物集』全二巻（一九八一、八二）の「日記」において、さらに増大している。こうした編集については異論もないわけではないが、作家の生涯を辿る意味では興味をそそるかもしれない。その一方、この版ではシャンピヨン版に掲載されたものの、以降草稿が行方不明になって、編者が実際に手にすることができなかった部分（つまりミラノ草稿もしくはベレース文書とも呼ぶべき部分）については本文からはずして後註に置いている。

最新の出版は、二〇一〇年に新書版のフォリヨ叢書に入ったグザヴィエ・ブールドネ編の『日記』であるが、マルチノーの版を基礎にして、グルノーブル市立図書館がベレースから購入した日記草稿に直接あたるなど、全体を草稿から見直した版である。

しかし、ここでさらに注目すべきものは、二〇一三年からグルノーブル・スタンダール大学の出版部エリューグから刊行が始まった『日記と書きもの』（Journaux & Papiers）であろう。それはグルノーブル市立図書館の《スタンダール文庫》が所蔵するスタンダールの私的な文書四万ページから、書簡を除いて、一七九六年から一八二一年までの日記や文学日記をはじめ、あらゆる私的な文書・メモ書きなどの原稿を最近の知見に基づいて翻刻して、四巻で刊行しようというものである。これにはセシル・メイナール、エレーヌ・ド・ジャクロ、マリー＝ローズ・コリドールの三人の女性研究者が携わっている。そこでは、これまで日記として加えられていた断片で、日記のノート以外のところに記された記事が、再検討され、日記という名をはずされたりしているが、その記事の様態（どのような場所に、どのようにして書かれているか。つまりノートか紙か、そのサイズ、独立したものか別な事柄を記したものと一緒か、鉛筆かペンか、等々）を、読者にも納得できるように提示している。推測も含まれるが時系列で文書や記事を並べるだけで、分類し整理して枠にはめないところに新味がある。既刊第一巻では戯曲の習作をはじめ、若いスタンダールの勉強の痕跡が色濃いものであるが、全巻が出たときには、ここから新たな『日記』が編集されるかもしれない。

3　イタリア日記

日記全体について大凡を展望したが、イタリア日記はそのなかでどのように収載されてきただろうか。わざわざこのような書き方をするのは、もちろん、旅のあいだのノートに記された日記そのもの以外に、先に記した二つのコピー原稿が残されているためである。第二次大戦前の二つの全集、およびマルチノー編によるプレイヤード版、デル・リット編のセルクル版、そしてフォリヨ叢書版では、スタンダールが日記に手を加えて「イタリア旅行記」（英語で A tour through Italy と記している）に仕立てようと作成した二つのコピーから、作家が加筆した部分を採り入れて本文を作っている。つまり、軍人レリー氏から譲り受けたという「断わりがき」や「序文」も加え、「章」に分けて、全体に加筆が分かるようにその部分をブラケット［ ］で括り、場合によってはそのことを脚註ないし後註で断ることなどをしている。

ところが、デル・リット編のプレイヤード新版では、のちに加筆した箇所はすべて後註に掲載するという形にした。ここでは日記を厳密に捉え、イタリア日記以外の日記全体と同等に扱い、均衡を取り、スタンダールが旅行中に書いたノートを尊重するという意味合いがあった。スタンダールが、旅行中に紛失したノートと、旅のあいだに書くのを飛ばした部分の両者を埋め合わせるために、あとから加筆した箇所などを、本文からはずしてすべて後註に置いている。当然、後註が非常に膨らむことになった。これは一方で、先に2で記したように、日記の記事のなかに、他のメモ書きや欄外書きこみから日付を伴ったものを抜きだし付け加えている点、自筆原稿が行方不明で、シャンピヨン版など他の資料による日記を註に置いた点と合わせて、この版の特色と言えるのではないだろうか。イタリア日記の追加部分をブラケットに入れて本文に置くか、註に置くかは、「日記」であることを強調するか、「旅行記」にしようと目論んだ筆者の意向を尊重するかその比重が関係するように思える。デル・リットの版でも、スタンダールがあとから訂正した細かな語句などについては本文で訂正し、註でそれを明らかにしているので、加筆訂正部分がまったく本文に反映されていないわけではないことも付け加えておこう。実際、スタンダールの意向とすれば、加筆訂正は日記そのものを充実させるという意味を持っていたと考えられるし、それが解体されるのは本意ではなかったのではないだろうか。

4 日記から紀行文へ

スタンダールが旅行中に記した日記を、一八一三年になって旅行記に変えようと手を加えたのはどういうことなのだろうか。紀行文に変えるということは、日記を自分自身の備忘録から、公的なものにする、広く公開するという意志の現れに他ならない。スタンダールとなる以前の、未だ作家として世に出ていないアンリ・ベールは、十代の終わり頃から戯曲の習作を重ねていて、将来は作家（劇作家、当時の言い方では劇詩人）になろうと考えていたことは「日記」のなかで明言している。イタリアの旅をまとめることも彼にとっては作家として世に出る機会と捉えたのだろうか。そもそも彼には、すでに日記を書きながら、それを公にしよう、もしくは他人の目に晒そうと考えていたふしがある。少なくともイタリア日記には、その気配が見える。読者の関知しない私的なことを記しながら、そこには自己顕示的なところがあり、はじめて訪れるフィレンツェを以前に来たことがあるように書くという事実に反することを述べて虚勢を張り、また自分の趣味を他人とは関係ないとわざわざ述べたりして、書く文章の先に、それを読む他人を意識していた様子が窺える。彼は自分の周辺の人物については、仮の名を用いたり、頭文字で記したりする一方、そうした個人に触れるときや、ミラノの人妻アンジェラ・ピエトラグルアとの情事を記すときに、他人の目に触れる際のプライヴァシーに配慮したためか、彼の役人としての身分に影響することを用心したためか、理由は明らかではないが、部分的に英語を用いて記している。しかしながら、日記が公刊されるときには、それが逆に、英語の読める一部の読者の関心を引きつけることも、暗に想定していたのではないかと勘ぐることもできる。

またスタンダールは、紀行文では、巻頭で筆者をレリーという架空の人物（軍人）に仮託したが、そのことは本文ではたちまち忘れ去られて、レリーで居続けることができずに、無頓着に本名アンリ・ベールを名乗ることもしばしばである。自己を隠すことに気を遣っている様子はほとんど見られない。

すでに書いたように、彼は日記を紀行文に仕立てるにあたって、紛失したノートや、ノートに書かなかった部分があるのを見て、一八一三年にその部分を補うことを考えた。だが、そうした場合になすべきことは、仮名に隠れるにしても、まず加筆よりも、問題部分の削除もしくは改変が先にくるのが普通であると考えられるが、とにかく率直なのか、厚顔なのか、それとも面倒くさがりなのか、隠したり表現を大きく変えたりするということにあまり拘泥していない。人名の頭文字表記にしても、隠すことよりも、速筆で、いちいち人名全体を綴る面倒を避けた気配さえ見られる。紀行文に改変しても、日記の私的側面をきわめて色濃く残していて、読者には通じない部分もそのままにしてあるので、これを追い続けるのはかなり厄介である。読まれることを意識しても、読者の側に立ってはいないのが彼の立場である。その点で多くの文学者の日記とは大きく異なる。日記を紀行文に変えたということから、通常の紀行文にはあまり見られないくらいに筆者スタンダールの私的な部分が露出している。やはり、旅行記を目指しはしたのかもしれないが、まさに日記なのである。

しかしまず、スタンダールのその紀行文はどんなものなのか概略を振り返ってみよう。ひと口に紀行文と言っても様ざまである。多くは旅行者が、巡る場所、つまり旅先とそこで暮らす人について得た知識、そこでの人間的交流をはじめとする自己の体験、つまり感動、観察、思考、行動、等々を記すものであろう。その比重は筆者によって異なるが、スタンダールの場合、上で述べたように、どちらかというと旅行を契機とするあまりに私的な体験が直截的にかつ微妙にそれに入り混じる。

旅行記としての日記のなかで、あとから加筆する以前の部分について見てみると、パリからジュネーヴまでの馬車の旅は、車内と宿駅での細かな観察と通過する土地のおおよその観察から成るが、同行者の人間観察に比重がかかっている。ミラノでは、この日記のいちばんのハイライトにあたるが、十八歳頃の思い出に現実が入り混じる筆者の体験が細かく記される。そしていよいよイタリアの旅に動きだすが、ボローニャやフィレンツェは、はじめて訪れる土地であるせいか、短い滞在時間に町のギャラリー、美術館、教会に美術作品を追いかけることが中心となる。ナポリではポンペイはじめ周辺の見学とヴェスヴィオ登山という体験に、街の様子と考古学博物館の見学が観光旅行者として付け加えられている。アンコーナはもっぱら昔の知人リヴィアの現在の様子を報告することに限られる。こうしてそのあとは早々にミラノへ帰ってくる。

スタンダールはこれでは不足すると考え、一八一三年に加筆するが、大きな部分では、フィレンツェを出てローマに至る道筋とローマのサン・ピエトロなどの名所、そしてナポリの音楽と習俗に関わる部分である。この最後のものは、彼が正直に述べているように、ガランティの著書からの抜粋だが、音楽ファンであり、また習俗の観察家を自認する彼としては、この部分に大きな興味を引かれたことがさもありなんと納得され、抜粋とはいえ無視できない。皮肉にも、借用したこの追加によって、いわゆる旅行記としての面目を保っているという見方さえもできる。一方で、ジュネーヴからミラノまでのスイス国内の行程については一顧もされていないが、スタンダールにとっておそらく関心の外にあったと思われる。(スイスのヴァレー地方から、一八〇七年に開通したシンプロン峠を越えて、イタリアのドモドッソーラに出たことは確かなようだ)

しかし加筆部分で注目されるのは、第三十一章九月二十日の《クロゼへの手紙》後半の追加部分であろう。この手紙では、往路フランスを走る乗合馬車のなかなどで、イタリア人とフランス人の違いを観察し、イタリア人の自然さに親近感を感じたスタンダールが、それを称讃すると同時に、とりわけフランス人の才知はあるが虚栄心が先に立つ姿に対して批判を述べ、フランス人は虚栄心が充たされないと自分を不幸だと考えると指摘している。手紙の後半で改めて、他の部分でも繰り返されるイタリア人についての彼の観察を見ると、彼のイタリア、イタリア人観というものが明らかになり、これはのちの『一八一七年のローマ、ナポリ、フィレンツェ』(拙訳『イタリア紀行』）に引き継がれることになる。自然さだけでなく、メランコリックがイタリア的性格で、メランコリーを和らげるゆえに音楽が栄えているという主張に発展していく様子が見られる。

5　ミラノ、恋愛と欲望

しかし何といっても、この旅行記の要はミラノでのアンジェラ・ピエトラグルア夫人との再会と彼女を取り巻く社交界における交際であろう。スタンダールはミラノに到着すると、即座に、十年前に軍人仲間のジョワンヴィルに引き会わされたアンジェラに会いにいくが、彼は往路ミラノに到着するまで、この女性のことにはひと言も触れていない。旅は、うんざりしている役人勤めのなかで「イタリアを見たい」という単純な動機によって企てられたはずで、アンジェラに会うことを目的にしていたわけではない。イタリアの旅に出発するまでの日記の中でも、彼女を想い続けていた様子は見られない。彼女の家を訪ね彼女に再会した瞬間から、彼女への愛と欲望が彼のうちに目覚めたと言えるだろう。十年前にはじめて会ったときの思い出が、そこには大きな役割を果たしているが、その十年前の一八〇一年当時の日記では、彼女は、馬車を連ねてヴェネツィアへ行く仲間たちのなかに、その夫を含めた大勢とともに名前が登場するにすぎないのである。

十年という歳月を隔てて、その間はほとんど忘れていたアンジェラが、ミラノとともに甦る。初心だった十八歳当時から較べれば何人かの女性に恋し、あるいは関係を持ち、現にパリでは女優のアンジェリーヌ・ベレーテルと愛情なしに寝ていた彼は、臆することなくアンジェラの前に現れる。彼はジョワンヴィルの情婦だった彼女に憧れていたことを思い出すと、この美女の取り巻きの一人に加わり、そして自分が彼女に引かれるのを感じ、彼女をひとときの恋人にしたいと迫っていく。彼女と再会してから、思い出が現実に変化していき、やがて親密な関係を結ぶことになる。彼はイタリア周遊に出発すべきか否か迷うが、アンジェラの「出発して」という言葉によって背中を押されミラノを発っていく。そうした状況であるゆえに、旅に出ても、旅先でアンジェラのことを思いだして、もはやミラノへと「帰心矢の如し」になる。そして戻ってきたミラノでは、彼女の一家が近郊のマドンナ・デル・モンテに出かけていると知ると、これを追いかけていき、その地で、そしてミラノで、夫や他の男の目を盗んで逢いびきを繰り返し、快楽の限りを尽くす。

しかしスタンダールには、男の扱いに慣れたこの女性に戸惑いを隠せない。彼に対する愛情があふれているように見える瞬間があるかと思うと、なぜか「ノヴァーラへ行く」などと言って消えていく。彼にはアンジェラが容易に彼の相手にできる女性ではないことが解っていったにちがいない。彼が夢中になった女は、男たちに媚びを振りまく女であり、男たちからちやほやされることを好む女だった。彼女には夫がいて、〈お供の紳士〉もいた。しかし彼女の色香に引き寄せられて男たちは集まり、彼女は、気に入ればこの男たちにしあわせを分け与えることに躊躇いはしなかったようだ。スタンダールはミラノを発つとき、一旦は彼女のまわりに集まる男たちから嫉妬される立場にいたが、彼もまた嫉妬に苦しんでいたように思われる。それでも彼が知る限り、もっとも美しいイタリア女をしばらくは自分のものにしたことは黙っていられない。そこに彼が日記を紀行文にして公開しようとした隠れた動機があるように思える。この日記はアンジェラのメモワールとして彼にとって特別なものだったと言えるのである。

6　フランス支配下のイタリア

一八一一年はナポレオンが皇帝としてヨーロッパに君臨していた最盛期で、フランスは国力も絶頂に達していた。そしてフランス人はその時代に生きていることを誇っていた時代である。しかし、スタンダールも体験した翌年のモスクワ遠征を境に、ナポレオンのフランスは敗れはじめ、一八一四年にはフランスに勝利した連合国がウィーン会議により王政復古を決め、ヨーロッパの国々はフランス革命前の領土に戻され、ナポレオンはエルバ島へ流される。したがって、フランス帝国最後の栄華が一八一一年なのである。

ナポレオンの高官であった遠縁のピエール・ダリュのもとで役人を務めていたスタンダールが、帝政下フランスの支配していたイタリアを巡るのである。フランス人であることが、どんなに彼の旅をたやすいものにしたか推測できよう。彼が手放しでイタリアとイタリア人に共感するところにも、何か余裕があるようだ。

彼がピエトラグルア夫人の好意を受け、その交際社会へ迎えられるのも、彼女の実家のボッローニ家が、ミラノに駐留するフランス軍へ衣料品を収めて利益を得ていたためであろうし、その交際社会そのものが何らかの形で、ナポレオンを国王に、その義理の息子ウジェーヌ公を副王に戴くイタリア王国と関わりを持つ人たちから成り立っていたからであろう。

この時代のスタンダールは、勤めにうんざりしているにしても、彼の生涯のなかではもっともしあわせな境遇にいたことは確かである。パリでは参事院書記官であり、かつ帝室財産検査官という地位にあり、自家用の馬車を持つほどに経済的にも恵まれていた。フランス人であるうえに、地位と金があるとなれば、それだけで旅先でも敬意が払われる。彼は身分を名乗ること、名刺を出すことが虚栄心を振りまくことになるのではないかと心配しているが、自らそう言うのは、その影響するところがよく解っていたからにちがいない。したがって、帝国が瓦解したあと、職務から放りだされた彼は亡命者のようにしてイタリアへ行くが、彼にとっては天と地の激変だったことは疑いない。彼は一八一四年の八月にミラノへ戻るが、前年の秋にも逢ったばかりのアンジェラは、まもなく別れ話を持ちだし、過去の幸福は戻ってこない。結局、翌年末には彼女と完全に決別する。この恋愛の不幸のなかで、スタンダールは評伝『ハイドンに関する手紙』(一八一五)と、一八一一年アンジェラとの恋の最中で執筆を始め、モスクワ遠征のときにその書きかけの草稿をなくし、あらたに書きあげた『イタリア絵画史』(一八一七)を完成して出版する。そして懸案のイタリア旅行記は一八一七年にも一一年の日記の筆写原稿に手を加えるが、こちらは一巻の書物には完成できなかった。それは彼が一八一一年に旅行して書き綴ったときと、彼自身の境遇、およびイタリアの政治・社会の状況がまったく変わってしまったからだと言うことができる。彼は一八一六年に行なったオーストリア支配下のイタリアを周遊した旅を参考に、イタリアの現状に批判的で、反体制的な新たな紀行文『一八一七年のローマ、ナポリ、フィレンツェ』を書かざるをえなかった。アンリ・ベールはこの紀行文ではじめてスタンダールという筆名を用い、ベールからスタンダールとなったのである。ここではもはやアンジェラの名前すら登場していない。一八一一年と、そしてアンジェラとふっ切れたところから、王政復古時代に、スタンダールという作家が誕生したと言えるのではあるまいか。

7 あとがき

「訳者まえがき」で記したように、この翻訳では、スタンダールが一八一一年に書いた日記と一三年の加筆部分をすべて一様に訳して、原著大多数の版で行なっているように、のちに書き加えたものをブラケット[ ]に入れて分けることをしなかった。原文では頭文字だけで記されている人名も、全体を記し、フランス語以外の言語で書かれている部分も、原語を示すことなくすべて訳して、それを一つひとつ断ることもしていない。とにかく、少しでも読みやすくすることを心がけたつもりである。

フランスで刊行された『日記』ないし『イタリア日記』についてはすでに述べた。そのなかのマルチノー編プレイヤード版『私的著作物集』(一九五五)所収の「日記」を底本にして翻訳を行なったが、最近までの諸版を参考にして、本文ならびに原註に、訳者の判断でほんのわずかながら改変を加えて訳出した。また訳註および索引については、原著諸版を参考にしたうえで、訳者が諸種文献を参考にして作成した。本文挿入の地図と巻末の付録はいずれも読者の便宜を考えて訳者が独自に付け加えた。

スタンダールの日記の邦訳は、訳者の知る限り、これまで抄訳、部分訳で次のものが出ている。

＊1 『スタンダール選集 第五巻(日記・書簡)』竹村書房、昭和二十一年七月刊。

このうち「日記」は前川堅一訳で三ページから一七九ページまで。抄訳。一八一一年の部分では九月八日、十二日、二十一日が抄訳されている。

＊2 『スタンダールの日記』表現社、昭和二十三年刊。1の「日記」前川堅一訳の部分を独立させた再刊本。

＊3 『スタンダール全集　第十二巻（エゴチスムの回想・日記）』人文書院、昭和四十六年刊。このうち「日記」は鈴木昭一郎訳で一七三から五八〇ページ。一八〇一年から一八〇五年までの日記を収載。

スタンダールの日記の英訳は、抄訳全一巻で次のものが出ている。

＊ *The private diaries of Stendhal:* edited and translated by Robert Sage, Doubleday & Company, Inc. New York, 1955. 英訳者ロバート・セイジは、アンリ・マルチノー編『クーリエ・アングレ』（スタンダールが英字誌『パリス・マンスリー・リヴュー』『ニュー・マンスリー・リヴュー』『ロンドン・マガジン』等に寄稿した評論を集めたもの）の仏訳においてマルチノーに協力した英国のジャーナリストである。

今回の邦訳出版にあたっては、これまでも小生のスタンダールの翻訳を手がけていただいた新評論のご好意に縋った。とりわけ、編集長の山田洋氏にはいくつものわがままを聞いていただいた。末尾ながら感謝の気持ちを申し述べさせていただきます。

二〇一六年三月

臼田　紘

●付録Ⅰ

イタリア日記（1811）詳細日程と内容

＊太字は原著の見出し

第一章　**八月二十五日**　ミラノへ行く乗合馬車の席を決める。ヴェルサイユへ行く

八月二十九日　二十八日モンモランシーへ行く。その夕、べズィユー夫人宅。零時半アンジェリーヌ来訪。二十九日午前八時十五分に出発

第二章　**八月二十九日**　フランスのブルジョワとミラノのブルジョワ

トネール八月三十一日九時半　ジョワニー、サン＝フロランタン、トネール。同行者、スコッティ氏、通過する土地の様子

第三章　レーキ氏との出会いと会話

第四章　**サン＝セーヌ八月三十一日**　モンバール、ビュフォンの旧別邸の見学

第五章　サン＝セーヌに到着、その宿でのこと

第六章　**九月一日午前四時十分前**　私の読んだ旅行記のこと

ドール九月一日　ディジョン、オーソンヌ、ドールの町

第七章　**シャンパニョルにて九月二日午後三時に書く**　ドール

第八章　**九月二日**　ドール、ポリニー、シャンパニョル

第九章　シャンパニョルとアン川の様子、サン＝ローランの宿駅と行商人たち

第十章　**ラ・ヴァテー九月三日午前十一時**　行商人たちのこと

第十一章　**ジュネーヴ九月三日午後八時エキュ・ド・ジュネーヴにて**　ポリニーからジェックス、モレーズを経由してジュネーヴへ到着したこと

第十二章　スコッティ氏とのジュネーヴ散歩

第十三章　**ミラノ九月八日日曜日**　前日ミラノに到着し、コルソを歩く。スカラ座へ行く

第十四章　一八〇一年の回想

第十五章　回想、十八歳当時の自分のこと

第十六章　一時にアンジェラ・ピエトラグルア夫人に会いに行く

第十七章　喜劇詩の様相を持つ夫人訪問・観劇

第十八章　**ミラノ、コントラーダ・デッレ・トレ・アルベルギ、アルベルゴ・レアーレにて九月九日**　午後二時か

ら五時までピエトラグルア夫人宅。観劇

第十九章　ミラノ九月十日　《昨日九月九日の詳細》。午後三時頃夫人宅へ行く

第二十章　ミラノ九月十一日　《九月十日の要約》。午後一時夫人宅。夫人を取り巻く人たち、ヴィドマン、ミリョリーニに会う

第二十一章　ブレラ見学、ヴィドマン氏のこと。アトリエ・ラファエリ

第二十二章　ミラノ九月十一日　ブレラ見学とアトリエ・ラファエリ。夫人の取り巻き

第二十三章　ピエトラグルア夫人への愛情

第二十四章　悲しみと苛立ち

第二十五章　《ピエトラグルア夫人の性格》

第二十六章　九月十一日、アンブロジアーナ図書館などを見る

第二十七章　ミラノ九月十二日　夫人宅訪問、留守により再度の訪問。告白、口づけを受け取る

第二十八章　桟敷席訪問

ミラノ九月十三日　アンジェラ・ピエトラグルア夫人の生きざま

九月十五日日曜日　冷たく見えるイタリア人

第二十九章　九月十五日　十四日の小面会

第三十章　アンジェラとの愛の行方の考察

ミラノ九月十五日（九月十六日に書く）　アンジェラを囲むグループ

第三十一章　アンジェラの心のなかでの私の立場

ミラノ九月十六日　良識をめぐって

九月二十日にミラノで書く　九月十八日のこと。九月十九日午前十一時十五分にアンジェラと逢ってシモネッタへ行く

ミラノ九月二十日　《クロゼへの手紙》。イタリア人とフランス人の比較。フランス人の虚栄心

第三十二章　《イタリア人の性格》。イタリア人の生き方

第三十三章　ミラノ九月二十一日　二十日のテアトロ・パトリオティコのこと

二十一日午後十一時半勝利を得て、二十二日午前一時半ミラノを出発

第三十四章　ボローニャ九月二十四日　二十一日の結末。ボローニャまでの行程

第三十五章　九月二十三日　ボローニャへ午後六時半到着

九月二十四日　ボローニャの美術作品を見学

第三十六章　ボローニャ九月二十四日　マレスカルキ館、エルコラーニ館、タナーリ館などの所蔵作品見学

第三十七章　イタリア人の家の内部

ボローニャ九月二十五日　フィレンツェへ出発の計画

第三十八章　**九月二十五日**　《ボローニャからフィレンツェへの旅》
第三十九章　**フィレンツェ九月二十七日**　二十六日午前五時フィレンツェの宿駅到着。
《九月二十六日、一日の詳細》。サンタ・クローチェ教会見学
第四十章　ニッコリーニ礼拝堂のフレスコ画が与えた感激
九月二十七日　前日観た『リンボ』の感激
第四十一章　**フィレンツェ九月二十七日**　フィレンツェ風の発音
第四十二章　《自然誌博物館》。博物館の解剖標本。サンタ・マリア・ノヴェッラ教会
第四十三章　ウフィッツィ美術館の見学と絵画についての考察
第四十四章　二時に午後の散歩へ。サンタ・クローチェ再訪
第四十五章　リゴッツィ・ヴェロネーゼの聖ラウレンティウス
第四十六章　街を迂回する河から得た観念
第四十七章　《ピッティ》。夕方七時半にアデール夫人訪問
第四十八章　アルフィエーリの『オレステス』
九月二十八日　書き写す予定の空白ページ
第四十九章　フィレンツェの街。フィレンツェからローマへ
第五十章　アクワペンデンテ、追い剝ぎ、サン・オレステ山
第五十一章　ローマの街の印象
第五十二章　サン・ピエトロ大聖堂、モンテ・カヴァッロ
第五十三章　ランテ公爵夫人主催のコンサート
第五十四章　カノーヴァのアトリエ
第五十五章　ローマ出発。コロッセオ
第五十六章　**十月九日**　モラ・ディ・ガエタ
《ナポリ》。ノート紛失のこと
十月五日午前三時半ナポリ到着。翌日六日は日曜日
第五十七章　**十月八日火曜日**　ポンペイ、ヘルクラネウム、サン・カルロ劇場
十月九日水曜日　トレド通りと街の様子
第五十八章　**十月十日木曜日**　ヴェスヴィオ登山
十月十一日金曜日　ナポリ王の暮らし
第五十九章　《ナポリの音楽》
第六十章　ナポリの音楽家たち
第六十一章　ナポリが生んだ歌手たち
第六十二章　ナポリの風俗、ナポリの政府と住民
第六十三章　ラザローニ
第六十四章　ナポリの祭と住民の熱狂
第六十五章　儀式と音楽
第六十六章　カフェと会話サロン
第六十七章　ナポリの風俗と住民の暮らしぶり

第六十八章　ローマ経由アンコーナへ
第六十九章　十月十九日　《アンコーナ》。リヴィア夫人との再会
第七十章　十月十九日　カザーティ氏との旅。チェザロッティの風刺詩
　十月二十日　十九日夕のこと。アンコーナ出発
第七十一章　十月二十二日ミラノ到着
　十月二十四日木曜日ヴァレーゼにて書く　前日二十三日午後八時半ヴァレーゼ到着。二十四日午前六時半マドンナ・デル・モンテへ出発。アンジェラと再会。彼女に起こったことの報告
第七十二章　十月二十五日午後九時イゾラ・ベッラで書く
　朝八時にヴァレーゼを出発し、ラーヴェノ、ボロメオ諸島を巡る。アンジェラへ手紙を書く
　十月二十六日　秋の好天と景色
第七十三章　マドンナ・デル・モンテ十月二十六日八時　ベッラーティの宿。アンジェラとの逢いびき。彼女の手紙
第七十四章　マドンナ・デル・モンテ十月二十七日七時十分
　二十六日のこと。夜九時半、アンジェラから二番目の手紙
第七十五章　ミラノ十月二十九日　二十八日アンジェラへ手紙を書く。ミラノの部屋での逢いびき
第七十六章　前日二十八日はしあわせな一日
　十月二十九日　コントラーダ・デイ・ドゥエ・ムーリの部屋でランツィを読む
第七十七章　十月三十日　アンジェラの手紙を息子のアントニオが持参
　十月三十日もしくは三十一日　前日出版者へ絵画史出版の意向を手紙に書く。アンジェラとの逢いびき
第七十八章　十一月二日から十五日までのアンジェラの不在のこと
　ミラノ、アルベルゴ・デッラ・チッタ十一月二日　午後六時にカフェでアンジェラと逢う
第七十九章　十一月六日　ボッシの『最後の晩餐』模写について
　十一月七日　朝、大司教館のギャラリーを見学
第八十章　十一月十三日ミラノを発ち、二十七日五時半にパリへ帰る

●付録Ⅱ－1

スタンダール＝アンリ・ベール年譜（1）

――一八一四年七月までの詳細年譜

グルノーブルの少年時代
（一七八三年一月二十三日〜一七九九年十一月九日）

一七八三　一月二十三日　フランスのドーフィネ地方の都市グルノーブル（イゼール県）のヴュー・ジェズイット街（現ジャン＝ジャック・ルソー街）で生まれる。父親シェリュバン・ベールはグルノーブル高等法院の弁護士で三十五歳、母親アンリエットは二十五歳であった。前年長男が生まれたが、生後まもなく亡くなった

一七八六　妹ポーリーヌが生まれる

一七八八　妹ゼナイードが生まれる
六月七日　**グルノーブルで〈屋根瓦の日〉、大革命への先駆けとなる**

一七八九　**大革命（フランス革命）が起こる**

一七九〇　十一月二十三日　母アンリエットが産褥で死去
母方の祖父アンリ・ガニョン、大伯母エリザベト・ガニョンの住むグルネット広場に面したアパルトマンで暮らすことが多くなる

一七九一　夏　叔父ロマン・ガニョンの住むレ・ゼシェルへ行き、滞在する

一七九二　十二月　イエズス会の僧侶ライヤンヌ師が家庭教師になる
九月二十二日　**共和暦、別名革命暦が施行される。この日が第一年ヴァンデミエール一日となる。一八〇五年廃止**

一七九三　**国王ルイ十六世、ついで王妃マリー・アントワネット処刑される**
王党派の父と母方の祖父アンリ・ガニョンが反革命分子と断定され、拘留、捜索を受ける

一七九四　六月二十六日〜七月二十四日　父の拘留されている一時期を近郊の別荘クレで過ごす
八月　ライヤンヌ師が家庭教師を辞める

一七九六　十一月　前年制定された法に基づき、グルノーブルにエコール・サントラル（現在のリセに相当する）が開校して入学する。友人にフェリックス・フォール、ルイ・クロゼ、ルイ・ド・バラル、ピエール＝

シャルル・シュミナード、フランソワ・ビジョン、フォルチュネ・マント、遠縁のロマン・コロン、そしてアレクサンドル・マラン等がいた

一七九七　一月　叔母のセラフィー・ガニョンが死去

十一月　女優のヴィルジニー・キュブリー嬢がグルノーブルに来演し、彼女に恋心を抱く

一七九八　三月　デッサンで賞をもらう

九月　文学で一等賞をもらう

一七九九　九月　数学で一等賞をもらい、エコール・サントラルを卒業

十一月　エコール・ポリテクニーク（理工科学校）の入学志願者として許可が与えられる

十一月五日　志願のためグルノーブルを発ち、パリへ向かう

十一月八日　**ナポレオンのクーデタ「ブリュメール十八日」、執政政治開始**

十一月九日　パリの手前でナポレオンのクーデタを知る

パリ

（一七九九年十一月十日〜一八〇〇年三月）

一七九九　十一月十日　パリ着。オテル・ド・ブルゴーニュ泊

エコール・ポリテクニークに登録せず

十二月　三度宿を変えたのち、病気になり、リール街五十番地にある母方の遠縁のダリュ家に引き取られる

一八〇〇　一月　陸軍局長ピエール・ダリュの世話で陸軍省へ入る

二月　ピエールが陸軍の装備点検監督官に就任し、弟のマルシャルがその副監督官となる

マルシャルに連れられて、オペラ座の楽屋へ出入り

三月　ダリュ家の館に住む遠縁のアデール・ルビュフェルとダンスをする。

ナポレオンのイタリア遠征に従軍

（一八〇〇年五月七日〜一八〇一年十二月）

一八〇〇　五月七日　イタリア遠征軍監督官に任命されたピエールのもとで、ナポレオンの第二次イタリア遠征に加わる。予備役として位階も制服もなかった

五月十八日〜二十三日　ジュネーヴとその周辺に滞在

五月末頃　グラン・サン＝ベルナール峠を越える

六月はじめ　ノヴァーラにてチマローザの喜歌劇『秘密の結婚』を観る

六月十日　ミラノ着。アッダ館ついでカステルバルコ館を宿舎とする

主計官ジョワンヴィルからその恋人アンジェラ・ピエトラグルアに会わされる

六月十四日　**マレンゴの戦い、フランス軍オーストリア軍に勝利を収める**

六月十六日〜二十四日　ピエールの出張に伴い、アローナ、ボロメオ諸島へ行く

九月二十三日　騎兵少尉に仮任官

十月二十三日　竜騎兵第六連隊に配属される

十一月二十日〜十二月十一日　連隊とともに、ロマネンゴ、バニョーロ滞在

一八〇一　一月十二日　**カステル・フランコの戦い**

二月一日　ジョワンヴィルによってチザルピーナ第三師団指揮官ミショー将軍の副官に推薦される

二月九日　**リュネヴィルの和約、一七九七年のカンポ・フォルミオの和約を固定化、フランスのイタリア支配が確立**

二月十一日　少尉に正式任官

二月二十一日　ミショー将軍の師団に加わるためにミラノ出発

三月七日　喜劇「とりちがい（クィプロクォ）」に着手

四月十八日〜五月二日　ミラノ滞在。日記を付けはじめる

五月〜六月二十四日　ベルガモ滞在。ゴルドーニの喜劇『ゼリンダとリンドーロ』を観て、翻案を考える。以後、芝居のプランと習作を行なう

六月〜九月十八日　ブレッシャ滞在

七月十五日　**ナポレオンと教皇ピウス七世のあいだで宗教協約（コンコルダ）締結**

転属命令を受けブラに向かう。途中、ミラノでアンジェラ・ピエトラグルアと出会う

九月二十九日　ブラ到着

十月二十六日〜十二月二十六日　サルッツォ滞在。梅毒の初期症状に苦しむ

年末　休暇申請、許可されグルノーブルへ向かう

グルノーブル、パリ、マルセイユ
（一八〇二年一月一日〜一八〇六年十月十四日）

一八〇二　一月一日〜　グルノーブル滞在

三月四日　友人エドワール・ムーニエの妹ヴィクトリーヌがハイドンの曲を練習するのを聴き、彼女

に恋心を抱く

三月九日　ヴィクトリーヌは亡命から帰ったばかりの父ジャン＝ジョゼフ（もと憲法制定議会議員）とパリへ出発

四月五日　パリへ出発。友人フェリックス・フォールの下宿に泊まる

五月十五日　ヴィクトリーヌはレンヌ県知事に着任する父とともにパリを発つ

六月一日　ピエール・ダリュがアレクサンドリーヌ・ナルドと結婚

七月　少尉の辞任を申し出て、八月に許可され、軍を退職。英語の勉強

八月二日　**ナポレオンが終身執政となる**

八月　ダリュの館に暮らすアデール・ルビュフェルに恋心を抱く

八月二十五日　アデールの母ルビュフェル夫人マグドレーヌと関係を持つ

十一月二十四日　オテル・ド・ルーアンに移る

一八〇三　戯曲の習作と読書の日々

五月　「二人の男」を書く

六月二十四日　グルノーブル着、翌年三月まで郷里で過ごす

九月　父シェリュバン・ベールがグルノーブルの市会議員に当選

一八〇四　三月二十六日～四月二日　ジュネーヴ滞在

四月八日　パリ着オテル・ド・ルーアン泊

五月九日　エコール・サントラルの同窓生バラルとリール街に下宿

七月十四日　父シェリュバン、月に二百フランの送金を約束

八月十二日　マルシャル・ダリュとともに、俳優のラ・リーヴ本名ジャン・モーデュイのところに入門し、八月二十一日から朗唱のレッスンを受ける

八月二十四日　戯曲「ルテリエ」の最初の着想

十月　ラ・ロワ街（現リシュリュー街）に転居

十二月二日　**ナポレオンの皇帝就任、戴冠式**

十二月上旬　ヴィクトリーヌ・ムーニエと再会

十二月十二日　マルシャル・ダリュと俳優デュガゾン本名ジャン＝アンリ・グールゴーに入門

十二月末　デュガゾンのところで女優ルアゾンことメラニー・ギルベールと会う。以降、ルアゾンに接近する

一八〇五　三月十八日　**ナポレオンがイタリア王を兼ねる**

四月二九日　ルアゾンがマルセイユの劇場と契約

五月八日　ルアゾンとパリを出発

五月十四日　リヨンでルアゾンと別れ、グルノー

ブルへ行き、滞在。父に起業の計画を話し、資金拠出を求めるが、拒絶される
七月二十五日　マルセイユ着。サント街でルアゾンとの生活
七月二十七日　友人のフォルチュネ・マントと輸入食料品店ムニエ商会の店員となる
九月九日　**共和暦の廃止**
十一月十三日　**フランス軍のウィーン入市**

一八〇六　四月三日　ピエール・ダリュが当時のアンスティチュ・ド・フランス（アカデミー・フランセーズ）会員となる
五月二十四日　マルセイユを出発
五月三十一日　グルノーブル滞在、七月まで
五月　祖父を通じて、ダリュ家に職探しの相談をする
七月十日　パリ到着
八月二十五日　ルビュフェル夫人と娘のアデールを植物園へ連れていく
九月三十日　マルシャル・ダリュがシャルロット・シャトネと結婚
十月十四日　**イエナの戦い**

ブラウンシュヴァイク、パリ、ウィーン、パリ（一八〇六年十月十六日～一八一一年八月）

一八〇六　十月十六日　マルシャル・ダリュとドイツ戦線へ向かう
十月二十七日　ベルリン着
十一月八日　臨時陸軍主計官補に任じられ、ブラウンシュヴァイクに向かう
十一月十三日　着任
十二月十六日　主計官補に任命される
十二月二十五日　会計報告にパリへ向かう

一八〇七　二月五日　ブラウンシュヴァイクに戻る
六月二十日～二十二日　シュトロンベック男爵の招待でラウニンゲンへ行く。同行のヴィルヘルミーネ・フォン・グリースハイムに心引かれる
七月六日　ヴォルフェンビュッテルへの遠足
七月十一日　陸軍主計官補任官の発令
九月十八日　ベルリンへ向かうピエール・ダリュ夫人アレクサンドリーヌをハルベルシュタットに迎え、案内する

一八〇八　二月十六日　アデール・ルビュフェルがアレクサンドル・プチエと結婚
四月六日　大伯母エリザベト・ガニョン死去

五月二十五日　妹ポーリーヌ、フランソワ＝ダニエル・ペリエ＝ラグランジュと結婚
十一月十一日　パリへ戻るよう命令を受ける
十二月一日　パリ到着

一八〇九
三月末まで　友人フェリックス・フォールの住むオテル・ド・アンブール泊
三月二十八日～年末まで　**オーストリア戦役**
三月二十八日　東部戦線へ赴くよう命令を受ける
四月三日　ストラスブール着
四月十二日　ストラスブール発、ドイツ南部を経て、五月十三日ウィーン着
六月十五日　ショッテン寺院におけるハイドンの追悼レクイエムに出席
七月六日　**ワグラムの戦い**
この時期、ザルツブルク近郊ハラインの塩鉱を見学
十月二十一日～十一月二十日　ダリュ夫人アレクサンドリーヌ、ウィーン滞在。その案内役を務める
ダリュ夫人を見送ったあと、ザンクト・ペルテンに滞在

一八一〇
一月一日～三日　リンツ滞在。スペインへの転勤を希望する
一月二十日～翌年八月末まで　パリ滞在。ダリュ家との交際
三月　画家のジャック＝ルイ・ダヴィッドがダリュ夫人の肖像画を制作
四月一日　**ナポレオン、ハプスブルク家のマリー＝ルイーズと結婚**
四月三十日　最新式の二輪馬車を二千百フランで購入
社交生活、パリ近郊への小旅行に日を送る
七月三日～二十五日　戯曲「ルテリエ」を書き続ける
八月一日　参事院書記官に任命される
八月二十二日　帝室財産検査官を兼任する
十月二日　女優アンジェリーヌ・ベレーテルとの交際が始まる
十一月九日　ナポレオン美術館（ルーヴル）の目録作成に協力
十二月十六日　皇后に目通りする

一八一一
一月二十九日　アンジェリーヌ・ベレーテルと同棲
三月十二日　マルシャル・ダリュがローマ駐在の地方長官に任命される
四月十七日　ピエール・ダリュが内閣官房長官に就任したことを知る
四月二十四日　「ビュリュスの性格」を書きピエ

ール・ダリュを分析
四月二十九日～五月三日　ルイ・クロゼ、フェリックス・フォールの二友人とノルマンディー旅行
五月十八日　フォールに勧められたレシュノー嬢との結婚を検討
五月二十五日～六月二日　ダリュ家が購入したばかりの別荘ベーシュヴィルに滞在
五月三十一日　ダリュ夫人アレクサンドリーヌに恋を告白、拒絶される
七月二十一日～　パリ来訪のシュトロンベック男爵を案内する
八月　ピエール・ダリュに随行してコンピエーニュへ行く。イタリア旅行のために休暇を求める

イタリアの旅
（一八一一年九月三日～十一月二十七日）

一八一一　九月三日　ジュネーヴ着
九月七日～二十二日　ミラノ滞在
九月二十三日～二十五日　ボローニャ滞在
九月二十七日、二十八日　フィレンツェ
十月九日～十一日　ナポリ
十月十七日～二十日　アンコーナ
十月二十二日～十一月十三日　ミラノ滞在
十一月十八日　チュエランの妹ポーリーヌの嫁ぎ先ペリエ＝ラグランジュ家、およびグルノーブルに寄る
十一月二十七日　パリ着

パリ、モスクワ、ドイツ、パリ
（一八一二年六月二十二日～一八一四年七月二十日）

一八一二　六月二十二日　**ナポレオン　ロシアに宣戦布告**
七月二十三日　サン＝クルーで皇后に拝謁、親書を預かり、モスクワ遠征に出発した皇帝を追いかけてパリ出発
八月十四日　スモレンスクの手前で軍司令部と合流
八月十八日～二十五日　スモレンスク滞在
九月十四日　モスクワに到着。宿舎で「ルテリエ」「イタリア絵画史」を執筆
ロシアは降伏せず、大火災発生。フランス軍は苦境に陥る
十月十六日　モスクワを出発、三日後に退却を開始する軍の食糧調達の任
十一月二日～十一日　スモレンスク
十一月二十七日　ベレジナ川を渡る

十二月六日　着の身着のままでヴィルナ（現ビルニュス）へ帰着
十二月十四日〜三十日　ケーニヒスベルク（現カリーニングラード）滞在
十二月十八日　**ナポレオン　パリへ帰還**

一八一三　一月三日〜八日　ダンツィヒ（現グダンスク）滞在ベルリン、ブラウンシュヴァイク、フランクフルト、マインツなどを経て帰る
一月三十一日　パリ着
二月十九日　戯曲「ルテリエ」に取り組む
三月中旬、「イタリア旅行記」を出版するために日記に手を入れコピーを作成
四月十九日　パリを出発してドイツ戦線へ向かうエアフルト、ドレスデン、バウツェン、リーグニツなどをまわる
六月十日　シャガン（ポーランド下シュレジェン地方の都市）の地方長官に任命されて、同地に到着
七月二十六日　神経性の熱発で仕事を離れる。ドレスデンで休養
八月二十日　パリに戻る。下旬イタリアへ出発
九月七日　ミラノ着、アンジェラ・ピエトラグルアと再会。近郊を小旅行
九月二十日　祖父アンリ・ガニョン死去
十月十二日　ミラノに戻り、アンジェラとヴィガノーのバレエを観る
十月十九日　**ライプツィヒで諸国民の戦い、ナポレオン敗れる。フランス戦役始まる**
十一月十四日　ミラノを出発、グルノーブルを経て月末パリへ帰る
十二月二十六日　元老院議員サン・ヴァリエ伯爵の補佐官として、ドーフィネ地方防衛軍の編成を行なうべく命令を受ける
十二月三十一日　パリを出発

一八一四　一月五日　グルノーブル着。シャンベリ滞在
二月二十二日　健康状態悪く、パリへ帰ることを申し出る
二月二十七日　グルノーブル出発
三月二十七日　シャンベリ、サン＝ジュリヤンを経て、パリへ戻る
三月三十日　モンマルトルの攻防を見る
三月三十一日　**連合軍のパリ占領**
四月二十八日　**ナポレオンの退位、エルバ島への流刑。王政復古**
「ハイドン、モーツァルト、メタスタージョ伝」の執筆
七月二十日　ミラノへ向け出発

●付録Ⅱ-2

スタンダール＝アンリ・ベール年譜（2）

――一八一四年八月以降の略年譜

王政復古時代
（一八一四年八月十日～一八三〇年七月二十八日）

一八一四　八月十日　モン＝スニ峠を経てミラノ着。アンジェラと再会
北イタリア周遊
十月十六日　アンジェラ、別れ話を切りだす

一八一五　一月十四日　ピエール・ダリュ夫人アレクサンドリーヌの死（一月六日）を知る
『ハイドンに関する手紙』をルイ＝アレクサンドル＝セザール・ボンベの名で出版
三月　**ナポレオンがエルバ島を脱出。百日天下始まる。ワーテルローの戦いでナポレオン敗れる**
五月三十日　下の妹ゼナイードがアレクサンドル・マランと結婚
十二月二十二日　アンジェラと不和になり決別

一八一六　ミラノで当地の文学者作家と交流
年末から翌年はじめにかけてローマ、ナポリなどを周遊

一八一七　『イタリア絵画史』をM・B・Aの名で出版
騎兵士官スタンダール氏著『一八一七年のローマ、ナポリ、フィレンツェ』を出版。はじめてスタンダールの名を用いる。八月はじめ、ロンドン滞在

一八一八　この年のはじめマチルデ・デンボウスキー（メチルド）を紹介される

一八一九　五月　メチルドを追ってヴォルテッラに行くが、彼女の怒りをかう
七月二十二日　ボローニャで父の死を知る。グルノーブル滞在
メチルドの態度が冷たく、悩む。『恋愛論』の着想

一八二一　四月一日　帰国を決意
六月十三日　ミラノを出発
十一月　英国旅行

一八二二　パリで英字誌への寄稿など評論活動
八月　『恋愛論』出版

一八二三　三月　ロマン派擁護の文学論『ラシーヌとシェイ

クスピア』出版
十月十八日　パリを出発、翌年三月までイタリア旅行
十一月『ロッシーニ伝』出版

一八二四　再びロマン派擁護の論陣に加わる
五月　クレマンチーヌ・キュリアル伯爵夫人の情人となる
博物学者キュヴィエの義理の娘ソフィー・デュヴォーセルと知り合う

一八二五『ラシーヌとシェイクスピア』第二部出版
五月　メチルド（マチルデ・デンボウスキー）肺結核により死去

一八二六　六月〜九月　ロンドン、ランカスター、カンバーランド、マンチェスターなどを巡る

一八二七　一月　キュヴィエのサロンでトスカーナ大公国公使の姪ジウリア・リニエリ・デ・ロッキを知る
三月『ローマ、ナポリ、フィレンツェ（一八二六）』の出版
七月二十日　パリを出発、ローマ、ナポリなどを巡る
八月『アルマンス』出版
十二月三十一日　ミラノ到着。しかし滞在許可が得られず、立ち去る

一八二八　一月二十九日　パリ到着
七月　陸軍の退職年金を請求
十一月　年金決定

一八二九　ドラクロワの姪アルベルト・ド・リュバンプレ通称アズュール夫人との恋愛
九月『ローマ散歩』出版
九月五日　ピエール・ダリュ、ベーシュヴィルで死去
九月八日〜十一月末　パリを出発。南仏を巡り、バルセロナに立ち寄る
この年から翌年にかけて短篇小説を執筆、雑誌掲載

一八三〇　七月二十八日　**七月革命勃発**

七月王政時代
（一八三〇年九月二十五日〜一八四二年三月二十四日）

一八三〇　九月二十五日　トリエステ駐在の領事に任命される
十一月二十五日　トリエステ到着
オーストリア政府によって着任の拒否に遭う
年末『赤と黒』出版

一八三一　四月十七日　チヴィタヴェッキアの領事に着任

ローマ近郊の小旅行や短篇小説の創作
パリで知り合ったジウリア・リニエリ・デ・ロッキをシエーナに訪ねる

一八三三 九月十一日 休暇を得てパリ到着

一八三四 一月八日 ローマ到着
七月十四日 外務大臣から、任地をみだりに離れないよう注意の手紙

一八三五 前年着手した『リュシヤン・ルーヴェン』を続けて執筆、口述。
十一月二十三日 『アンリ・ブリュラールの生涯』を書きはじめる

一八三六 三月十二日 休暇申請が認められ、五月二十四日パリへ出発
十一月九日 『ナポレオン伝』に着手、翌年放棄

一八三七 この年、短篇小説を執筆。またフランス国内旅行
七月 『ある旅行者の手記』を書きはじめる

一八三八 三月八日 パリを出て、国内旅行
七月 『ある旅行者の手記』を出版
十一月四日 『パルムの僧院』の原稿を口述筆記
十二月二十六日 『パルムの僧院』を完成

一八三九 二月〜三月 『カストロの尼』を雑誌に発表。出版は年末
四月 『パルムの僧院』の出版

一八四〇 六月二十四日 任地チヴィタヴェッキアに戻るためにパリ出発
九月二十五日 バルザックの『パルムの僧院』についての批評がバルザック発行の雑誌『ルヴュ・パリジェンヌ』に出る

一八四一 健康優れず、死の恐怖に囚われる
八月九日 健康上の理由で休暇を申請
十月二十二日 任地を出発
十一月八日 パリに到着

一八四二 三月二十二日 外務省前の舗道で脳溢血の発作により倒れる。翌日死去。五十九歳になって二か月を経過していた
三月二十四日 アソンプション教会で葬儀後、モンマルトルの墓地に埋葬される

●付録Ⅲ　アンリ・ベール＝スタンダールの主要な血縁図（＊太字は一八一一年に存命の人物、＝印は婚姻関係）

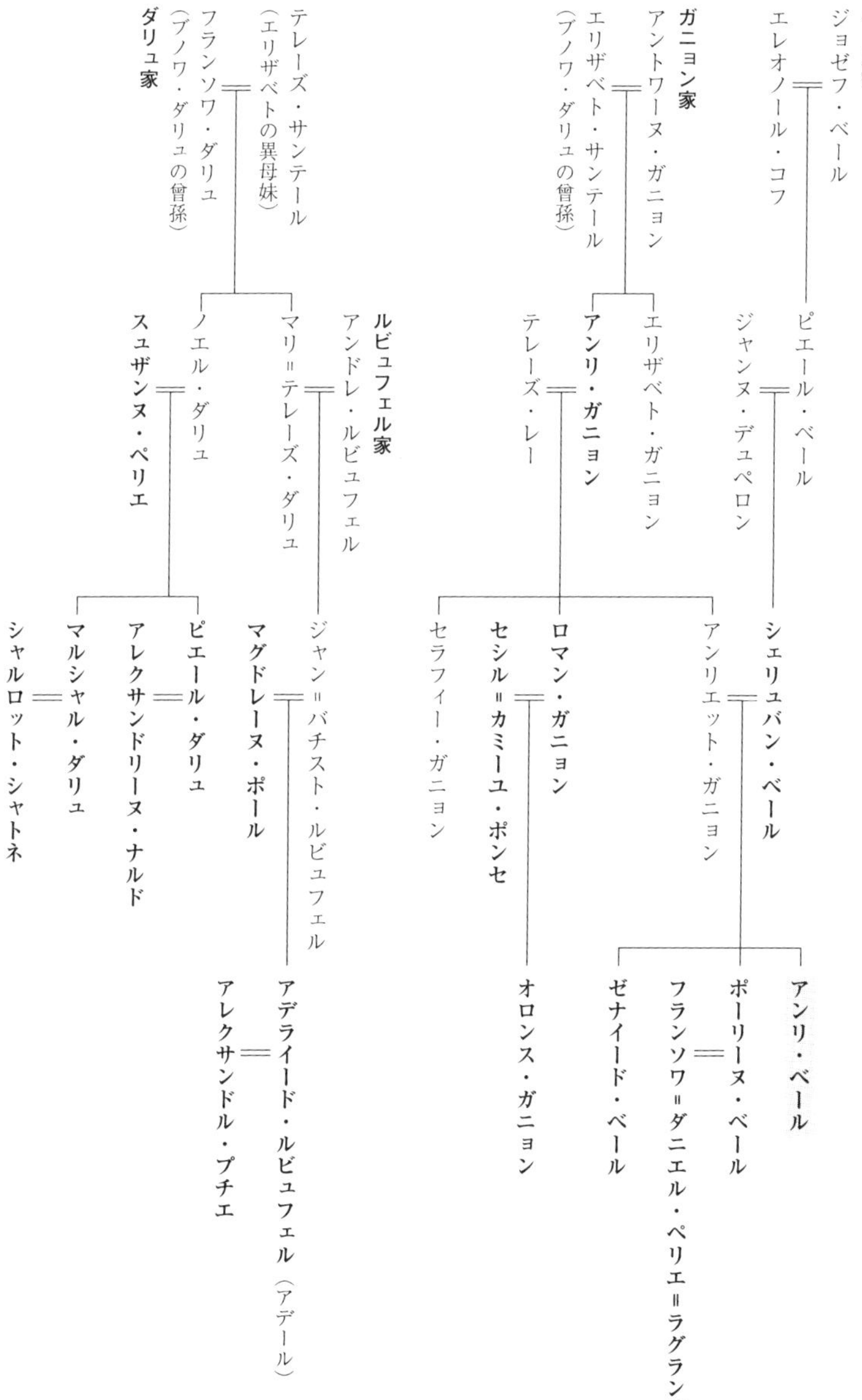

簡体小説） 144
ヤッファ（パレスチナの都市、現イスラエルのテル・アヴィヴの一部） 106
《四盗人のワイン酢》 121, 176

ラ・ヴァテー（フランス、フランシュコンテ、ジェックス近くの小村） 29, 31, 168
ラーヴェノ（ロンバルディーア） 146, 150, 153
ラクリマ・クリスティ（ナポリ産のワイン） 126
ラディコファーニ（シエーナからローマへの途上の山塊） 116

『リュクサンブールの聖母』（ラファエロの絵画、パリ、リュクサンブール宮蔵） 101
リヨン（フランス、ローヌ河とソーヌ川の合流点に位置する都市） 6, 28, 168, 169
『リンボ』（正式には『キリストの冥界下り』ブロンズィーノの絵画） 101, 102, 108, 109

ル・アーヴル（フランス、ノルマンディー） 6, 16
ルーアン（フランス、ノルマンディー） 6, 18
ルイジアナ（北米） 81
ルクリーノ湖（カンパーニャ） 124
「ルテリエ」（アンリ・ベールの戯曲） 9, 143, 165

レオポルトシュタットの丘（フィレンツェ） 111, 174
レ・ゼシェル（フランス、ドーフィネ） 25
『レダ』（コレッジョの絵画） 101
レ・チンクェ・ヴィエ → （レ・）チンクェ・ヴィエ
レンタージョ劇場（ミラノの） 44

ロイヤーノ（エミーリャ・ロマーニャ） 95
ローディ（ロンバルディーア） 86, 87, 145
ローマ 5, 9, 38, 44, 45, 48, 80, 86, 93, 94, 110, 115-9, 121, 122, 137, 139, 144, 148, 150, 163, 174-9, 185
ローマ門（ポルタ・ロマーナ、フィレンツェの） 115
ロンドン 30
ロンバルディーア（イタリア北部の地方） 38, 95, 116, 169, 172

『＊＊＊伯爵の覚書』（デュクロの小説） 155

24, 25, 27, 30, 168
ポルタ（門）
ポルタ・オリエンターレ（ミラノの） 34, 35, 36, 72
ポルタ・ティチネーゼ（ティチーノ門、ミラノの） 35, 162
ポルタ・ロマーナ（ローマ門、ミラノの） 35, 44, 74, 113, 145
ポルティーチ（カンパーニャ、ナポリ近郊） 125, 127
ボローニャ（エミーリャ・ロマーニャ） 75, 76, 85-8, 90, 92-5, 104, 105, 123, 160, 172, 173, 185
ボロメオ諸島（マッジョーレ湖のベッラ島とマードレ島のこと） 146, 150
ポンティーナの沼（ラツィオ） 121
ポン・デ・ザール（芸術橋、パリの） 10
ポンテノーヴォ劇場（ナポリの） 131
ポンペイ（古代の都市、カンパーニャ） 86, 124, 136, 185

マ行

『マグダラのマリア』（グイドの絵画） 91
『マグダラのマリア』（グエルチーノの絵画） 91
マグダラのマリア（コレッジョによる） 163
マッジョーレ湖（ロンバルディーア） 47, 95, 146, 147
マドンナ（聖母）
マドンナ（ガンドルフォによる） 93
マドンナ像（グイドによる） 91
マドンナ・ディ・サン・ルカ教会（ボローニャの） 93
マドンナ・デル・モンテ（サクロ・モンテのマドンナ教会、ロンバルディーア） 146, 147, 151, 154, 155, 158, 186
マリーノ館もしくはマリーノ（ミラノの） 35, 47, 48
『マルカントニオ閣下』（『（イル・）シニョール・マルカントニオ』、パヴェージの芝居） 87
『マルクス・アントニウスとクレオパトラ』 89
マルケ（イタリアのアドリア海沿岸の州） 129
マルセイユ（フランス、プロヴァンス） 6, 33, 39, 80, 169
マレスカルキ館（ボローニャの） 90, 92, 93
マレンゴの戦い 37, 67, 171
マントヴァ（ロンバルディーア） 41, 86, 87, 119
「ミゼレーレ（あわれみたまえ）」（ヨメッリの曲） 129
「ミゼーロ・パルゴレット」（『デモフォオンテ』中のアリア） 128
『ミニストロ・ドノレ』（イフラントの喜劇） 84
ミラノ（ロンバルディーア） 3, 5, 9, 12, 14, 15, 26, 28, 33-9, 43-8, 50, 52, 54, 58-61, 65-9, 71, 72, 74-8, 82-8, 91, 93, 102, 105, 112, 119, 122, 123, 125, 142, 144-52, 154, 156, 159, 161, 164, 168-71, 179-82, 184-8
ミルヴィウス橋（ポンテ・モッレの古代名、ローマ） 117

メッシーナ（シチリア） 128
「メディチ家のウェヌス」（ギリシャ彫刻、ウフィッツィ美術館） 125
メラヴィーリ通り → コントラーダ・デイ・メラヴィーリ
メルカーティ広場（ミラノの） 162
メルク（オーストリア） 25, 26
メルクリウス像（ジャン・ド・ボローニャ作） 92
メルジェリーナ（ナポリ） 137

「もし彼女が求めもし言うならば」（ペルゴレージ『オリンピアーデ』のアリア） 129
モスクワ 8, 52, 165, 187, 188
『モーゼ像』（ミケランジェロの彫像） 143
モーデナ（エミーリャ・ロマーニャ） 86, 87
モラ・ディ・ガエタ（現フォルミア、カンパーニャ） 86, 122, 176
『モリナーラ』（パイジェッロのオペラ） 132
モレーズ（フランス、ジュラ県） 30, 168
モン＝スニ峠（フランスとイタリアのあいだにある峠） 121, 153, 168
モンテ・カヴァッロ（別名クィリナーレの丘、ローマの） 119, 175
モンバール（フランス、ヨンヌ県） 6, 17-20
モン・ブラン（アルプス山脈中の高峰） 31
モンモランシー（フランス、イール・ド・フランス） 10, 166

ヤ行・ラ行

『ヤコポ・オルティスの手紙』正式には『ヤコポ・オルティスの最後の手紙』（フォスコロの書

グッタ
バース（イングランドの温泉地） 30
パッランツァ（ロンバルディーア） 146, 150, 153
『バテシバ』（グエルチーノの絵画） 89
ハノーヴァー（ドイツの都市） 121
パラッツォ・ボヴァーラ → カーザ・ボヴァーラ
パリ 6, 9, 11, 19, 24, 33, 36, 42, 46-8, 50, 61, 66, 69, 76-8, 82, 83, 89, 92, 93, 96, 101, 113, 119, 123, 128, 131, 133, 136, 143, 144, 160, 164-6, 168, 172, 173, 176, 177, 179, 185-7
『バルデス』（ルスユウールのオペラ） 17
パルマ（エミーリャ・ロマーニャ） 86, 158
『晩餐』→『最後の晩餐』（レオナルドの壁画）
パンテオン（パリの） 99
ハンブルク（ドイツの都市） 33

ピアノーロ（エミーリャ・ロマーニャ） 95
ピエトラマーラ（エミーリャ・ロマーニャ） 116
ピエモンテ（イタリアのフランスと接する州） 33, 65, 171
ピッツィゲットーネ（ロンバルディーア） 87
ピッティ宮殿（フィレンツェの） 112, 115
『秘密の結婚』（チマローザの喜歌劇） 60, 120, 175

フィオレンティーニ劇場（ナポリの） 131
フィレンツェ（トスカーナ） 5, 78, 86, 94-7, 103-5, 108, 115-7, 173-5, 184, 185
『フィンガル』（オシアン作とされる作品） 147, 151
『フェードル』（ラシーヌの悲劇） 43
フォリーニョ（ウンブリア） 86, 142, 148, 159
フォンテーヌブロー（フランス、イール・ド・フランス） 46
フォンド劇場（ナポリの） 131
『二人のスウェーデン人の旅』正式には『二人のスウェーデン人によるイタリアとイタリア人観察記』（グロレーの著書） 83
ブラウンシュヴァイク（ドイツの都市） 93, 165, 172, 177
プラート（トスカーナ） 115
フランス記念物博物館（パリの） 99, 172
フランス座（ミラノの） 65
フランス門（アンコーナの） 139, 140, 144, 177
プランパレ（ジュネーヴの） 32
ブリアンツァ丘陵（ロンバルディーア） 146, 150
フリートリヒガッセ（ベルリンの） 125
ブルゴーニュ（フランス東部の地方） 6, 53, 126, 167
フールミのマドンナ 95, 172
プレセピオ 136, 176
ブレッシャ（ロンバルディーア） 14, 40, 47, 119
『（デイ・）プレテンデンティ・デルージ』（『結婚志願者たち』正式には『当て外れの結婚志願者たち』、モスカのオペラ） 43, 55, 60, 76
ブレラ美術館（ミラノの） 35, 49, 51, 52, 58, 62, 77, 91, 160, 170
プロヴァンス（地中海沿岸でイタリアに接するフランスの地方） 80
『文学講義』（ラ・アルプの著作） 88

北京 82, 171, 172
ペーザロ（マルケ） 86, 145, 177
「ベネディクトゥス（誉むべきかな）」（ヨメッリの曲） 129
ペラ（トルコの都市） 48
「ヘラクレスがアルケースティスを連れ去る」（ブレラ美術館の浅浮彫り） 52
ヘラクレス像（ボローニャのエルコラーニ館の彫像） 89
ベルガモ（ロンバルディーア） 40
ヘルクラネウム（エルコラーノの古代名、カンパーニャ） 124, 125, 136
ペルゴラ（マルケ） 129
ベルジェール街（パリの） 128
ベルリン 85, 125, 166
「ベレニーチェ、何をしているの」（サッキーニの叙唱） 130

ポー河（ロンバルディーアを横断してアドリア海に注ぐ） 86, 87
ポジリポ（ナポリ） 124, 137
ポツオーリ（カンパーニャ） 124
ボッケット通り（ミラノの） 158, 162
ボッツォーロ（ロンバルディーア） 87
ボーボリ庭園（フィレンツェの） 115
ポポロ門（ローマの） 117
ポリニー（フランス、フランシュコンテ） 6,

城塞広場（ナポリの） 122
城塞広場（ミラノの） 35, 76
ジョワニー（フランス、ヨンヌ県） 6, 13
『信仰の起源』（デュピュイの著書） 67
『人生の悲惨』（ベルタンの訳書） 13, 167

スカラ座（ミラノの） 35, 36, 44, 54, 102, 169
『スターバト・マーテル』（ペルゴレージの作品） 129
ストゥーディ（ナポリの考古学博物館のこと） 125
ストラスブール（フランス、アルザス） 6, 98, 172
ストラーダ・A（ローマの） 121
スポーザ教会 → サンタ・マリア・ノヴェッラ教会

『聖女カエキリア』（ラファエロの絵画） 101
『聖ラウレンティウスの殉教』（ジャコモ・リゴッツイ・ヴェロネーゼの絵画） 110
セジア川（ピエモンテ、ポー河に注ぐ） 73
セスト（正式には セスト・カレンデ、ロンバルディーア） 95, 146, 150
セーヌ河（フランス、ブルゴーニュを源に英仏海峡に注ぐ） 6, 20, 33

ソルファタラ（カンパーニャ） 124
ソラクテ山 → サン・オレステ山

タ行・ナ行

大司教館（ミラノの） 163
ダンツィヒ（現グダンスク、ポーランドの都市） 8

（レ・）チンクェ・ヴィエ（五本通り、ミラノの） 70

テアトロ・パトリオティコ（ミラノの） 84
ディジョン（フランス、ブルゴーニュ）6, 22, 24
『デイ・プレテンデンティ・デルージ』→『プレテンデンティ・デルージ』
テッラチーナ（ラツィオ） 126
テーベ（古代名テーバイ、ギリシャ、ポイオティア地方） 131
『デモフォオンテ』（レオの作品） 128
テレーズ街（パリの） 78
デル・ポッツォ → アルベルゴ・デル・ポッツォ
『天空』（グイドの作品） 88

ドゥー川（フランス、フランシュコンテ、ソーヌ川に注ぐ） 6, 23, 24
ドゥオモ（大聖堂）
ドゥオモ（ボローニャの） → サン・ペトローニオ大聖堂
ドゥオモ（ミラノの） 35, 74
ドゥオモ広場（ミラノの） 44, 76
瀆聖とソチーニ派の審問会（ヴェネツィアの） 25, 168
トネール（フランス、ヨンヌ県） 6, 13-7
ドーフィネ（フランスの東南部の地方） 56, 166
ドモドッソーラ（ロンバルディーア） 76, 185
ドラゴンの噴水および彫像（ヴェルサイユ庭園の） 9, 166
トラステーヴェレ通り（ローマの） 118
トリノ（ピエモンテ） 5, 48, 65, 86, 168, 170
ドール（フランス、フランシュコンテ） 6, 22-4
トレド通り（ナポリの） 125, 135

ナポリ（カンパーニャ） 5, 9, 13, 44, 45, 86, 93, 119, 121-33, 136-9, 148, 150, 175, 176, 185
ナミュール（ベルギー） 116

ニッコリーニ礼拝堂（サンタ・クローチェ教会の） 101, 110
「二度とやきもちを妬かないなら」（二重唱） 130

ヌオーヴォ劇場（ナポリの） 131

『ネプチューン』（ネットゥーノ、ジャン・ド・ボローニャの彫刻作品） 88, 89

ノヴァーラ（ピエモンテ） 86, 146, 155, 156, 159, 186

ハ行

『ハガル』（グェルチーノの絵画、ブレラ美術館） 91
バグッタ通り → コントラーダ・デッラ・バ

ラノ） 35, 73
コルソ（大通り）
コルソ（ミラノの） → コルソ・ディ・ポルタ・オリエンターレ
コルソ（ローマの） 117
コルソ・ディ・ポルタ・オリエンターレ（ミラノの） 34-6, 39, 44, 53, 60, 72, 168
コロッセオ（ローマの） 121, 176
コンスタンチノープル（現イスタンブール、トルコの都市） 48
コントラーダ（通り、街）
コントラーダ・エジツィアカ（エジプト人通り、ナポリの） 135
コントラーダ・デイ・ドゥエ・ムーリ（二つ壁通り、ミラノの） 155, 157, 160
コントラーダ・デイ・メラヴィーリ（メラヴィーリ通り、ミラノの） 46, 85
コントラーダ・デッラ・バグッタ（バグッタ通り、ミラノの） 16, 167
コントラーダ・デッレ・トレ・アルベルギ（三宿通り、ミラノの） 43
コンピエーニュ（フランス、イール・ド・フランス） 9, 166

サ行

『最後の晩餐』（ボッシによるレオナルドの壁画の模写） 51, 62, 97, 162
『最後の晩餐』（レオナルドの壁画） 51, 59, 62
サヴィリャーノ（ピエモンテ） 40, 47
サヴォワ（フランス東部の地方、またピエモンテのサヴォイア家の支配地域） 33
サラ・デッラ・ナツョーネ（ボローニャの美術館） 90
サン・オレステ山（古代名ソラクテ山、ローマ近郊の） 117, 175
サン・カルロ劇場（ナポリの） 124, 126, 127, 131
サンクィリコ → カフェ・サンクィリコ
サン゠クルー（フランス、イール・ド・フランス） 72
サン゠セーヌ（フランス、ブルゴーニュ） 17, 20
サンタ・クローチェ教会（フィレンツェの） 97, 101, 102, 108, 110, 173
サンタ・マリア・ノヴェッラ教会（別名スポーザ教会、フィレンツェの） 105, 108
サン・タンジェロ橋（ローマの） 118
サン゠タントワーヌ堡塁（ジュネーヴの） 32
サン・タンブロージョ（ロンバルディーア、ヴァレーゼ近くの村） 146, 147, 153
サン・チェルソ教会（ミラノの） 59
サン・チリヤコ大聖堂（アンコーナの） 140
サント街（マルセイユの） 39, 169
サン・ドメニコ教会（ボローニャの） 88
サン・ピエトロ大聖堂（ローマの） 117, 118, 121, 150, 174, 185
サン゠ピエール広場（ジュネーヴの） 32
サン・フェーデレ教会（ミラノの） 35, 45-7
サン゠フロランタン（フランス、ヨンヌ県） 13, 14, 167
サン・ペトローニオ大聖堂（ボローニャの） 88, 92
サン゠ベルナール峠（正式にはグラン・サン゠ベルナール峠、イタリアとスイスの国境の峠） 121, 146
サン・マルティノ教会（ボローニャの） 92
サン・マルティノの祭（ナポリの） 134
サン゠モーリス遊歩道（ドールの） 23, 24
サン゠ロック教会（パリの） 99
サン゠ローラン（フランス、フランシュコンテ） 28, 168
サン・ロレンツォ教会（ミラノの） 35, 162

ジェックス（フランス、フランシュコンテ） 6, 30, 168
シエーナ（トスカーナ） 86, 116
ジェノヴァ（リグリア） 13, 34, 161
自然誌博物館（別名スペーコラ、フィレンツェの） 104, 173
『（イル・）シニョール・マルカントニオ』 → 『マルカントニオ閣下』
シモネッタ（ミラノ近郊の） 76, 171
シャイユ（フランス、サヴォワ） 25, 28
シャラントン（フランス、イール・ド・フランス） 33
シャルトルーズ（フランス、ドーフィネ） 25
シャンパニョル（フランス、フランシュコンテ） 23, 25, 27, 28, 168
「宗教」の像（サン・ピエトロのベネディクトゥス十四世墓碑の） 118
ジュネーヴ 6, 30-3, 114, 137, 168, 185
『ジュリアス・シーザー』（シェイクスピアの史劇） 108

『ウゴリーノ』（ボッシの素描） 59
ウーシュ川（ブルゴーニュ、ソーヌ川に注ぐ） 22
「美しいバラ」（ガッフォリーニの歌ったアリア？） 65
ウフィッツィ美術館（フィレンツェの） 105-7

英国館（フィレンツェの宿） 96, 97
エキュ・ド・ジュネーヴ（スイス） 30, 31
エルコラーニ館（ボローニャの画廊） 89
『エルサレム破壊』（ツィンガレッリ作曲のオペラ） 119
『エロイーズ』（正式には『新エロイーズ』、ルソーの小説） 37

王宮（ボローニャの） 92
王宮（ミラノの） 35, 61
王国名鑑 56, 159
『黄金で愛は買えない』（ポルトガッロもしくはカルーゾのオペラ） 144
『奥様女中』（ペルゴレージの喜歌劇） 129
オーソンヌ（フランス、ブルゴーニュ） 22
オデオン座（パリの） 123
『踊るヘロディアス』（ボローニャにある絵画） 89
『オリンピアーデ』（ペルゴレージ作曲のオペラ） 129
『オレステス』（アルフィエーリの悲劇） 114
『オレステス』（エヌカンの絵画） 106

カ行

ガエタ（ラツィオ） 122
カーザ（館もしくは家）
カーザ・ボヴァーラ（ミラノの） 39, 40, 168
カーザ・ラファエリ（ミラノの） 51, 53
カザル（正しくはカザルマッジョーレ、ロンバルディーア） 87
カステラマーレ（カンパーニャ） 127
カーゼ・ブルチャーテ（マルケ） 145
カゼルタ（カンパーニャ） 127
カッシーネ（フィレンツェの公園） 102
『合州国総覧』正式には『アメリカ合衆国の風土・土壌総覧』（ヴォルネーの著書） 81
カッラーラ（トスカーナ） 95
ガニュメデス（コレッジョによる） 40
カフェ・サンクィリコ（ミラノの） 158, 162
カフェ・ド・フォワ（パリの） 79, 80
カフェ・ヌオーヴォ（ミラノの） 73
カフェ・メスト ...（ミラノの） 87
『カプリッチョーザ・ペンティータ』（フィオラヴァンティのオペラ） 44, 60
カポディモンテの丘（ナポリの） 127
『カミッラ』（パエールのオペラ） 125
カラブリア（イタリアのティレニア海に面する地方） 133
ガリリャーノ（カンパーニャ） 122
カルトゥジオ会（カトリック隠修士修道会のこと）115
カルミネ教会（フィレンツェの） 103, 110
広東 16
カンブレー（フランス、フランドル） 30

キアイヤ（ナポリ） 123, 125, 126, 135, 137
『危険な関係』（ラクロの小説） 37
ギャラリー・エルコラーニ（ボローニャの） 90, 93
ギャラリー・サンベッカーリ（ボローニャの） 93
ギャラリー・タナーリ（ボローニャの）91, 93
キリスト像（グイドによる） 62

『悔い改めた気紛れ女』 → 『カプリッチョーザ・ペンティータ』
グルノーブル（フランス、ドーフィネ） 6, 28, 31, 93, 166, 168, 179, 180
グルモ（ナポリ近郊の村） 128
『クレキのラウル』（フィオラヴァンティのオペラ） 125
「クレド（われ信ず）」（ダヴィデ・ペーレーズの曲） 129
クレモーナ（ロンバルディーア） 86, 87

ケーニヒスベルク（現カリーニングラード、ロシアの都市） 8

『小椅子の聖母』（ラファエロの絵画、ピッティ宮殿の） 101
「この淋しげな影のなかで、おお愛しき人よ！」（ピッチーニの歌曲） 130
ゴブラン織り（十七世紀にパリのゴブラン家で始めた染色織物） 61, 105, 106
コルシア・デイ・セルヴィ（セルヴィ通り、ミ

事項索引

ア行
アヴェルサ（カンパーニャ） 129
アカデミー・ジョゼフィーヌ（ウィーンのヨゼフィーヌムのこと） 104, 174
アクワペンデンテ（ラツィオ） 86, 116
アッダ川（ロンバルディーア、ポー河に注ぐ支流） 87, 146
『当て外れの結婚志願者たち』 → 『（デイ・）プレテンデンティ・デルージ』
アドリア海 5, 86, 95
アトリエ・ラファエリ → カーザ・ラファエリ
「あなたの体が息をし続ける限り」（『秘密の結婚』の二重唱） 120
アペニン山脈（正式にはアペニーノ山脈） 86, 95-7, 145, 172
アラマンニの浴場（ミラノ） 70, 148
『アルタクセルクセス』（メタスタージョ台詞によるヴィンチのオペラ） 129
アルノ河（トスカーナ） 86, 97, 105
アルプス山脈 6, 28
アルベルゴ（ホテル、宿屋）
アルベルゴ・デッラ・チッタ（ミラノの） 161
アルベルゴ・デル・ポッツォ 36
アルベルゴ・レアーレ（ナポリの） 122, 123
アルベルゴ・レアーレ（ディ・サン・マルコ）（ボローニャの）88, 94
アルベルゴ・レアーレ（ミラノの） 43
『アルミーダ』（ヨメッリのオペラ） 129
アローナ（ロンバルディーア） 146, 147
アン川（フランス、ジュラ、ローヌ河に注ぐ支流） 27
アンコーナ（マルケ） 5, 44, 85, 86, 123, 139, 140, 144, 147, 158, 172, 177, 185
アンブロジアーナ図書館（ミラノの） 35, 59

イゼッレ（ロンバルディーア、スイスとの国境の町） 39, 107
イゾラ（島）
イゾラ・ベッラ（マッジョーレ湖の） 149, 150, 153
イゾラ・マードレ（マッジョーレ湖の） 150
イタリア人劇場（フィレンツェの） 114
「イタリア」（サンタ・クローチェ教会にあるアルフィエーリの墓碑の像） 99, 112
『イタリアの音楽狂』（正しくは『変人たち』、マイヤーのオペラ） 44
『偽りの告白』（マリヴォーの喜劇） 10, 166
『イフィジェニア』（ヨメッリのオペラ） 129
イーモラ（エミーリャ・ロマーニャ） 92
『イル・シニョール・マルカントニオ』 → 『マルカントニオ閣下』

ヴァル・スュゾン（フランス、ブルゴーニュ） 22
ヴァレー地方（スイス南部、イタリアと接する） 122, 185
ヴァレーゼ（ロンバルディーア） 146, 147, 150, 153,
ヴァレーゼ湖（ロンバルディーア） 146, 147
ヴィア・ロマーナ（ローマ通り、フィレンツェの） 112
ヴィテルボ（ラツィオ） 86, 116, 175
ヴィルギニウス像（ボローニャの教授制作の） 92
ウィーン 26, 61, 98, 104, 166, 169, 172-4
『ヴェスタ神殿の巫女』（スポンティーニ作曲のオペラ） 124, 125
ヴェスヴィオ火山（カンパーニャ） 122, 123, 126, 127, 185
ヴェゼル（ドイツ、リッペ川とライン河の合流点にある町） 121
ウェヌス（ティツィアーノによる） 106
「ウェヌス」（メディチ家の） → 「メディチ家のウェヌス」
ウェヌス像（グイドによる） 91
ヴェネツィア（ヴェネト） 5, 25-7, 33, 41, 56, 75, 86, 107, 129, 161, 165, 168, 169, 186
ヴェルサイユ（フランス、イール・ド・フランス） 9, 10, 18, 150, 166
ヴォルフェンビュッテル（ドイツ、ブラウンシュヴァイク近郊の町） 144, 177

ランベール夫人　Mme Lambert　前者の妻。仮名ロング夫人　123, 125, 126
ランベルティ夫人　Mme Lamberti, Rosablina（1763 ～？）　ピエトラグルア夫人と縁戚関係にあった学者の妻　42, 43, 45, 56, 77, 78, 119, 125, 169

リヴィア　→　ビアロヴィスカ、リヴィア
リゴッツィ・ヴェロネーゼ　Ligozzi Veronese, Giacomo（1543 ～ 1627）　イタリアの画家パオロ・ヴェロネーゼの弟子　110

ルイ　→　クロゼないしジョワンヴィルの名
ルイ十四世　LouisXIV（1638 ～ 1715）　フランス国王（1643 ～）　16, 82
ルクレティウス　Lucretius, Titus Carus（94 ～ 55BC）　ラテンの詩人　104
ルスュウール　Lesueur もしくは Le Sueur, Jean-François（1763 ～ 1837）　フランスの作曲家　17
ルソー、ジャン＝ジャック　Rousseau, Jean-Jacques（1712 ～ 78）　スイス生まれのフランスの哲学者、作家　19, 168
ルビュフェル　Rebuffel, Jean-Baptiste（1738 ～ 1804）　ダリュ家の親戚。ピエール・ダリュの従兄　140, 177
ルビュフェル夫人　Mme Rebuffel, Magdeleine Paul　前者の妻。マルセイユ生まれ　49, 177
ルビュフェル、アデール　Rebuffel, Adélaïde-Baptistine（1788 ～ 1861）　アデールは愛称。前者の娘。1808 年アレクサンドル・プチエと結婚　103, 112, 113, 173, 174
ルーベンス　Rubens, Petrus-Paulus（1577 ～ 1640）　フランドルの画家　110, 111
ルメール　Lemaire, Nicolas-Eloi（1764 ～ 1832）　フランスのラテン文学者　104

レオ　Leo または Leonardo（1694 ～ 1746）　イタリアの作曲家　128, 129
レオナルド・ダ・ヴィンチ　Leonardo da Vinci（1452 ～ 1519）　イタリアの芸術家　51, 59, 157, 162
レオポルド（二世）　Leopoldo II（1743 ～ 93）　トスカーナ大公（1765 ～ 90）　116, 169, 173, 174
レーキ、ジャコモ　Lechi, Giacomo（1768 ～ 1836）　ブレッシャの貴族ファウスティノ・レーキの息子。S の旅の道連れ　14-6, 18, 23, 25-8, 31, 37, 42, 43, 57, 77, 78, 82, 87, 103, 114, 167, 169
レーキ、テオドール　Lechi, Theodor, barone（1778 ～ 1866）　前者の弟。将軍、ミラノの衛兵隊指揮官　50, 77, 78, 167
レシュノー　lady Leschenault, Jenny　一時 S が結婚を考えた女性と想定される　10, 166
レツォニコ　i Rezzonico　ヴェネツィアの名家。教皇を出している　51, 175
レリー　Monsieur de Léry　S の仮名

ローザ　Rosa, Salvator（1615 ～ 73）　イタリアの画家　112
ロッシ　Ross, Giovanni Gherardo de（1754 ～ 1827）　イタリアの作家　83
ロンキ　Ronchi　ヴァレーゼの宿の主人　153
ロング　Long　ランベールの仮名
ロング夫人　Mme Long　ランベール夫人の仮名

ローマ字で始まるもの

A…将軍　163
H・B　アンリ・ベールの姓名の頭文字
L　ランベールの略号
L…夫人　アルフィエーリの妻とされる女性　114, 174
Z 夫人（母親の方の）　ピエール・ダリュの母スュザンヌ　11, 165
Z　ピエール・ダリュのこと

店の主人　80

メジャン伯爵　Méjan, Etienne comte（1766～1846）　イタリア副王ウジェーヌ公の書記官　46, 169
メタスタージョ　Metastasio, 本名 Piero Bonaventura Trapassi（1698～1782）　イタリアの劇作家　129
メラニー　→　ギルベール、メラニー
メルクリウス　Mercurius　ローマ神話の商業の神　92, 124
メルツィ・デリル　Melzi d'Eril, Francesco duca di Lodi（1753～1816）　ミラノの政治家　25

モスカ伯爵　Mosca, Benedetto marchese　正しくは侯爵。ペーザロの貴族　145, 177
モチェニーゴ　Mocenigo　S 自身の仮名
モーツァルト　Mozart, Wolfgang Amadeus（1756～91）　オーストリアの作曲家　92, 141
モーペルチュイ　Maupertuis, Pierre-Louis Moreau de（1698～1759）　数学者、天文学者。ルイ十五世下でフランス科学アカデミー会員　82
モリエール　Molière, 本名 Jean-Baptiste Poquelin（1622～73）　フランスの劇作家　99
モルゲン　Morghen, Rapael（1758～1833）　イタリアの版画家　163
モンティ　Monti, Vincenzo（1754～1828）　イタリアの詩人　52, 143, 144
モンテスキュー　Montesquieu, Charles de Secondat, baron de（1689～1755）　フランスの作家　27, 29, 133, 177

ヤ行・ラ行

ヤング　Young, Arthur（1741～1820）　英国の農政学者、作家　21, 90, 167, 169

ユヴェナリス　Juvenalis, Decius（50 頃～130 頃）　ローマの風刺詩人　143
ユダ　Iudas Iskariotes　キリストの十二使徒の一人。キリストを裏切ったとされる　162

ヨハネ（聖）　Johannes　キリストの十二使徒のひとり　106
ヨメッリ　Jommelli, Niccolo（1714～74）　イタリアの作曲家　129, 130

ラ・アルプ　La Harpe, Jean-François de（1739～1803）　フランスの文芸批評家　88
ラヴレース　Lavelace　リチャードソン（十八世紀英国の作家）の小説『クラリッサ・ハーロウ』の登場人物。クラリッサを凌辱して死に追いやる　77
ラウレンティウス（聖）　Laurrentius　258 年に殉教したキリスト教の聖人。焼殺された　107, 110
ラザロ　Lazarus　新約聖書に出てくるキリストの弟子。死後キリストによって復活させられた　134
ラシーヌ　Racine, Jean（1639～99）　フランスの悲劇作家　99, 127
ラドクリフ　Radcliff, Anne（1764～1823）　英国の作家　116
ラファエリ　Raffaelli, Giacomo（1753～1836）　イタリアのモザイク作家。ボッシの着手したミケランジェロ作『最後の晩餐』の模写を完成させた　53, 62, 105, 162, 163
ラファエロ　Rafaello, Sanzio（1483～1520）　ルネサンスの画家　91, 104, 108
ラ・フォンテーヌ　La Fontaine, Jean de（1621～95）　フランスの詩人　99
ラ・ベルジュリー、セシル・ド　La Bergerie, Cécile Haudry, baronne de（1760～1835）　ヨンヌ県知事の夫人。S はシェフェルドリ夫人と呼ぶ　50
ラ・ベルジュリー、ブランシュ・ド　La Bergerie, Blanche de（1789～？）　ラ・ベルジュリー夫妻の三番目の娘。ルイ・クロゼが愛していた　50
ラ・マリーニ　La Marini　ミラノの女性　16, 167
ランスベール　Lansberg, Mathieu（1600 年頃）リエージュの著名な天文学者、占星術師　100, 173
ランツィ　Lanzi, Luisi（1732～1810）　イタリアの美術史家批評家。『イタリア絵画史』の著者　90, 157-60
ランテ公爵夫人　duchessa Lante　十八世紀に著名だった女性の名を S が別人の仮名とする　119, 122
ランベール　Lambert, Antoine Léon, 本名 Claude-François Lambert（1783～1832）　ナポリの陸軍事務所の役人。S による仮名ロング　123, 124, 126, 130, 131, 133-8, 143

ベンヴェヌート・ダ・イーモラ Benvenuto da Imora Sによってイタリアの画家とされる 91, 172

ボッシ Bossi, Giuseppe(1777～1815) ミラノの画家。ダ・ヴィンチの『最後の晩餐』の複製制作に着手、ダ・ヴィンチについての著作もある 59, 76, 83, 97, 161-3
ボッローニ Borroni ミラノの衣料品業者 40, 42, 70, 157, 187
ボッローニ夫人 Mme Borroni 72, 73, 75
ボッローニ、ペッピーナ Borroni, Peppina アンジェラ・ピエトラグルアの妹 73
ボナパルト、ナポレオン → ナポレオン
ボナパルト、ジョゼフ Bonaparte, Joséph(1768～1844) ナポレオンの兄。ナポリ王(1806～08) ついでスペイン王(1808～13) 127, 176
ホラーティウス Horatius Flaccus Quintus(65～8BC) ラテンの詩人 117, 143, 165, 168, 175
ポーラン Paulin, Jules(1782～1844) ベルトラン将軍の副官 50
ポルポラ Porpora, Nicolo(1686～1766) イタリアの作曲家 128, 130
ボローニャ、ジャン・ド Bologna, Jean de(1523～1608) イタリアに住んだフランドルの彫刻家 88, 92
ボワロー Boileau-Despréaux, Nicolas (1636～1711) フランスの詩人 99

マ行

マイヤー Mayer, 本名 Johann-Simon Mayr(1763～1845) バヴァリア生まれの作曲家 44
マキャヴェリ Machiavelli, Niccolo(1469～1527) イタリアの政治学、歴史学者 97, 99, 100, 115
マザッチョ Masaccio, Tommaso(1401～28) フィレンツェの画家 110
マゾー Mazeau de la Tannière, Henri-Constantin (1775～1825) クロード・プチエのもとでの主計官 38, 40, 169
マラン Mallein, Alexandre(1780～1864) Sの同郷の友人で、1815年にSの下の妹ゼナイードと結婚 79, 80
マリー Marie アレクサンドリーヌ・ダリュにSがつけた渾名のひとつ
マリー → ベズィユー、マリー・ド
マリア・クリスティーネ Mria-Christine von Lothringen(？～1801) オーストリア皇帝フランツ一世の末娘 98, 172
マリア(マグダラの) Maria Magdalena 新約聖書の人物。キリストによって悔悛 91, 163
マリーノ伯爵 conte Marino ミラノの貴族。マリーノ館の所有者だった 47
マルコリーニ Marcolini, Marietta イタリアの女性オペラ歌手 88
マルス嬢 Mlle Mars, 本名 Anne-Françoise Boutet-Monval(1779～1847) フランスの女優 10
マルティーニ父 Martini, Giambattista(1706～84) イタリアの作曲家、音楽史家 129
マレスカルキ Marescalchi, Ferdinando conte di (1764～1816) イタリア王国付フランス公使 92
マンキュス Mancus Sの口述筆記者 159
マンテーニャ Mantegna, Andrea(1431～1506) イタリアの画家 160

ミエ夫人 Mme Millet ナポリ王ジョゼフの情人 127
ミケランジェロ Michelangelo Buonarroti (1475～1564) 彫刻家、画家 97, 104, 105, 108, 143, 174
ミショー Michaud, Claude-Ignace-François, baron (1751～1835) Sが副官として付いた将軍 116, 119, 175
ミッソン Misson, Maximilien(1650～1722) フランスの作家 21, 167
ミネットあるいはミーネ、ミーナ → グリースハイム、ヴィルヘルミーネ
ミミ → ベズィユー、マリー・ド
ミヨーリス Miollis, Sexus-Alexandre-François comte(1759～1828) フランスの将軍。伯爵 119
ミラノ Milano Sがナポレオンにつけた渾名
ミラボー Mirabeau, Honoré-Gabriel Riquetti, comte de (1749～91) フランスの革命政治家 46, 169
ミリョリーニ Migliorini, Marco イタリア王国衛兵隊士官、元レーキ将軍副官 49-51, 53, 56, 77, 83

ムーニエ Meunier マルセイユでSが勤めた

ピッチーニ　Piccini, Nicolas（1728 ～ 1800）　イタリアの作曲家　130
ビュフォン　Buffon, Georges-Louis de（1707 ～ 88）　フランスの博物学者　17-9

ファリネッリ　Farinelli, 本名 Carlo Broschi（1705 ～ 82）　イタリアの有名な去勢歌手、作曲家　131
フィオラヴァンティ　Fioravanti, Valentino（1770 ～ 1837）　イタリアの作曲家　45, 125
フィオリッロ　Fiorillo, Johann（1748 ～ 1821）　ドイツの画家、芸術史家。『素描史』の著者　160
フェリックス　→　フォール、フェリックス
フェリペ五世　Felipe Ⅴ（1683 ～ 1746）　スペイン国王（1700 ～ 24, 24 ～）ルイ十四世の孫にあたる　131
フェルディナンド四世　Ferdinando Ⅳ（1751 ～ 1825）　ナポリ王（1759 ～ 1806, 1815 ～）　134
フォスコロ　Foscolo, Ugo（1778 ～ 1827）　イタリアの詩人。『ヤコポ・オルティスの手紙』の著者　144
フォール、フェリックス　Faur, Félix（1780 ～ 1859）　S の同郷の親友。S はデュブルーユと渾名する　10, 11, 148, 157, 166, 177
プチエ、クロード　Petiet, Claude（1749 ～ 1806）　1801 年にチザルピーナ共和国大臣　14, 34, 37-9, 168
プチエ夫人　Mme Petiet, Anne-Françoise-Guillemette（1761 ～ 1830）　前者の妻　38-40
プチエ、アレクサンドル　Petiet, Alexandre（1782 ～ 1835）　クロードの長男。陸軍士官。1808 年にアデール・ルビュフェルと結婚　168, 174
ブランシャール夫人　Mme Blanchard（1778 ～ 1819）　気球飛行士　72, 171
フリュリー　Flury, Jean-Baptiste-Charles（1775 ～ 1842）　ミラノ領事　48
ブルートゥス　Brutus, Decimus Junius（84 ～ 43BC）　ローマの政治家、軍人　108, 174
プロカッチーニ　Procaccini, Giulio Cesare（1548 ～ 1625）　イタリアの画家　163
フロマンタン Fromentin de Saint-Charles, Jacques-Clément　元軍主計官補アドリヤンの父。技師、ブルゴーニュ運河建設に携わる　13, 167
ブロンズィーノ　（il）Bronzino 本名 Agnolo dei Cosimo（1503 ～ 72）　イタリアの画家　102, 173

ベズィユー夫人　Mme de Bézieux, Adélaïde-Jeanne　法律家の妻　11
ベズィユー、アメリー・ド　Bézieux, Amélie de（1792 ～ 1847）　前者の娘。1812 年にフェリックス・フォールと結婚　11, 166
ベズィユー、マリー・ド　Bézieux, Marie de　愛称ミミ、前者の妹　140, 144
ペスタロッチ　Pestalozzi, Johann Heinrich（1746 ～ 1829）スイスの教育者　64
ペッピーナ　→　ボッローニ、ペッピーナ
ベッラーティ　Bellati　マドンナ・デル・モンテの宿の主人　151-3
ベッラーティ　Bellati　上記の兄弟で司祭　152
ペッレグリーニ　Pellegrini, Pellegrino（1527 ～ 92）　ミラノの建築家　47
ベネディクトゥス十四世　BenedictusXIV, Prospero Lambertini（1675 ～ 1758）　教皇（1740 ～）　105, 118
ヘラクレス　Herakles　ギリシャ神話の英雄。アルケースティスを冥界から奪い返す　52, 89
ベール、アンリ　Beyle, Marie-Henri（1783 ～ 1839）　S の本名。仮名レリーあるいはモチェニーゴ。自分で名乗るときに、姓のベールの前に de（ド）を付けることがある。マイセルフ氏などとも書く　3, 4, 7, 8, 37, 40-3, 51, 54, 57, 58, 68, 71, 72, 77, 78, 81, 82, 107, 151, 160, 161, 164-89
ペルゴレージ　Pergolesi, Giovannni Battista（1710 ～ 36）　イタリアの作曲家　20, 129, 130
ペルシウス　Persius Flacus, Aulus（34 ～ 62）ローマの風刺詩人　143, 177
ベルタン　T.-P. Bertin　『人生の悲惨』の翻訳者　13
ベルトラン将軍もしくは伯爵　Générale Bertrand, Henri-Gratien comte（1773 ～ 1844）　50, 78
ペーレーズ　Perez, Davide（1771 ～ 78）　イタリアの作曲家　129
ベレーテル、アンジェリーヌ　Bereyter, Angéline 正式には Angélina-Marie（1786 ～ 1841）　フランスの喜歌劇歌手。S の恋人　10, 11, 30, 32, 54, 123, 186

ドゥランテ　Durante, Francesco（1684 ～ 1755）イタリアの作曲家　128-30
トゥルコッティ　Turcotti　ピエトラグルア夫人の扈従騎士。S はチュレンヌと仮名する　65, 67, 69, 70, 72, 74-7, 82, 118, 148, 151, 155, 156, 171, 177, 178
ドメニキーノ　(il) Domenichino, 本名 Domenico Zampiri（1581 ～ 1641）　ボローニャ派の画家　106, 107
トラエッタ　Traetta, Tommaso（1727 ～ 79）　イタリアの作曲家　130
トラシ　Tracy, Claude Destut de（1754 ～ 1836）フランスの哲学者　39, 64
ドルーエ息子　Drouais, François-Hubert（1727 ～ 75）　ビュフォンの肖像を制作　19
トルドロー　Tordoro, Giuseppe（1765 ～ 1841）ミラノの人　70, 72
トワノン夫人　Mme Toinon アデール・ルビュフェルの召使い　113

ナポレオン Napoléon Bonaparte（1769 ～ 1821）フランス皇帝（1804 ～ 14）。イタリア王を兼ねる。S による渾名ミラノ　3, 9, 25, 28, 112, 132, 165-8, 170, 171, 176, 187
ナルディーニ　Nardini, Pietro（1725 ～ 96）　有名なイタリアのバイオリニスト　100

ニオベ　Niobe ギリシャ神話の人物。アンフィオン（ゼウスの子）の妻　91

ネロ　Nero Claudius Caesar Augustus Germanicus（37 ～ 68）　ローマ皇帝（54 ～）　124

ノルヴァン侯爵　marquis de Norvins, Jacques Marquet de Montbreton（1769 ～ 1854）　ローマの警察署長　120, 163, 175

ハ行

パイジェッロ　Paesiello, Giovanni（1741 ～ 1816）イタリアの作曲家　130
パヴェージ　Pavesi, Stefano（1779 ～ 1850）　イタリアの作曲家　87
パウルス五世　Paulus Ⅴ, Camillo Borghese（1552 ～ 1621）　教皇（1605 ～）　92
パエール　Paër, Ferdinando（1771 ～ 1839）　イタリアの作曲家　125
パセ　Pacé　マルシャル・ダリュ（ピエール・ダリュの弟で官僚）に S が付けた仮名　119-22, 175
ハッセ　Hasse, Johann Adolph（1699 ～ 1783）ドイツの作曲家。イタリア歌劇の紹介者　129
バッハ　Bach, Johan Sebastien（1685 ～ 1750）ドイツの作曲家　130
パラディージ伯爵　conte Paradisi, Giovanni（1760 ～ 1826）イタリア王国上院議長　83
バラル　Barral, Louis-Joséph-François, vicomte de（1783 ～ 1859）　S の同郷の友人で S は「子爵」と呼ぶ　80, 123, 124, 126, 133, 143
パリス　Paris　主計部隊所属の人物　28
バリゾーニ　Barizoni　ミラノの人とされる　72
パルフィ夫人もしくはレイディ・パルフィ lady Palfy アレクサンドリーヌ・ダリュに S が付けた渾名のひとつ
バルブス　Cornelius Balbus（紀元前 40 頃）　古代ローマのコンスル（執政官）　125
ハンニバル Hannibal（247 ～ 183BC）カルタゴの将軍。象などを率いた軍団がアルプスを越えてローマへ攻めた　105

ビアロヴィスカ、リヴィア　Bialoviska, Livia 軍人シモン・ビアロヴィエイスキーの未亡人　44, 90, 123, 139-43, 172, 177, 185
ビアンコーニ　Bianconi, Carlo　ミラノの案内書の著者　161
ピエトラグルア、カルロ　Pietragrua, Carlo ミラノの度量衡事務所勤務。アンジェラの夫　147, 155-7
ピエトラグルア、アンジェラ　Pietragrua, Angela 旧姓 Borroni、1777 年頃生まれる。1793 年頃カルロ・ピエトログルアと結婚。呼称アンジェリーナ、アンジョリーナ、ジーナ。仮称シモネッタ伯爵夫人　34, 36, 38, 40, 42-4, 46, 48, 49, 51-8, 60-2, 64, 66, 68-75, 77, 80-3, 87, 88, 91, 102, 113, 123, 125, 140, 142, 148-50,152-6,160, 161, 169, 171, 177, 184, 186-8
ピエトラグルア、アントニオ　Pietragrua, Luigi Antonio（1795 頃～？）。前者の息子　47, 149, 153, 158, 162
ビゴ・ド・プレアムヌー　Bigot de Préameneu, Félix-Julien-Jean（1747 ～ 1825）　フランス国務院評定官　126

1725）　イタリアの作曲家　128, 129
スコッティ　Scotti　ジェノヴァの人。Sのパリからミラノまでの道連れ　13, 14, 20, 30, 32-4, 36, 82
スタール夫人　Staël, Anne-Louise Germaine Necker, baronne de（1766 〜 1817）　フランスの作家　126

セー　Say, Jean-Baptiste（1767 〜 1832）　フランスの経済学者　39
セーサン　Seyssins　クロゼにSが付けた渾名のひとつ
摂政公（オルレアン公フィリップ）　duc d'Orléans Philippe Ⅱ（1674 〜 1723）　幼いルイ十五世の摂政を務めた（1715 〜）　128
セラーピス　Serapis　エジプトの神　124
セルバンテス　Cervantes, Miguel de（1547 〜 1616）　スペインの有名な作家。Sが愛読した　8, 165

タ行・ナ行

ダヴィデ　Davide　旧約聖書に出てくるユダヤ第二代の王（在位1010 〜 971BC）　89
ダ・ヴィンチ　→　レオナルド・ダ・ヴィンチ
タッソ　（il）Tasso, Torquato（1547 〜 95）　イタリアの詩人　107
タナーリ　Tanari　ボローニャのギャラリーの所有者一族　91
ダリュ、ピエール　Daru, Pierre, comte（1767 〜 1829）　ナポレオンの高官。仮称Z　9, 27, 34, 40, 54, 165, 166, 168, 172, 175, 187
ダリュ、アレクサンドリーヌ（ダリュ夫人）　Daru, Alexandrine, comtesse（1783 〜 1815）　前者の妻。Sはパルフィ夫人あるいはマリー等と渾名する　9, 10, 66, 70, 104, 123, 140, 142, 165, 166, 171, 174, 176
ダルバン　Dalban, J.-B. Pierre（1784 〜 1864）　Sの友人　83
タルマ　Talma, Franccois-Joséph（1763 〜 1826）　フランスの俳優　114
タレーラン　Talleyrand-Périgord, Charles-Maurice（1754 〜 1838）　フランスの外交官　83, 139, 171, 172
タンクレディ　Tancredi　伝説の英雄。タッソの叙事詩『エルサレム解放』の主人公　107
タンツィオ　（il）Tanzio, Antonio d'Enrico（1574 〜 1644）　ロンバルディーアの画家。ヴァラッロに生まれた　66
ダンテ　Dante Alghieri（1265 〜 1321）　イタリアの詩人　59, 170

チェザロッティ　Cesarotti, Melchiore（1730 〜 1808）　パードヴァ大学のギリシャ語教授　143, 144, 177
チマローザ　Cimarosa, Domenico（1749 〜 1801）　イタリアの作曲家　130, 141, 175
チュレンヌ　Turenne　トゥルコッティにSが付けた仮名
チンバル　Cimbal　ヴィドマンの仮名

ツィンガレッリ　Zingarelli, Niccolo Antonio（1752 〜 1837）　イタリアの作曲家　119

ディアナ　Diana　ローマ神話の月の女神　127
ティツィアーノ　Tiziano Vecellio（1477 〜 1576）　ヴェネツィア派の画家　59, 106, 163
デッラ・キエーザ　Della Chiesa　弁護士とされる人物　153
デファン夫人　→　デュ・デファン夫人
デュクロ　Duclos, Charles Pinot（1704 〜 72）　フランスの作家　21, 29, 82, 83, 131, 155, 168
デュ・デファン夫人　Du Deffand, Marie de Vichy-Chamronne marquise（1697 〜 1780）　フランスの名流夫人、そのサロンで知られる　137, 176
デュパティ法院長　Dupaty, Charles Mercier, le Président（1746 〜 88）　文学者。イタリア旅行記の著者　109
デュピュイ　Dupuis, Charles-François（1742 〜 1809）　作家　67
デュブルーユ　Dubreuil　フェリックス・フォールにSが付けた仮名
デュルズィ　Durzy, Philippe-François（1767 頃〜？）。ミショー将軍の副官　29
テラス氏　Monsieur Terasse　フランス人ブルジョワの典型としてSが想定した人物　12, 14, 15, 26, 166
デルヴィル＝マレシャール　Derville-Maléchard（1774 〜？）　クロード・プチエの書記　38
デルファンテ　Delfante, Cosimo　イタリア副王ウジェーヌ公の参謀本部付副官隊長　69, 82

人のスウェーデン人の旅』(1774) を出版した 83

ゲー夫人 Mme Gay, Sophie-Nichaud 銀行家ジャン＝シジスモンド・ゲーの妻。娘のデルフィーヌはジラルダン男爵(ジャーナリスト、政治家)と結婚して、ジラルダン夫人として有名になる 78
ゲラルディ氏 M. Gherardi 逸話の人物 78
ゲラルディ夫人 Mme Gherardi, Francesca Lechi ジャコモ・レーキの妹フランチェスカ。愛称ファニー 14, 167
ケルビーノ Cherubino モーツァルトの『フィガロの結婚』の登場人物 39

ゴーティエ Gauthier モンバールの旅館主人 19
ゴドフロワ Godeffroy ハンブルクの人とされる人物 33
コレ Collé, Charles (1709 ~ 83) 小唄作者 83, 172
コレッジョ (il) Correggio, 本名 Antonio Allegri (1495 ~ 1534) イタリアの画家 101, 163

サ行

サッキーニ Sacchini, Antonio Maria Gasparo (1730 ~ 86) イタリアの作曲家 130
サックス Saxe, Maurice, comte de (1696 ~ 1750) フランスの元帥 98, 172
サン＝ノン神父 Saint-Non, Richard abbé de (1727 ~ 91) 古代史学者 134
サン＝ロマン Saint-Romain, Martin de トリノ帝室初級審裁判所検事。ローマへ転任になる 48, 69, 94, 96, 170

シェイクスピア Shakespeare, William (1564 ~ 1616) 英国の劇作家 108
シェフェルドリ夫人 → ラ・ベルジュリー、セシル・ド
子爵 le vicomte S によるルイ・ド・バラルの通称
シスモンディ Sismondi, Sismonde de (1773 ~ 1842) スイスの歴史家、『中世イタリア共和国史』の著者 72, 115
ジッツィエッロ (il) Gizziello, 本名 Joachim Conti (1714 ~ 61) 男性ソプラノ歌手 131
ジーナ Gina アンジェラ・ピエトラグルアの S による呼称
シニョール～ (～氏。男性敬称)
シビュラ Sibylle 巫女 101, 108, 124
シモネッタ伯爵夫人 contessa Simonetta アンジェラ・ピエトラグルアの仮称
ジャキネ Jacquinet , J.-P. Augustin (1776~1836) フランス軍の主計官 107
ジャク Giac, Martial (1737 ~ 94) 公爵夫人と結婚したブルジョワ出の下級貴族 116
ジャコブ Jacob, François-Honoré-Georges (1770 ~ 1842) フランスの高級家具職人 61, 171
ジャコモ → レーキ、ジャコモ
シャピュイ Chappuis 駅逓員。ペッピーナ・ボッローニの夫 75
シャルリエ Charlier S つまりベールが自分で付けた仮名
ジャン＝ジャック → ルソー
シュトロンベック Strombeck, Friedrich Karl, Baron von (1771 ~ 1848) ブラウンシュヴァイク大公国の評定官。S が主計官補で在任中に親交を結ぶ 125, 153
シュナイデル Schneider フィレンツェの宿の経営者とされる人物 96
シュレーゲル Schlegel, August Wilhelm von (1767 ~ 1845) ドイツの文芸評論家、詩人。スタール夫人と親交を結ぶ 126
ジョゼフ王 → ボナパルト、ジョゼフ
ジヨット (il) Giotto, 本名 Angiolotto di Bondone (1266 ~ 1336) イタリアの画家 160
ショーヌ公爵夫人 duchesse de Chaulnes (1718 ~ 87) 夫の死後ブルジョワ出の下級貴族ジャク氏と結婚した 116
ジョルダーノ Giordano, Luca (1632 ~ 1705) イタリアの画家 150
ジョワンヴィル、ルイ Joinville, Louis (1773 ~ 1849) フランス軍の主計官 34, 38, 40, 41, 47, 66, 72, 169, 186
ジラウ伯爵 あるいは ジロー Giraud, Giovanni, conte (1776 ~ 1834) イタリアの劇作家 43, 44, 76, 83

スカリョッティ Scagliotti, Giovannni Battista (1772 ~ 1866) ミラノの学者 65, 76
スカルラッティ Scarlatti, Alessandro (1659 ~

エヌカン　Hennequin, Philippe Augustin（1763 ～ 1833）　フランスの画家。宮廷首席画家ダヴィッドの弟子　106
エリオット夫人　Mme Héliotte　ダリュ夫人の従弟の妻。ディジョン在住　22, 31
エルヴェシユス　Helvétius, Claude Adrien（1715 ～ 71）　フランスの作家、思想家　60, 67, 81, 111
エルミニア　Herminia　タッソの叙事詩『エルサレム解放』の人物。異教徒の女戦士　107

オシアン　Ossian　マクファーソン（十八世紀英国の詩人）の発見したスコットランドの伝説的吟遊詩人　147, 153, 154
オデュッセウス　Odusseus　ホメーロスの作中人物　151
オレステス　Oresto　アルフィエーリの劇の人物　114

カ行

カザーティ　Casati, Filippo　ミラノの商人。フォリーニョからSと同行する　142, 144, 145, 158, 159
カステルバルコ伯爵　Castelbarco, il conte di　ロンバルディーアの古い家柄の貴族　15
カッファレッリ　Caffarelli, Gaetano Majorano（1703 ～ 83）　イタリアの有名な歌手　131
ガッフォリーニ　Gafforini, Elisabetta　イタリアの女性オペラ歌手　15, 65
カドール公爵　Cadore, Jean-Baptiste Nompère, duc de（1756 ～ 1834）　フランスの官僚。ピエール・ダリュの後任としてナポレオンの行政長官に就任、Sの上司　87, 93, 172
ガニュメデス　Ganymedes　ギリシャ神話に登場するトロイアの王。トロスとカリロエの息子。天空神ゼウスに愛される　40
カノーヴァ　Canova, Antonio（1757 ～ 1822）　イタリアの彫刻家　98, 112, 118, 120, 170, 172, 175
カラッチ　i Carracci　16世紀ボローニャの画家一族　90-2, 102, 110, 111, 163
カラブレーゼ　（il）Calabrese, M.Peretti（1613 ～ 99）　イタリアの画家　89
ガランティ　Galanti, Luigi　ナポリの弁護士。『ナポリとその周辺』の著者　130, 176, 185
ガリレイ　Galilei, Galileo（1564 ～ 1642）　イタリアの天文学者　97, 100, 173
カルロッタ　（la）Carlotta　フィレンツェの劇場に出ていた女優　114
ガンドルフォ　Gandolfo　版画家　93
カンポレージ　Camporesi, Giuseppe（1764 ～ 1822）　ローマの建築家　115

キュヴィエ　Cuvier, Georges（1769 ～ 1832）　フランスの博物学者　105
キュブリー　Kubly, Virginie（1778 ～ 1835）　フランスの女優。Sが幼い頃に観て憧れた　112
キリスト　Christos　旧約聖書の救世主。イエスのことを言う　108, 163, 176
ギルベール、メラニー　Guilbert, Mélanie（1780 ～？）　女優、芸名ルアゾン。Sがマルセイユまで追いかけた　114, 123, 144, 167, 169

グイド　Guido Reni（1575 ～ 1642）　ボローニャ派の画家　62, 88-92, 102, 163
グーヴォン伯爵　comte de Gouvon　ルソーが仕えた貴族とされるが不詳　33
グェルチーノ（il）Guelcino, 本名 Giovanni Francesco Barbieri（1591 ～ 1666）　ボローニャ派の画家　89, 91, 92, 102
クリヴェッリ夫人　Signora Crivelli　アンジェラ・ピエトラグルアの友人　87
グリェルミ　Guglielmi, Pietro Carlo（1763 ～ 1817）　イタリアの作曲家　130
グリースハイム、ヴィルヘルミーネ・フォン　Griesheim, Wilhelmine von（1786 ～ 1861）　ブラウンシュヴァイクの貴族の娘。Sはヴィルヘルミーネをミネットあるいはミーネ、ミーナと呼ぶ　92, 93, 108, 172
クルーゼ・ド・レセール　Creuzé de Lessert, Auguste-François, baron（1771 ～ 1839）　フランスの議員、知事、作家。イタリア旅行記の著者　21, 168
グルック　Gluck, Christoph Willibald Ritter von（1714 ～ 87）　ドイツの作曲家　129
グロ　Gros, Antoine-Jean, baron（1771 ～ 1835）　フランスの画家　71, 171
クロゼ、ルイ　Crozet, Louis（1784 ～ 1858）　Sと同郷の親しい友人。のちにグルノーブル市長。Sはセーサンと渾名する　21, 24, 57, 76, 80, 81, 95, 142, 171, 179-181, 185
グロレー Grosley, Pierre-Jean（1718 ～ 85）『二

人名索引

（文中のSはスタンダールの略）

ア行

アザス伯爵　conte Azas　ピエモンテの貴族　65, 69, 94

アダム　Adam　旧約聖書で人類の始祖とされる男性　112

アッピアーニ　Appiani, Andrea（1754 ～ 1817）　イタリアの画家　45, 61, 62

アデールもしくはアデール夫人　→　ルビュフェル、アデール

アポロ　Apollo　ギリシャ神話の神　124

アメリー　→　ベズィユー、アメリー・ド

アリオスト　Ariosto, Lodovico（1474 ～ 1533）　イタリアの詩人。『怒りのオルランド』の作者　116, 169

アルケースティス　Alcestis　ギリシャ神話でフェライの王アドメトスの妻　52

アルディーニ　Aldini, Antonio（1755 ～ 1826）　イタリア王国官房長官　89, 92

アルバーニ　Albani, Flancesco（1578 ～ 1660）　イタリアの画家　106

アルフィエーリ　Alfieri, Vittorio（1749 ～ 1803）　イタリアの劇詩人　32, 57, 97, 99, 112, 114, 170, 174

アレクサンドリーヌ（夫人）　→　ダリュ、アレクサンドリーヌ

アレクサンドロス　Alexandros（356 ～ 323BC）　マケドニア第三代の王（326BC ～）　107

アンジェラ／アンジェリーナ／アンジョリーナ　→　ピエトラグルア、アンジェラ

アンジェラ・ボッローニ　→　ピエトラグルア、アンジェラ

アンジェリカ　Angelica　アリオストの叙事詩『怒りのオルランド』の登場人物　36, 169

アンジェリーヌ　→　ベレーテル、アンジェリーヌ

アントニオ　→　ピエトラグルア、アントニオ

アンフィオン　Amphion　ギリシャ神話に登場する竪琴の名手。竪琴によって石を動かしテーバイの城壁を築いた　131

アンフォッシ　Anfossi, Pasquale（1729 ～ 95）　イタリアの作曲家　44, 130

アンリ　→　ベール、アンリ

アンリ四世　Henri Ⅳ（1553 ～ 1610）　フランス国王（1590 ～）　163

イヴ　Eve　旧約聖書でアダムの妻　112

イフラント　Iffland, August Wilhelm（1759 ～ 1814）　ドイツの俳優で劇作家　84, 85

ヴァザーリ　Vasari, Giorgio（1512 ～ 74）　イタリアの画家、美術史家　90, 161

ヴィエイヤール　Vieillard　ミラノのレストラン店主とその店名　49, 53, 84, 169

ヴィドマン　Widmann Rezzonico, Lodovico conte　イタリア副王の元衛兵隊大佐。Sはチンバルと仮名する　49, 51-3, 55, 56, 58, 69-72, 74, 77, 80, 82, 151, 157

ヴィルギニウス　ローマの将軍 Virginius Publius（14 ～ 97）のことか？　92

ヴィンケルマン　Winckelmann, Johann Joachim（1717 ～ 68）　ドイツの考古学者　106

ヴィンチ　Vinci, Leonardo（1690 ～ 1730）　イタリアの作曲家　129

ウェヌス　Venus　ローマ神話で美の女神　106, 124, 125

ヴェルギリウス　Vergilius Maro Publius（70 ～ 19BC）　ラテンの詩人　103, 104, 168, 172, 173

ヴェントゥーリ夫人　Signora Venturi　フィレンツェの議員の妻　108, 174

ヴォルテラーノ　（il）Volterrano, Baldassare Franceschini（1611 ～ 89）　イタリアの画家　101, 173

ヴォルネー　Volney, Constantin（1757 ～ 1820）　フランスの作家。『合州国総覧』の著者　80, 81

ウルストンクラフト・ゴドウィン　Wollstonecraft Godwin, Mary（1759 ～ 97）　英国のフェミニスト　13, 167

エドワーズ　Edwards, Edouard（？～ 1827）　英占領軍主計官。Sと知己を結ぶ　30

訳者紹介

臼田紘（うすだ・ひろし）
跡見学園女子大学名誉教授
スタンダール関係著訳書（新評論刊）
著書『スタンダール氏との旅』（2007）
『スタンダールとは誰か』（2011）
訳書『イタリア紀行』（1990）
『イタリア旅日記』全２巻（1991, 92）
『ローマ散歩』全２巻（1996, 2000）

イタリア日記（1811）　（検印廃止）

2016年５月20日　初版第１刷発行

訳　者　臼　田　　紘
発行者　武　市　一　幸

発行所　株式会社　新　評　論

〒169-0051　東京都新宿区西早稲田３-16-28
http://www.shinhyoron.co.jp
TEL　03（3202）7391
FAX　03（3202）5832
振替　00160-1-113487

定価はカバーに表示してあります
落丁・乱丁はお取替えします

装　幀　山　田　英　春
印　刷　フ　ォ　レ　ス　ト
製　本　松　岳　社

Printed in Japan
ISBN978-4-7948-1037-3